我们走过二万五

——红小鬼的传奇人生

余玮◎著

人民日报出版社
北　京

图书在版编目（CIP）数据

我们走过二万五：红小鬼的传奇人生 / 余玮著. --
北京：人民日报出版社，2019.7
ISBN 978-7-5115-4762-0

Ⅰ. ①我… Ⅱ. ①余… Ⅲ. ①回忆录－作品集－中国
－当代 Ⅳ. ① I251

中国版本图书馆 CIP 数据核字（2017）第 148291 号

书　　名：	我们走过二万五——红小鬼的传奇人生 WOMEN ZOUGUO ERWANWU ——HONGXIAOGUI DE CHUANQI RENSHENG
作　　者：	余　玮
出 版 人：	董　伟
责任编辑：	程文静　吴立平
装帧设计：	阮全勇
出版发行：	人民日报出版社
社　　址：	北京金台西路2号
邮政编码：	100733
发行热线：	（010）65369509　65369512　65363531　65363528
邮购热线：	（010）65369530　65363527
编辑热线：	（010）65363530
网　　址：	www.peopledailypress.com
经　　销：	新华书店
印　　刷：	大厂回族自治县彩虹印刷有限公司
开　　本：	710mm×1000mm　　1/16
字　　数：	262 千字
印　　张：	16
版次印次：	2019 年 9 月第 1 版　2019 年 9 月第 1 次印刷
书　　号：	ISBN 978-7-5115-4762-0
定　　价：	45.00 元

脚 印
——代序《我们走过二万五》

浩浩荡荡的褴褛
攥着擦亮黑夜的火把
匆匆跋涉
枪杆般高的骨架子
扛着历史的重量
雨水淅淅沥沥的倾诉不舍
从此,渡口站成一柱碑
小鸟在树丫上敬着军礼
夕阳下静静等待远征的回归

肆虐的子弹在飞
倒下的是七尺之躯
崛起的是挺拔的信念
就在今天
清亮的湘江依然赤红
这无关眼神

涛声依旧的大渡河畔
依然能听见滔滔的呜咽

不信，就听那风的呼呼作响
天险 极限
让看似落魄的队伍富有起来
围追 堵截
让歪歪斜斜的脚印淬火成不垮的铁流

倒下
前行的姿态依旧
一尊尊无名的躯体
绘就无人区无声的路标
挂在泥沼中的柳棍
成为葳蕤的旗帜
长风中猎猎有声
路很长
一如长长的黑夜
七根火柴炽燃着希冀
八角帽上的红五星闪熠着

脚板丈量着万水千山
眼睛开拓着千难万险
终有一天
镰刀割遍了草地
斧头劈开了雪山
逶迤大半个中国的红飘带
舞出洪荒之美

诗在远方
北上北上
一枚枚脚印垒在一起
平平仄仄成诗

走着走着
天亮了
一双双巨手握在了一起
吴起镇不是终点
长长的路没有句号
马拉松接力着
听
穿越烟云的足音正近

鲜血浸泡过的土地
红艳艳，溢出来了
沿途那红彤彤的石榴
一如处处火红的小日子

目录
Contents

滕代远：滕门的精神"传家宝" /1

（一）与"绿林巾帼"的红色之恋 ……………………………… 4
（二）"农民领袖"成为毛泽东的亲密战友 ……………………… 10
（三）"将军大老板"将天堑变通途 ……………………………… 14
（四）甘当"普通一兵"的滕门家风 ……………………………… 18
（五）高干子弟对淡泊而朴素的父辈光环鲜知 ………………… 24
（六）动荡岁月的非常心境 ……………………………………… 27

王诚汉：枪林弹雨中九死一生的老红军 /31

（一）无尽的悔恨和终生的遗憾 ………………………………… 34
（二）千难万险的转移与惊心动魄的血战 ……………………… 37
（三）大胆冒险的作战设想与组织严密的潜伏行动 …………… 42
（四）难以割舍的老兵情怀和难以释怀的退居生活 …………… 45

王定烈：地狱归来的草鞋将军 /51

（一）80多年穿草鞋的难了缘 ················· 54
（二）放牛娃成了红小鬼 ····················· 56
（三）一颗子弹留存在腰间16年的传奇 ············· 58
（四）峥嵘岁月难忘"夺牛战" ················· 60
（五）同朱毛短暂的会见成为终生难以褪色的红色回忆 ····· 62
（六）凄风苦雨过后晚霞映满天 ················· 64

张铚秀：我是"英雄儿女" /69

（一）大哥带领他走上革命道路 ················· 72
（二）长征路上两次负伤始终不掉队 ··············· 76
（三）亲历"皖南事变"与铁军共命运 ············· 80
（四）战争年代亲身领略伟人风范 ··············· 84
（五）《英雄儿女》原型取自他指挥的一场战斗 ········ 87
（六）"退而不休"是健康老人晚年生活的写照 ········ 90

杨奇清：传奇而平凡的"精神导师" /95

（一）"红小鬼"追寻来时路 ··················· 98
（二）长征路上警卫员的援救与中央密令的送达 ········ 100
（三）战火纷飞年代的另一个没有硝烟的战场 ········· 103
（四）"死而复生"者的红色之恋 ················ 106
（五）保卫开国大典的幕后与炮击天安门阴谋的覆灭 ····· 108
（六）惊天大案"神探"原本是慈爱父亲 ············ 112
（七）一家人在非常岁月的非常劫难 ··············· 116

刘英：永远的"红色大姐" /123

（一）参加过"入校仪式"的"野姑娘" ············ 126
（二）新婚别竟成诀别 ······················· 127

(三) 主席赋诗闹洞房 ……………………………………………… 128
(四) 咫尺隔离心相印 ……………………………………………… 129
(五) 燃烧的晚霞，不灭的光辉 …………………………………… 131

李贞：从童养媳到开国将军 /133

(一) 激情燃烧的岁月，她铁心干革命 …………………………… 136
(二) 绝望的日子，她挑战命运的安排 …………………………… 137
(三) 战火纷飞的年代，成就一段"双子将星"佳话 …………… 140
(四) 坎坷而又光荣的一生，她无怨无悔 ………………………… 143

蔡畅：赤胆碧血女儿情 /145

(一) 从"毛妹子"到"革命圣徒" ……………………………… 147
(二) "大姐"与同乡牵手异域 …………………………………… 150
(三) 海棠花艳情亦浓 ……………………………………………… 152
(四) 留下的是不朽的风范 ………………………………………… 154

王定国：我的长征正在进行 /157

(一) 危险、艰苦却不失快乐的漫漫长征是她顽强
　　 生命力的源泉 ………………………………………………… 160
(二) 救助西路军幸存战友的工作跨越了近半个世纪 …………… 164
(三) 细细的缝衣线将谢老缝进了她的人生 ……………………… 166
(四) 叛逆童养媳剪下长辫闹革命 ………………………………… 170
(五) 向谢老学习总结出"对儿女一概不管"的教子真经 ……… 174
(六) 粗枝大叶的生活习惯歪打正着成就她的养生之道 ………… 177
(七) 往日的"不识字秘书"，如今的著名社会活动家 ………… 180

王新兰：箫声杳杳心若兰 /185

(一) 总理弥留之际还在哼唱的经典组歌诞生的前前后后 ……… 188

（二）小小通信员的红色启蒙教育和红星情结 ………………… 191
（三）红军娃"跑"在长征路上挑战生存极限 ………………… 195
（四）传奇而浪漫的"红色恋歌" …………………………… 198
（五）夫君近8年神秘"失踪"期间真情守望 ………………… 202
（六）强装笑颜的日子让人心碎 ……………………………… 207

张文：铁流巾帼的红色之旅 /211

（一）红军队伍从此就是小佣工的"家" …………………… 214
（二）几次遇险，真实、残酷而传奇的长征 ………………… 217
（三）简单的"终身大事"与一言难尽的硝烟岁月 ………… 219
（四）老战士的新长征之路就在脚下 ………………………… 221

康克清：与红司令携手穿越风雨 /225

（一）近半个世纪的情缘自一个微微点头开始 ……………… 228
（二）走在长征路上的"女司令" …………………………… 234
（三）沸沸扬扬的"遇难噩耗"让人揪心 …………………… 240
（四）与"黑司令"共患难的非常岁月 ……………………… 243

滕代远：滕门的精神『传家宝』

我们走过二万五

—— 红小鬼的传奇人生

滕代远档案盘点：

1930年5月，滕代远作为红军代表在上海出席全国苏维埃区域代表大会和全国红军代表会议

滕代远，曾用名唐大光、李光，苗族。中国人民解放军的领导者之一、新中国人民铁路事业的奠基人。1904年11月出生于湖南麻阳，1925年10月加入中国共产党。历任中共长沙近郊区委书记、湖南省农民协会委员长、中共湘东特委书记、中共湘鄂赣边特委书记、中国工农红军第五军党代表兼第十三师党代表、第三军团政治委员、红一方面军副总政委、中华苏维埃共和国中央执行委员、中央革命军事委员会武装动员部部长、中共中央军委参谋长、抗日军政大学副校长兼副政委、八路军总部参谋长、晋冀鲁豫中央局常委、晋冀鲁豫军区副司令员、军事调处执行部中共代表团军事顾问、中共华北局常委、华北军区副司令员、中央军委铁道部部长、铁道兵团司令员兼政委、铁道部部长兼党组书记等职；系中共第七至第十届中央委员，第一、二、三届中华人民共和国国防委员会委员，第四届全国政协副主席。

平江起义、红五军的成立、保卫井冈山、红军第三军团的成立、红军第一方面军的创建、中央苏区的反"围剿"、"滕杨方案"的问世、上党平汉战役的决策、"长江第一桥"的建设……一个个重大事件，与一个军队领导者、新中国铁路奠基人的传奇经历紧紧相连。

红一方面军副总政委、中共中央军委参谋长、八路军总部参谋长、晋冀鲁豫中央局常委、开国首任铁道部部长、全国政协副主席……一个个显赫职位，承载着一位中华赤子自农家娃成长为无产阶级革命家的辉煌履历。

滕久翔、滕久光、滕久明、滕久耕（滕飞）、滕久昕——五子登科。一封封家书，纸色泛黄，却浸透着一位严父对孩子的挚爱，成为滕门极为珍贵的精神"传家宝"。

走近红门之后，尽可能追寻历史教科书和军史文献之外的另一段真实而传神的历史细节，还原滕门家风传承背后的家族底色。

（一）与"绿林巾帼"的红色之恋

1938年5月初的一天，一个50多岁的农村老汉来到延安中央军委参谋部，要进去找人，被警卫拦住了。警卫见眼前的老人一身土里土气的山乡装束，就盘问道："你是哪里来的？找谁？"老汉被问得怯怯的，回答："我找儿子。""你儿子是谁？""滕代远。"

原来，这个自大老远跑到延安来的老汉就是滕代远在湖南老家务农的父亲滕国权。早在1927年大革命失败后，白色恐怖遍布全国，滕代远的故乡也是血雨腥风，外面不断谣传出门当兵的龙兆（滕代远乳名）牺牲了，父母逢年过节总是呼唤着儿子的乳名，焚香烧纸。

1938年春，一位同乡从外面回到家里，讲起了滕代远和他的部队都驻扎在延安，并受托带信邀他的父亲去延安。整整15年，突然得知儿子健在，父母喜出望外，匆匆当田卖牛，凑齐盘缠后，滕代远的父亲滕国权便秘密上路前往，在沿途八路军办事处的帮助下，终于来到革命中心延安。

父子相见，身为中央军委参谋长的滕代远自己掏钱叫警卫员买来一只母鸡款待父亲，按家乡习俗，将鸡头、鸡尾、鸡腿敬献长辈。打过一餐"牙祭"后，滕代远便让父亲到大食堂吃饭。这些年来，滕代远一直过着单身生活，曾经没有任何感情的包办婚姻是压在他心头的一块大石头。在与老父亲朝夕相处的日子里，滕代远吐露自己的心里话，希望家中亲人帮助解除那个让他痛苦的不幸婚姻，得到老父亲的认可。

老人离开延安时，滕代远将身上仅有的4张5角纸币和一个红色锁口布袋送给老人家。毛泽东主席知道后，亲笔写信，托李富春请老人家吃顿便饭，代表自己送了10块光洋，还送了一件旧狐皮袍子。

滕国权返乡后，一些邻里乡亲纷纷围上来问："您老的儿子在外面当大官，这次回来一定发财了。"老人家调侃地说："发什么财，穷光蛋一个，没吃，没穿，没钱用，还不如咱乡下老百姓一日三餐稀粥烂饭，快快活活过日子。"嘴上虽这么讲，但老人的脸上却洋溢着自豪的神情。

就在这年冬，滕代远与林一结婚。滕代远小儿子滕久昕说，母亲林一本名刘书兰，到延安时改名，意为"做绿林好汉中的一员"。"母亲原籍河北武邑，1917年8月出生于黑龙江依兰。18岁那年，母亲在依兰中学读书时加入青年团，一年后转为共产党员。"

1936年秋，党组织派林一到苏联莫斯科东方大学八分校学习。而在一年前，即1935年7月25日，滕代远受党中央委派，在莫斯科出席了共产国际第七次代表大会。作为来自中央苏区的红军代表，滕代远向代表65个共产党和一些参加共产国际的国际组织的513名代表做了《保卫自由和独立》的发言，着重介绍了红军第一方面军在长征中的英勇事迹和取得的重大胜利，并且还绘了一张略图，作了扼要的说明。报告讲得生动具体，常常引起掌声。会后，受到苏联党中央斯大林、莫洛托夫等前领导人的接见。

毛泽东在从事革命活动之初没有到过苏联，不可能像王明等人那样获得共产国际先入为主的好感，并在共产国际的支持下，进入中国共产党的最高领导层。共产国际对毛泽东的最初关注，始自毛泽东在湖南所从事的革命活动及后来发表的《湖南农民运动考察报告》，和其在建立中央苏区过程中所发挥的不可替代的重要作用。在共产国际"七大"会议上，滕代远在代表中国共产党中央红军的领导人发言时，将毛泽东而不是王明或博古放在紧接着季米特洛夫和台尔曼之后的重要位置上加以宣传，通过革命实践，他认为毛泽东才是真正懂得中国革命斗争的优秀领袖人物。

1936年，滕代远化名李光，在莫斯科出版了10余万字的《中国新军队》一书，第一次向世界介绍了中国中央红军的发展史。滕代远在苏联期间，曾同中共参加共产国际"七大"的其他代表到东方大学八分校看望中国学生。热情稳重、品学兼优的林一给滕代远留下了深刻的印象。

1937年12月，中央令滕代远返回延安，得以见到阔别已久的毛泽东。毛泽东问了有关情况，然后当面要滕代远就任中共中央军委参谋长的工作。据滕代远三子滕久明讲："当时毛泽东接见我父亲的时候，委任我父亲为参谋长。我父亲提出干不了，后来毛泽东对他说，委任你为军委参谋长，不加'总'字，和我一起管八路军、新四军。我父亲后来就没有坚持再说什么了……"

　　于是，滕代远毅然走上了中央军委参谋长的岗位，协助中央军委主席、副主席尽力指导全国抗日战争的进行，指挥我军的军事行动，主持军委参谋部的日常工作。

　　有一年，滕代远三子滕久明到中国人民抗日战争纪念馆参观，发现展板上有八路军、新四军高级将领的文字介绍与图片，唯独没有中央军委参谋部的介绍，这是国家级纪念馆的重大遗漏。于是，向纪念馆负责人提出质疑。据滕久明讲，当年，八路军、新四军主力都已开赴华北、华中敌后战场开展持久的游击战争，各根据地基本上是独立作战、分散活动，而中央军委参谋部的一项重要工作就是切实了解和掌握全国各战略区的作战情况，摸清敌军、伪军、友军和我军4个方面的情况，统一指挥协调全国各战略区的军事行动。这方面的工作是紧张、不间断地进行的。这就要求军委参谋部各局协同动作，密切配合。"我们不是单纯强调自己的父辈在历史进程中所起的作用，增加有关中共中央军委参谋部的介绍目的，是为了体现当年抗战是在党中央和中央军委的领导下，独立自主地对全国的共产党军队军事行动进行指挥的。中央军委参谋长与八路军参谋长使命、职责与指挥范围有很大不同。八路军参谋长向上既听命于中央军委，又服从国民党政府国防部领导，实质上是服从国共双重领导。在指挥权限上，仅负责对华北战略区一一五师、一二〇师、一二九师和所属独立团、地方部队的指挥。"

　　当年，滕代远紧紧抓住军委参谋部一局（作战局），通过他们把敌、伪、友、我军的部署与动态摸清楚，并做出综合分析。他几乎每天深夜都要向毛泽东主席汇报，并及时把主席的指示传达到各个部队。当时的情况主要来自前方，也有些来自电讯侦察。滕代远特别强调时效观念，曾给一局立下一个规矩：凡是前方来的电文，连同译电原稿，都先送他亲自过目，做出批示后再交有关人员处理，并将处理结果向他报告。他每天要处理几十份甚至上百份电文，从不积压。他还给一局规定每天要作分析研究，经常写综合报告，报告经他审阅后呈毛泽东、王稼祥等军委领导人。这就为中央军委制定战略方针和对敌斗争的决策及时提供了重要依据。为此，滕代远常常通宵达旦地工作。

1938年6月，林一等东方大学10多位同学回国，从西安与王稼祥等同乘一辆汽车到延安。滕代远以中央军委参谋长的身份慰问大家时，见到了林一，好似见到了熟人，笑呵呵地与她打招呼："我们在莫斯科就相识了。"

到延安后，林一患上了贫血症。滕代远闻讯后不禁牵肠挂肚，不断地给林一送药品，给予关心和鼓励。林一从滕代远那里感受到了军委领导同志的亲切关怀和让她怦然心动的兄长般的温暖，他们之间开始有了更频繁的接触和书信往来。其间，滕代远和盘托出了自己的革命经历，并坦诚告诉林一有关自己早年有过一段没有任何感情的包办婚姻。

林一完全理解滕代远的苦衷，她对这位参与领导平江起义和开创井冈山革命根据地的"老"红军的感情从敬重升华为爱恋，两颗火热的心紧紧地贴在了一起。这年12月，经过组织上批准，他们结成了终身伴侣。在滕代远住的那孔窑洞里，举行了简朴而热烈的婚礼。

1939年，滕代远与夫人林一在延安王家坪

在采访中，记者才得知滕代远的夫人林一是位隐秘战线的巾帼。她从苏联回国到达延安后，经中央组织部安排，到中央社会部任机要科长、秘书长。她胆识过人，工作方法灵活多样，多次乔装打扮，深入虎穴，因工作出色，贡献突出，曾多次受到中共中央领导人和八路军前方总部首长的褒奖。

为了适应抗日战争的需要，1940年10月20日，中共中央社会部派出了7人工作组的小分队，奔赴地处晋东南的八路军前方总部开展情报工作。时年23岁的林一就是工作组的负责人，主要任务是搜集敌伪军队、政府、警察、宪兵、特务的情报，了解打入我抗日根据地的敌特人员的踪迹，开展反敌特斗争，以保卫我党我军的安全。

1941年5月20日，中共中央军委决定，在各战略单位建立情报组织，要求前方总部、第一一五师、第一二〇师、第一二九师、冀中军区、新四军等成立情报处。之后，前总所在地区的太行军区一至五分区先后建立了情报站。这几个情报站的站长都是林一亲自选拔的。

1947年9月，滕代远与林一在武安县冶陶

1941年底，八路军前方总部情报处正式成立，处长由左权兼任，下设4个科，其中一科为派遣科，科长为林一。1942年5月25日，左权在战斗中壮烈

牺牲，中共中央于8月25日调抗大总校副校长滕代远任八路军前方总部参谋长兼情报处处长。

据史料记载，抗战时期由八路军前方总部情报处直接派往日军占领区的干部和在敌占区发展的共产党员、可靠的进步人士约有170人之多。在华北、华中、东北日军占领的大城市和伪军中建立了情报站、情报点、交通站、交通点，基本上形成了以华北为中心的地下情报工作网络，上下联络，畅通无阻。作为派遣科科长的林一对派遣人员的选择非常认真和细致。她不断在太行军区甚至全军范围内选人，并多次亲赴抗大总校去挑选合乎条件的干部。

1944年10月初的一天，滕代远要听取林一关于前总派遣人员分布情况的汇报。林一在办公桌上摊开中国地图，按华北、华中、东北地区标出派出人员的职业、姓名、被派往的城市以及潜伏身份，各情报网、站、点的人数。她向滕代远一一作了汇报，并提出要亲自深入日伪军占领区，代表总部领导检查情报工作，看望奋战在龙潭虎穴里的战友们。

1944年11月5日，经过周密筹划，准备了潜入敌占区的各种必要证件，确定行程和路线，安排好沿途交通站点派专人带路和转送后，化装成大城市阔小姐的林一，独自一人迎着严寒，深入到河南安阳、开封及北平等敌占区了解情况，交流经验，作有关周密安排。凡她接触到的人，不论是我军派遣人员还是靠近我方的进步人士，都深受鼓舞。3个月的"出访"，林一冒着生命危险，纵身虎穴，有时为便于隐蔽，甚至女扮男装视察工作，掌握了第一手材料，提出了有价值的、有利于抗日战争最后胜利的建议，为总部首长决策提供了可靠的依据。

抗日战争胜利后，滕代远任晋冀鲁豫军区副司令员、中共晋冀鲁豫中央局常务委员。同年12月，参与北平军事调处执行部工作。不久，赴重庆、南京，协助周恩来与国民党代表谈判。1947年刘邓大军挺进大别山后，参与指挥晋冀鲁豫军区部队在内线进行反攻作战，领导人民武装建设，并指导军工生产。1948年5月，任华北军区副司令员、中共中央华北局常委。而林一在这段时间曾奉命到北平参加军事调处执行部工作，后到晋冀鲁豫中央局党校学习，历任南下城工科科长、华北局社会部办公室主任等职。与滕代远一样始终不渝地坚持共产主义信念，对革命事业矢志不渝，相依相偎。

1949年1月2日,滕代远与林一和孩子们在华北军区司令部驻地平山县烟堡

(二)"农民领袖"成为毛泽东的亲密战友

"在前方浪费民力现象还很严重,不看后方如此奋不顾身地支持前线,不会体验到前方的浪费。……要尽最大努力,减少该区战勤负担,全力组织生产,并拨给部分救济粮以度春荒。"1948年4月13日,滕代远在调研中发现群众战勤负担极重,其中公粮负担、劳力负担、军鞋负担、社会负担不堪,以致某地"现在百分之五十以上已没有饭吃,从去年年底到现在靠野菜谷糠充食……许多贫雇农以至富农,均出卖儿女换三四斗粮食渡荒。讨饭的更多……"

滕代远就群众战勤负担情况写就了报告,紧急上报给毛泽东、刘少奇、朱德。在报告中,他激愤地写道:"这次看到南运粮食感到很惊奇,南边部队生活很好。……部队作战以来没有吃过杂粮,差不多两天吃肉一次。……弹药弃地没有人要……"泣血忧民之情跃然纸上。

6天后,中央批转了《滕代远关于群众战勤负担情况的报告》,要求"……及各前委各中央局严重注意此项报告,严格检查部队中的浪费人力物力现象,迅即订出制度办法,加紧纠正",指示"各纵队讨论,从思想上彻底解决问题",以利于长期战争和取得最后胜利。

可以说,滕代远的这份民情报告在战时起了积极的作用。他的直言、坦率、正义秉性,源于他是农民的儿子,特别的身世与经历让他对群众利益有了最真切的直感。滕代远祖辈务农，自己从小参加农田劳动，农村生活使他了解农民的疾苦，熟悉农村社会，培养了对农民群众深厚的感情，并决心站在劳苦大众一边，为广大农民谋利益。为此，他在重大问题上坚持原则，把党和军队的利益放在第一位。正如他的小儿子滕久昕说，父亲一生耿直，他的眼里容不得半粒沙子。

1904年11月2日，滕代远出生于湖南麻阳。小时名龙兆，参加革命后曾用过唐大元、李光等化名。滕代远的家乡玳瑁坡村，是个苗族聚居的偏僻山寨，当年主要靠开山种薯或砍柴贩卖度日，生活十分困难。滕代远的父亲滕国权，忠厚勤劳，耕田、犁地、插秧、锄草样样都做，是一个行家里手。母亲谭桃秀贤惠能干，除担负家务劳动外，还要纺纱织布。

在父母的影响下，作为长子的滕代远从小就养成了勤劳勇敢、艰苦朴素的好习惯——早晚帮助大人照顾妹妹，扫地、挑水，寒暑假里为家中放牧牛羊、砍柴割草。滕代远从小懂得节约，家里给的零用钱绝不乱花。除了自己买书外，余下的钱他都积攒在一个小布袋里。

1921年，17岁的滕代远奉父母之命，与长他4岁的没有文化的同县农村妇女谭红玉结婚，她是滕代远母亲谭桃秀的娘家侄女。次年，生下长子滕久翔。

1923年秋，滕代远考取了常德湖南省立第二师范学校。从此，他远离家门，再也没有回过家。

1924年6月，在中共湘区委委员陈佑魁倡导下，滕代远与麻阳旅省、旅常进步学生发起成立了"麻阳新民社"，其宗旨是联合全县及旅居在常德、长沙和北京、天津、上海等地的进步青年，结成一个强大的社会团体，致力于改造家乡麻阳。笔架山曾是"麻阳新民社"成员经常聚会、讨论国家大事的地方。同时，创办了传播新文化、新思想的社刊《锦江潮》，编辑部就设在常德二师，由滕代顺任主编。在这个刊物上，滕代远发表了不少揭露帝国主义、反动军阀和土豪劣绅种种罪行的文章。

1924年10月，20岁的滕代远加入中国社会主义青年团。1925年11月，中共湖南区委（即省委）鉴于常德革命力量逐渐壮大，人民的斗争热潮空前高涨，就派共产党员谭影竹（化名黄叔夷，后叛变）来常德建立第一个党的组织——中共常德特别支部，由谭影竹任书记。将团龄较长、表现较好的滕代远等人转为中共党员。

入党后,滕代远一面在校学习,一面用很大的精力做学生会的工作,有时还到工人和常德近郊农民中做党的宣传工作。

1926年4月,滕代远因组织学生声援桃源女师进步学潮,被当局开除学籍。从此,这位年轻的共产党员走上职业革命家的道路。

滕代远后经常德党组织介绍,到了湖南省会长沙,找到中共湖南区委(即省委),受命到湖南平江县任社会主义青年团书记;几个月后,又回到长沙任长沙近郊区委第一党委书记及近郊区农民协会委员长。

1927年"马日事变"前,柳直荀任湖南省农协秘书长,滕代远担任湖南省农协委员长,并任湖南省委常委。毛泽东在国共第一次合作中负责农运工作,来湖南考察农民运动,就由滕代远、柳直荀陪同视察了湖南6个市县,撰写发表了《湖南农民运动考察报告》。

1927年11月,被彭公达誉为"农民领袖"的滕代远,奉湖南省委之命,赴醴陵组建中共湘东特委并担任特委书记。1928年1月至3月,他两次领导醴陵年关暴动,将湘东地区的工农革命风暴推向高潮,由此也引起湖南军阀的恐慌与"围剿"。滕代远和湘东特委机关被迫转移到赣西安源,继续开展革命斗争。

1938年,参加井冈山斗争的部分同志在延安合影(前排左四为滕代远)

1928年7月22日,滕代远和彭德怀发动了著名的平江起义,"登(顿)时满城及附近的红色标语、宣言、布告及旗帜飞扬,将那白色的恐怖镇压到零度了"。7月24日下午,在庆祝起义胜利的大会上,滕代远以湖南省委特派员身份,宣布成立红五军，由彭德怀任军长、滕代远任党代表。同时，还成立了平江县工农兵苏维埃政府。

根据湖南省委的指示，1928年12月10日，滕代远与彭德怀率红五军到达井冈山，与毛泽东、朱德领导的红四军主力胜利会师。会面时，他们相互握手问候，极为亲切。滕久明说，父亲早年近距离地接触毛泽东，在和毛泽东并肩工作中相互熟识、了解，互相熟悉了彼此的风格思路和脾气性格。

两军会师壮大了湘赣边界的革命力量，国民党当局为之惊慌不安。蒋介石急调湘鄂赣3省18个团的兵力，以何键为总指挥，分5路对井冈山发起"会剿"。为摆脱困境，毛泽东决定红四军主力向赣南、闽西进军，在外线打击敌人；由红五军改编的三十团及红四军三十二团王佐部留守，担负保卫井冈山的任务。对此，红五军中多数同志不同意固守井冈山，而主张北返湘鄂赣苏区。彭德怀和滕代远等则力主守山。滕代远反复向反对者说明"围魏救赵"的军事意图，强调坚守井冈山这面红色旗帜关系革命全局的重要性，并从各种条件对比中，耐心说服了大家维护毛泽东的决定。

1930年8月23日，红一军团与红三军团在湖南浏阳永和镇会师。接着，一、三团前委举行了联席会议。彭德怀、滕代远等考虑到便于统一指挥两个军团的行动，提出成立红一方面军。会议接受了这个建议，正式组建中国工农红军第一方面军，总兵力近4万人——由朱德任总司令，彭德怀任副总司令，毛泽东任总政委，滕代远任副总政委。从此，滕代远就在毛泽东和朱德的直接领导下为创建人民共和国而努力奋斗。

1938年，彭德怀（左二）与先后任红三军团政委的滕代远（左四）、杨尚昆（左三）、李富春（左一）在延安合影

值得一提的是，目前许多传记文章或资料介绍中，提及滕代远在红一方面军的任职时几乎众口一词"副政委"。滕代远三子滕久明说："母亲在世时一直强调要将父亲任副政委前的'总'字拿掉，认为不能与毛泽东职务平列在一起。我们与母亲争执过，认为要尊重历史，尊重父亲当年任职的历史事实，不能拔高父亲，也不能有意压低父亲的历史作用。直到母亲去世后，我们才还原历史的真实。"

1945年8月，日本投降后，中央决定成立晋冀鲁豫中央局：邓小平为书记，薄一波为副书记，刘伯承和滕代远等8人为常委。这一年，滕代远向中央局提议出版毛主席著作选读本，以便提供给干部同志们学习。据滕久昕介绍：父亲的建议得到认可，这项工作由晋冀鲁豫中央局宣传部组织实施，时任宣传部长的张磐石同志领导。这套《毛泽东选集》中选编的书目由中央局确定。从"六大"以来毛泽东著作、报告中选编，作为主件；从中央文件中选编与主件有关的文件，作为附件。承担印刷任务的是华北新华书店印刷厂。为保证印刷质量，厂里从延安和山东解放区抽调了多位技术骨干。在物资非常缺乏的情况下，采购人员四处奔波，采购到黄金、布料和上等纸张。由于印刷厂没有会烫金字的技术人才，又从冀鲁豫区请来了曾在日本国内做过烫金的田崎（原是日军士兵，被我军俘虏后参加了革命）负责封面烫金。经过全体职工的不懈努力，1948年仅用半年时间就胜利完成了出版任务。

《毛泽东选集》两卷本（16开本，蓝色布面精装，封面中央有凹凸版毛泽东头像。收入毛泽东著作共61篇，1035页、约95万字）的编印出版，得到了广大军民的热烈响应，是解放区军民克敌制胜的精神武器，是指导抗日战争和解放战争胜利的重要文献。滕代远当年向中央局提议出版的这两卷本"毛选"成为早期毛泽东著作的红色经典，极具收藏价值，既印证了毛泽东领导中国共产党和中国人民取得革命胜利的足迹，也再现了毛泽东思想发轫的轨迹，还是毛泽东与滕代远革命情谊的见证。

（三）"将军大老板"将天堑变通途

1948年11月，东北解放。中央军委命令四野迅速入关，包围平津；二野、三野分进淮海，开始了平津、淮海战役。中国革命进入即将取得全面胜利的重大转折时期。这时,党中央正运筹着大军"打过长江去,解放全中国"的重大决策。中央军委为保证这一决策的实施,发出电令,决定时任华北军区副司令员的滕代远为中央军委铁道部部长,并要他以华北人民政府交通部和东北人民政府铁道部为基础,把军委铁道部组建起来。

想到自己戎马生涯几十年,如今就要离开久已熟悉的军事工作,滕代远感到十分留恋,但同时又为全国胜利在望,即将进入城市接管铁路,感到激动和兴奋。

当时,中央军委副主席周恩来在西柏坡约见滕代远。周恩来指出:"做好铁路工作,保证当前解放战争的军事运输和全国解放后的经济建设都是十分重要的。在中央政府未成立前,你是从军队转做经济工作的第一个部长,今后还会有更多的同志转到经济战线上来。"周恩来特别强调:"从军队转做经济工作是一个很大的转变,也是中国人民解放事业即将取得全面胜利的重要标志。任务是艰巨的,你要努力学习,向人民群众请教。"

滕代远想到今后全国铁路的运输和铁路建设的主要领导工作已经落到自己身上,感到责任重大。他满怀激情,伸手提起笔来,写下"办好人民铁道"六个大字,以表达自己将竭尽全力献身人民铁道事业的决心。

1949年1月10日,中央军委下达对滕代远的正式任命。两天后,他急赴石家庄会晤华北人民政府交通部长武竞天。滕代远和武竞天是老战友了。在延安时滕代远是中央军委参谋长,武竞天是中央组织部秘书长;到晋冀鲁豫解放区,滕代远是军区副司令员,武竞天是中央局秘书长。现在两人又走到一起,自然感到十分亲切。

据滕代远的秘书张宏一回忆:"武竞天召集我们秘书和各有关方面负责人搜集、整理国内外铁道的相关资料和华北铁路的概况,向滕代远做了较为详细的汇报,并陪同滕代远部长到石家庄铁道局运输段、机务段及石家庄到德州沿线进行实地调查、了解情况。一周后,滕代远前往西柏坡,向军委汇报召开铁路工作会议有关筹备事宜和组建军委铁道部的初步意见。"

1949年1月28日,军委铁道部第一次铁道工作会议在石家庄召开。朱德总司令在滕代远的陪同下步入会场走上主席台,宣布成立军委铁道部的命令后,指着滕代远对代表们说:"中央给你们派来个'将军大老板'。过去他指挥千军万马打败了日本侵略者和国民党反动派。从今天开始,他要掌管铁路，要指挥百万铁路大军，开山修路，遇水搭桥，抢修抢运，支援大军过江，解放全中国。"

经过紧张的准备，2月8日，滕代远率领先行人员，乘汽车由石家庄向北平进发。出发前，他嘱咐随行人员："我们是军委铁道部赴北平的先遣人员，是代表人民解放军去接管铁路的，要表现出胜利之师的姿态，衣着要整洁，汽车要擦得干干净净，咱们的精神状态都是代表解放军的。"

车队沿着残旧的公路颠簸着北进。有很多地段铁路和公路是平行的，滕代远沿途很仔细地观察铁路的破坏情况。石家庄至高碑店段，钢轨枕木没有一根，道床满是疮疤，站段一片瓦砾，机车车辆残破不堪，线路两侧到处是壕沟。看到这一切，滕代远感叹地说："过去是我们领导军民破坏了它，为战胜日本帝国主义和国民党反动派立了大功；现在我们要打过长江去，要赶快把长江以北的铁路主干线修通，完成党的重托。"

这年2月20日，中央军委铁道部在王府井南口霞公府大楼挂牌办公。由中央军委领导的铁道部当时的中心任务是确保大军渡江，解放全中国。在滕代远部长，吕正操、武竞天副部长统率下，广大职工在支援解放战争和恢复国民经济方面，立下了不朽功勋。

1949年3月中旬的一天，滕代远陪同李克农约见平津铁路局局长郭洪涛，研究布置迎接毛泽东和党中央从高碑店乘火车进北平事宜。滕部长制定出一套完整、周密的方案，经过严格、精心的准备，一切就绪。3月25日，天气晴朗，上午，滕代远、郭洪涛指挥的3辆特快专列，载着毛泽东等中央首长飞快地奔向北平。这是滕代远第一次为毛泽东等中央首长专列"添乘"。张宏一说，精心细致、雷厉风行、言必信、行必果，无半点马虎，办事有始有终，是滕代远一贯的工作作风。

滕久昕说："从那时起，父亲就知道自己身上的担子有多重。新中国成立后，父亲被任命为中华人民共和国中央人民政府铁道部部长、中央人民政府政务院政务委员和政务院财政经济委员会委员。他的工作异常忙碌，我对父亲的记忆，多半也是他匆匆的脚步和伏案工作的背影。"1950年1月23日，济南铁路局花旗营车站发生一起重大行车事故，死伤多人，延误行车10多个小时。"父亲立即着手处理事故，采取有效措施，保证行车安全，并主动在中央人民政府政务院会议上作了自我批评，请求处分。他说：'管理铁路必须有严格的纪律，一定要从严要求,对领导干部也不能例外!'一位中央人民政府的部长带头这样做,在全国和全铁路系统引起很大震动。"

滕代远到铁路系统工作以后,仍然保持着过去战争年代经常下连队的作风,经常深入基层检查工作。他常对部机关领导干部们说:"基层的意见是一面镜子,可以照出我们领导机关的问题,更可照出我们自身的缺陷。"每次出差,他总是身穿铁路制服,头戴大盖制服帽,佩戴路徽,紧扣风纪扣,一派大将风度。职工食堂、幼儿园、乘务员宿舍都是他经常去的地方。每次外出检查工作,他都在公务车上吃住。在行车途中,白天,他除了在公务车上听取沿途铁路局负责人汇报外,就在公务车末端的瞭望窗注视铁路沿线的铁路情况,并让身边的工作人员一一记录下来。一次到重庆,天气炎热,重庆市委负责同志为照顾他的健康,请他到宾馆去住,他不同意,坚持住在车上。滕代远说:"我们搞铁路的人,两根钢轨就是我的岗位,我在车上睡得踏实,离开岗位就不是铁道部长了。"

"一桥飞架南北,天堑变通途。"毛泽东曾如此诗赞素有"万里长江第一桥"美称的武汉长江大桥。这座新中国成立后在"天堑"长江上修建的第一座大桥于1955年9月1日开工建设,于1957年10月15日建成通车。

滕久昕6岁那年,跟随父亲一同去武汉,亲身经历了通车典礼的全过程。那时候,滕久昕的感觉是:父亲带领贵宾们到处参观,为他们当起了"讲解员",他怎么知道那么多事情呢?

1950年,滕代远刚刚接手主持全国铁路工作不久,就根据中央人民政府的指示,着手筹划修建武汉长江大桥,并进行初步勘探调查。1953年4月,铁道部设立了武汉大桥局。大桥局初建,急需技术骨干,滕代远下了决心,将铁道部机关仅有的3位一级土木工程师派去两位。

1954年1月21日,周恩来总理主持召开政务院203次会议,听取滕代远关于筹建武汉长江大桥的情况报告,讨论通过了《关于修建武汉长江大桥的决议》。滕代远认为,武汉长江大桥要"又经济,又坚固,又美观,又迅速,又安全。这个桥的质量至少保证100年"。他对武汉长江大桥工程非常重视,多年跟随他的秘书卜占稳在日记里写道:"每年至少要去武汉两次,有时出差绕道也要去一下。他说,这座大桥修好了,可以培养我国建桥的大批人才,训练出更多的工人修桥队伍,总结出建桥的经验。"滕久昕讲:"长江大桥倾注了父亲大量的心血，可以说头发都白了。最后大桥建成了，他的身体也基本累垮了。"

在修建武汉长江大桥过程中，大桥的基础工程采取什么样的建设方案，一度存在严重分歧。据滕久明讲，父亲经过缜密调查与研究，顶住各方压力，挑战苏联政府派来的以苏运输部长为首的工程代表团的权威，否定了沿用了100多年的"气压沉箱法"，坚决支持以西林为首的苏联驻铁道部专家组提出的具有创新思路的"管柱钻孔"方案，确保了大桥建设的顺利推进。

半个多世纪以来，历经风雨沧桑的武汉长江大桥巍然立在大江之上，肩负着每分钟60多辆汽车、每6分钟一列火车通过的荷载，经受了无数次洪水、大风的洗礼，甚至承受了来自外力的碰撞达70多次，其中最重的一次是一艘900吨吊船正面撞上——但是这座大桥不伤筋骨、安然无恙，始终巍然挺立于滔滔江水之上。今天，武汉长江大桥不仅成为长江上一道亮丽的风景，而且也是一座历史丰碑。

2003年6月11日，滕久光、滕久明、滕久昕三兄弟冒雨到武汉大桥工程局，赠送了部分历史老照片。桥工处党委书记萧柏林兴奋地告诉他们：中国科学院专家不久前刚给大桥做完"体检"，数据表明：大桥的设计、施工和养护都是一流的，还可以使用不下50年，也就是说使用期限至少在100年！滕家子弟听后十分欣慰！

（四）甘当"普通一兵"的滕门家风

滕代远有5个儿子，除了长子外，其他孩子都是军人出身。

1943年11月，滕代远的二儿子滕久光出生。当时正是抗日战争由战略相持转入战略反攻阶段，是战争最紧张最艰苦的时期，日本侵略军不断对根据地进行大肆"扫荡"和"蚕食"，残酷的斗争使他们无暇顾及自己的孩子，只好把滕久光寄养在老乡家里，是根据地老百姓的奶汁和小米饭把他养大的。

新中国成立后，滕久光被接回北京，进了一所干部子弟学校。在学校里，滕久光过着无忧无虑的生活，很少与外界接触，使得这个在农村长大的孩子有些忘乎所以。滕代远认为这样下去不利于孩子的健康成长，于是把孩子转到一所普通学校。但滕久光淘气贪玩、不好好学习的毛病仍没有改掉。为了更好地教育孩子，滕代远夫妇决定把滕久光送到秘书的老家——一个山区农村去锻炼。

就这样，滕久光被送到河北唐县的一个山区农村。一下子离开了北京城，来到这么艰苦的农村，滕久光开始很不理解父母的一番苦心。滕代远就经常抽时间给孩子写信，鼓励他努力学习、参加劳动。后来由于上学不方便，滕代远又让滕久光带上户口到黑龙江省依兰县姥姥家，一边上学一边参加农业劳动。其间，滕代远仍然时常抽时间给儿子写信，关心儿子的学习劳动，以期健康成长。

离开了父母，滕久光逐渐增强了独立性，并有了可喜的变化。北方的高粱米把他养得非常结实，劳动的汗水改变了他的贪玩，学习成绩也渐渐好起来。

3年之后，滕久光被父亲接回北京。1962年夏秋之间，台湾国民党当局叫嚣"反攻大陆"。滕久光激于保卫祖国的义愤，自愿放弃继续升学的机会，报名参军，成为一名光荣的海军战士。滕代远格外高兴，表示热情支持，他觉得自己几年来在滕久光身上倾注的那么多的爱抚和教育没有白费，语重心长地对滕久光说："你这样做是对的，人民共和国需要你们捍卫。人民解放军是个大熔炉，希望你在熔炉里锻炼成才。"

1945年5月，滕代远的三儿子滕久明出生。刚满月，滕久明就被送到老乡家抚养——每个月给老乡家送20斤小米，每年给10尺粗布，作为托付费。随着后来部队机关有了简易的托儿所，工作繁忙的滕代远夫妇才把滕久明送进托儿所。

滕久明小时候迷恋"火箭"，春节时特爱放"冲天炮"。他早年立志好好学习，以后报考军校。

1965年夏，滕久明高中毕业在即，正埋头苦读，准备高考。一天傍晚，滕代远夫妇谈论起家里的事，对滕久明学习肯用功、进步快的情况十分欣慰。秘书见状插话说："久明对我谈过，他想上哈尔滨军事工程学院，怕万一考不好，不被录取，想请您给学院刘院长（滕代远的老部下刘居英）写封信。"

滕代远听后，断然回答说："读书、上大学，要靠自己的努力，不能靠父母的地位和私人关系。大学能考上更好，考不上也没有什么。为人民服务的工作多得很，做工、种田、当兵都可以。"滕代远又对妻子林一说："要给孩子讲清不能写信的道理，靠私情、拉关系，不是我们党的作风。"

后来，滕久明经过自己的刻苦努力，如愿考上哈尔滨军事工程学院。这年8月24日报到，滕久明抓紧准备行装，滕代远嘱咐他："你是咱们家第一个大学生，要珍惜这个学习机会，在大学期间不准谈恋爱、找对象。"后来，滕代远还给滕久明写信，信中强调："一定要努力学习科学知识，为祖国服务，为人民服务，这是我们对你的希望。"并抄录了陈毅4年前送儿子上大学时写的《示丹淮并告昊苏、小鲁、小姗》这首长诗中的一些句子以勉励儿子："汝是党之子，革命是吾风。汝是无产者，勤俭是吾宗。汝要学马列，政治多用功。汝要学技术，专业应精通。勿学纨绔儿，变成白痴聋。少年当切戒，阿飞克里空。身体要健壮，品德重谦让。工作与学习，善始而善终。人民培养汝，报答主事功。祖国如有难，汝当作前锋。"

滕代远平时留给孩子的印象是不多说话，很严肃，对他们要求很严格。其中，还要求他们为了工作要晚婚，不许过早谈恋爱。滕久明刚上大一那年放假回家，看到有同学来家里，滕代远就会盯着看来的是男同学还是女同学。一次，滕久明因为与同学聚会回家晚了些，吃饭时滕代远生气地站起来，将滕久明手中的筷子打掉——滕久明心想，可能父亲误解我在与人谈恋爱，他强忍着泪水没有说明真相。为此，滕久明直到32岁才恋爱结婚，其他几个兄弟也都是30岁之后才成家——但父亲对他们的恋爱及结婚对象从不干涉。

滕久明没有辜负父亲的殷切期望，后来以优异的成绩大学毕业。当时，滕代远的病情已较为严重，可5个孩子都不在身边，好心的同志常劝他把孩子调回一个，滕久明也写信表示希望回到父亲身边，好照顾家里，但滕代远没有这样做。他给滕久明写信说："我身体不好，有组织上照顾就足够了，党和国家需要你们这些年轻人。你大学毕业后，哪里最需要，你就到哪里去工作，一切听从组织上的分配。"

滕久明先是到二十三军六十九师下连队当兵，参加野营拉练和冬训、夜训，自觉磨炼，吃苦耐劳，后参加农村社教运动，而后到沈阳军区从事情报工作。

一次，滕久明利用出差机会回家看望。当他和父亲谈到部队生活时，滕代远问："你现在在部队做什么工作？""当参谋。"滕久明自认为刚分到部队就调到机关工作，说明自己进步挺快，原以为父亲会为此高兴而表扬他。哪知滕代远却严肃地批评说："你这个大学生，连兵都没当过，能当好参谋吗？我看你应当先到连队去当兵。"听了父亲的意见，滕久明回部队马上给组织上写了报告，申请到基层连队工作。此后，他不以大学生身份为骄，更不以高干子弟自居，虚心向同志们学习，刻苦锻炼，受到领导和战友们的好评。后来，他当上连长，在边境作战中还荣立了三等功。

2001年6月，滕久明在总参军训部电化教学局副局长的岗位上退休。从哈军工当兵算起，滕久明从军37年，他牢记父教，全心全意为人民军队服务，兢兢业业，恪尽职守，为人忠厚，谦虚谨慎，深得好评。

退休后，滕久明开始研究父辈的红色历史，多次到延安、平江、铜鼓、修水、永丰、于都、瑞金、井冈山、邢台、邯郸等父母亲曾经战斗、生活过的地方，并一次次回家乡麻阳探访，祭奠先辈，关心故乡的经济建设，为山区的发展做实实在在的贡献。

滕代远四子滕飞记得，自己在念小学一、二年级时，爸爸就要求他养成写日记的习惯。滕飞开始不理解爸爸的用意，只是每天记流水账式地写着以应付爸爸的检查。滕代远一方面耐心地纠正滕飞的错别字，一方面语重心长地说，"写日记，就是把你做过的事情，走过的路，无论对错，一笔笔记录下来，以后加以分析，为什么对？为什么错？将来纠正错误的行为，这样才能少走弯路。"几十年过去了，滕代远的教诲使滕飞养成了写日记的习惯，这让滕飞在未来的人生中受益良多。

1968年2月，滕飞应征参军，乘火车离开北京前夕，滕代远在旁熟练地指导儿子打好背包，并送给他一本在当时很难得到的《毛泽东选集》合订本和《雷锋日记》。早在1963年，滕代远就带滕飞参观过雷锋事迹的展览，他对儿子的要求简单明了：当雷锋式的士兵，吃苦在前，不讲享受。滕飞坐了几天火车来到部队驻地——这里一片荒芜，看不到绿树青草，只有茫茫戈壁上的骆驼刺；没有温暖潮湿的气候，只有漫天遍野的刺骨寒风在耳边呼啸。滕飞的心也像这寒风一样凉了大半截，甚至想，在这个地方打开我军旅生涯的首页，是不是太残酷了点儿？滕代远从滕飞的家信中看出了儿子的怯懦，在回信中说："金张掖，银酒泉——这里是你报效祖国的好战场。"滕飞后来才知道，1937年5月，父亲和陈云受党中央通过的共产国际的委派，带领工作组在这个地方（星星峡、祁连山脉）迎接了突围出来的由程世才、李先念率领的红四方面军西路军部队。这时，滕飞才明白父辈对自己的教育用心良苦。

1970年8月10日，滕飞在一次执行任务中受重伤，昏迷不醒。部队马上通知滕家，要求前去探望。滕代远委托秘书前往看望儿子，并嘱托秘书："你到部队去，请向领导转达我们的意见：如果还有希望，请尽力抢救，因为孩子还年轻，还能为党和国家服务几十年。万一抢救失败，我们不提出任何要求，一切按照部队规定办。"滕代远让秘书转告部队领导："家属的意见就是这些，没有别的要求。"秘书赶到部队，看到昏迷不醒的滕飞还没有完全脱离生命危险，这时滕代远接到了去庐山参加党的九届二中全会的通知，他以党的工作为重，要求秘书迅速返回，与他一起飞往庐山参加全会。后在第二军医大学长海医院的奋力抢救下，滕飞终于苏醒了，摆脱了死神的威胁，并在父亲的鼓励下积极配合医生养伤，不到10个月就回到部队，重新战斗在自己熟悉的工作岗位上。

滕飞回忆说："1971年，我被提拔为军官，父亲得知这一消息后，给我来信，嘱咐我要永远保持普通一兵的本色。他说，军官要做战士的表率，不仅军事技术要当士兵的表率，更要在服从命令、吃苦耐劳上为士兵做出好榜样。"滕代远在信中要求儿子和战士打成一片，星期天、节假日多到炊事班去帮厨，帮战士站岗，让战士休息……

1929年1月4日，红五军军委与红四军军委、湘鄂边界特委在宁冈柏露村召开会议。会议做出决定：1月14日毛泽东和朱德率主力3600人离开井冈山，将扼守井冈山的任务交给滕代远和彭德怀率领的红五军和红四军三十二团。16日，敌人调动了22个团3万多兵力分5个方向进攻井冈山。红五军十大队和五井赤卫队共200多兵力在大队长彭包才和党代表李克如的指挥下守卫八面山。敌人先派了3个团的兵力进行佯攻，以探查红军的火力点部署，然后架起火炮用地毯式炮轰把哨口工事摧垮，红军又多次修复。滕代远在茨坪指挥部参加完紧急军事会议后，连夜赶往八面山。这时天气很冷，雪下得很大，八面山的气温降到零下10度。被敌人炸毁的工事因为冻土挖不动无法修复，而没有掩体的阵地很难防守。滕代远在八面山仔细查勘地形后，召集彭包才、李克如等领导骨干在战地召开了"诸葛亮会议"，讨论决定把桌椅围起来，用棉被和稻草铺在上面，然后浇水冻冰。试验后果然成功了。于是，八面山哨口筑成一道道冰堡防线，红军依靠它打退了敌人的多次进攻。从27日战斗打响，连续打了三天三夜。滕飞说："当年，爸爸和指战员们一样没法吃饭，只能在战壕里一把炒米一把雪充饥。夜幕降临,父亲冒着大雪又赶往另一个哨口黎坪。"滕代远用自己在战争年代的亲身经历教育孩子:越艰苦越离不开官兵一致的光荣传统。

当年滕飞希望自己在军事上有所发展,对政治工作和后勤工作没有多大兴趣。这时,滕代远耐心地开导儿子,要他好好向雷锋同志学习——"革命战士是块砖,哪里需要哪里搬。"滕代远对儿子说,革命是一列奔驰开进的列车,为了列车准时到站,列车上的列车长、正驾驶、副驾驶、司炉、乘务员,火车站的信号员、扳道员,车辆段的检修工、铁路局的调度员、指挥员……一个岗位都不能缺少。为了革命的全局,需要你在哪里干,你就在哪里踏踏实实地把本职工作干好,没什么价钱可讲。

滕代远还用自己在战争年代的经历来教育孩子:革命工作的需要就是个人的志愿和选择。1924年,滕代远刚参加革命是做学运工作,以后党让他从湘西到湘东做农运工作,在蒋介石叛变革命、白色恐怖最嚣张的时候,党指示他抓武装斗争,做兵运工作。在1927年9月初,他担任毛泽东任师长的秋收起义工农革命军直辖二团团长。1928年6月中共湘鄂赣边特委书记郭亮因叛徒出卖牺牲,党命令滕代远去接替郭亮的工作,有些"前仆后继"的意味,滕代远义无反顾。滕家后代说,党叫干啥就干好啥,这是父亲的坚定信念,我们一直以父亲为榜样,认真做好自己的本职工作,始终保持共产党员的本色。

因为工作需要,滕飞的工作换了好几个地方,但是不管到哪里,他都牢记父亲的教诲,工作更加努力,先后被国防科工委党委和海军评为"雷锋式的好干部"。滕飞从部队转业后,到广东粤海石化储运公司任职,并当选为第五届全国人大代表。

在孩子的记忆中,父亲只流过一次泪。1968年,滕代远送刚满16岁的小儿子滕久昕赴内蒙古牧区插队。此前,学校发来有关插队的申请表,滕代远支持一直在自己身边长大的小儿子去内蒙古牧区,并郑重地在申请表上写下"完全同意,坚决支持"。滕代远将毫无独立生活经历的滕久昕送上火车,列车开动的瞬间,永定门车站(现北京南站)内近800位学生和家长抽泣声一片,甚至盖住了火车的鸣笛声。但滕代远却一句话也没有说,默默地挥着手。后来,滕久昕听母亲讲,父亲回到家中,拉着母亲的手说:"孩子才16岁……"一句话没说完,已是鼻翼翕动,泪盈于睫。

滕久昕在接受采访时讲:"父亲当时是全国政协副主席,此前是铁道部长,母亲是北京铁路局党委副书记——可是他们送我的时候是以普通老百姓身份到车站的，没有跟任何铁路系统领导和部门打招呼，是挤在人群里向我挥手的……车启动了，老父亲流泪了。"讲到这里，滕久昕泪水纵横……

滕久昕在内蒙古期间，滕代远夫妇经常去信，勉励久昕在草原上扎根，好好接受锻炼。1970年，滕久昕光荣参军，成为一名铁道兵战士。

一次，因为工作需要，部队首长让滕久昕去北京密云出差。阔别多时，一些留京的同学听说滕久昕回来了，便请滕久昕吃饭叙旧，滕久昕也在莫斯科餐厅回请了他们——吃饭的开销比较大，还借了出差公款60元，这在当时来说，相当于部队连级军官一个月的工资。滕代远知道后非常生气，提笔写信批评滕久昕："干部子弟应养成艰苦朴素的作风、吃苦耐劳的习惯。这不是一般生活作风问题，而是思想觉悟，甚至是政治水平高低的问题。"

不就是吃一顿饭嘛，何必这样小题大做？接到信后，滕久昕的思想一时转不过弯来。于是，滕代远写信告诉部队的领导，让大家一起帮助小儿子认识讲排场、摆阔气的问题，并写信给其他的儿子，一同帮助滕久昕提高认识。其中，在给滕久明的信中写道："小利（滕久昕的小名）花好多钱，大少爷脾气厉害，你要多劝说他一下。"后来，滕久昕专门写了一份思想检查寄给父母……

（五）高干子弟对淡泊而朴素的父辈光环鲜知

1950年9月，未曾谋面的长子滕久翔听说生父滕代远在北京当上了铁道部部长，就千里迢迢来到北京探望。几经周折，滕久翔终于见到日夜思念的父亲。滕久翔是滕代远离开家乡考入常德二师的前一年出生的。参加革命后，滕代远一直没有机会回老家看望亲人，如今见到阔别20余年、已经长大成人的儿子，心里自然是分外高兴，在繁忙的工作之余挤出时间陪伴大儿子游览了北海、故宫、颐和园等名胜古迹。

生活困难的滕久翔从老家来到北京探亲，以期父亲在北京安排工作或要点钱，以改变家里面临的困境。一天，滕久翔向父亲央求说："爸，你现在是铁道部的部长，给我在北京找个工作吧。这样，咱父子俩也好经常见面。"

滕代远不仅严词拒绝了，而且动员他回家，说："按父子情分，我应该在北京为你找个事做。但我们是共产党的干部，只能全心全意为人民服务，绝没有以职权谋私利的权力，部长更不能例外。再说，你在老家上有祖母，下又有爱人和孩子，你不能把这副担子交给当地政府和人民啊！你应该回去。"起初，遭到父亲婉言拒绝的滕久翔心里很不是滋味，可是，转念一想，觉得父亲的一番话还是有深刻道理的。最后，他接受了父亲的意见，心满意足地准备回家去。

临行前，滕代远还反复叮嘱滕久翔："要安心在家乡搞建设，多打粮食，为国家抗美援朝出把力。家里有什么苦难要自己想办法克服，不要打我的牌子向政府要救济或提其他要求，给国家添麻烦。"随后，滕代远将自己在革命战争年代用过的旧衣裤及一些家什赠送给滕久翔，希望儿子"像战士一样去克服一个又一个的困难"。滕久翔记住了父亲的教导，不住地点头允诺，铭记在心。

1960年9月12日，滕代远的母亲因年老多病去世。那天，长子滕久翔给父亲发了加急电报，要他奔丧。滕代远得知母亲去世的消息，十分悲痛，很想马上奔丧。但是，考虑到全国上下都在过苦日子，自己作为铁道部长，怕回家劳民伤财，给当地政府增添麻烦，给当地群众增加负担，滕代远最终打消了奔丧的念头，并回电给长子滕久翔，说他工作忙而不能回去，要求丧事从简，并要滕久翔代他守灵尽孝，还寄了100元钱作为丧事费用。母亲去世后，滕代远甚是怀念，几夜没有合眼，并在千里之外的北京家中与亲人一起悼念母亲，几天下来消瘦了10多斤。

滕家五兄弟无论是在什么工作岗位，都很少有人知道是滕代远的儿子，这都与滕代远"低调做人"的教育有关。

从与爸爸多年的相处中，孩子们真切地感到爸爸就是一个只讲人民、不讲自己的老实人。孩子从小只知道爸爸当过农民，参加过红军、八路军、解放军，至于做过什么工作一概不知，爸爸也从来没有对他们讲过。据滕飞讲："在我儿时的印象中，解放军总参谋长是最叱咤风云的将军了，但我从不知道爸爸在战争年代曾继刘伯承、叶剑英之后担任过中央军委参谋长、八路军前总参谋长这样重要的工作。抗日战争时期爸爸在太行山根据地身患重病，毛主席听说后从延安发来电报指示：不惜一切代价抢救滕代远。1971年我帮助爸爸整理回忆资料时，才第一次从他口中得知他曾担任过总参谋长这样的要职，当时我简直不敢相信自己的耳朵。"

滕久明说，父母从来不对孩子们讲自己的光荣历史。小学时代，家里就规定孩子们用"林"姓，滕久明就曾使用过"林小明"这个名字。滕久明说，父母为了让孩子以平民子弟的身份健康成长,从小就培养他们淡泊名利、低调做人的好品德。

滕飞回忆说:"我从小学到高中所填写的一切表格中,在'家庭出身'这一栏中,爸爸只允许我填'职员'二字。我上小学时爸爸不送我去'八一''十一'这些子弟学校,而是送我去史家胡同小学这类平民学校。从7岁开始,我每天往返三四公里步行上学。我还清楚地记得,读小学时,在爸爸的授意下,家里的勤务员叔叔打扫卫生,只要逢我课余,都会分配给我一部分包干任务,完成任务后才有资格去玩。"

"父亲对孩子要求很严格,工作时不容打扰。他的文件都锁得好好的,不让家人看。在家里,他从来不说公事、政务。"滕久昕回忆说。滕代远平时难得有时间带孩子出去玩,他在紧张工作之余的放松休息,只不过是玩玩扑克牌和散散步而已。周日偶尔到野外或公园散步,滕代远才会带上孩子们,那是孩子们最开心的时候。

1949年初,全家进北平。一直至滕代远去世,20多年滕家一直住在北京东城区煤渣胡同27号那套年久失修的旧房子里。滕久明说,有一年朱德总司令来访,想给父亲换个好一点的房子,父亲没有同意,后来铁道部办公厅想给翻修改造或换套新房子,同样被父亲拒绝了。

2011年11月12日下午,余玮采访滕代远的三子滕久明

"父亲在家里吃饭很简单,一般每餐两个菜,有一盘炒辣子、炒青菜和粗

细粮搭配的米饭就挺满意了。家里来了客人和亲友才加菜。1960年国家经济困难时期,由于粮、油、肉、蛋紧缺,营养不良,我们几个孩子都患上了浮肿病。"滕久明记得,当年为了弥补粮食的不足,南瓜是饭桌上常见的当家饭菜。"星期日母亲带着我们到野外或天坛公园挖野菜,摘榆树叶、柳树叶,养殖小球藻(一种人工养殖富含蛋白质的藻类)包包子吃。从那个时候起,在父母的指点下,我们开始认识了几种野菜,知道它们也可以食用。父亲生活虽有补助,但也主动节衣缩食。一生始终保持战争年代艰苦奋斗、与人民同甘共苦的品格。"

"我们家全是男孩子,所以哥哥的旧衣服就像接力棒一样传给弟弟们穿。"滕飞说,父亲自己就是这样,一件衬衣补了又补,睡衣的样式也很老气,只有在出席重大庆典、国宴或出国访问时,才换上整齐的中山装。滕久明也说,父亲对自己要求甚严,生活上非常俭朴,除了出国访问置装外,他就没有再添置新衣服。在家里,从来都是穿着旧外衣和打着补丁的内衣。"不许家人公车私用,是父亲给全家人规定的纪律。有时候因私事必须用车时,父亲必定自己付钱。他还经常检查司机登记自己因私用车付款的情况。"滕家孩子上学、外出一律步行、坐公共汽车或骑自行车。

1973年8月,长子滕久翔到北京看望病情日趋严重的父亲,见父亲每餐还要吃一个窝窝头,心疼地劝道:"爸,这东西是粗杂粮做的,吃了不容易消化,等您病好后再吃不迟。"滕代远却执意不肯:"我从1960年开始,已经吃了10多年了。"老人还语重心长地告诉滕久翔:"今天共产党的官,是为人民服务的,是人民的勤务员,要关心群众、体贴群众,不能只顾自己,要时时不忘旧社会的苦,才知今天新社会的甜。今天的幸福是来之不易的,你应该好好工作,为党和人民多做贡献。"

(六)动荡岁月的非常心境

1958年初,国民经济在"左"的思想指导下开始走上以"超英赶美"为目标、以钢为纲、以大搞群众运动为方法的"大跃进"轨道。这年3月,中共中央工作会议在成都召开。会议上提出了"鼓足干劲,力争上游,多快好省地建设社会主义"的总路线。会议安排若干担任国务院部长职务的中央委员发言,滕代远电请在北京的武竞天来成都,共商发言稿。他们根据国民经济发展计划以及铁路的需要和可能,撰写了关于铁路发展十五年规划的发言稿。毛泽东看了未获通过。几经修改送审,毛泽东仍不满意。这时,滕代远感到压力很大,坐立不安。后来,虽安排在会上发了言,但毛泽东仍认为应当"作些补充,才有充分说服力",要滕代远回京"再行改写,不惜反复修改"。

回到北京后,滕代远同吕正操等铁道部党组同志一起遵照主席的指示,集中研究了全国工农业"大跃进"的形势,检查了对总路线的认识,批判了教条主义,研究了建设的方针,制定了今后15年内修建12万公里铁路的规划安排和措施,才得到毛泽东的好评。滕代远讲:"当年,研究第二个'五年计划',反冒进,周总理、陈云开会,要求压指标,而毛泽东反反'冒进'。于是,父亲夹在中间,很为难——毛泽东对父亲多次说,你保守了,指标要修改。为此,父亲的精神压力很大,这是他高血压居高不下的主要原因。"

2011年11月12日下午,余玮采访滕代远的三子滕久明(中)与小儿子滕久昕(左)后合影

滕久明、滕久昕记得,成都会议后,父亲连日疲劳,血压居高不下,每天晚上只能睡三四个小时。经北京医院检查,确诊为高血压病二期,劝他晚上不要工作。虽然经过较长时间的治疗和休养,健康情况并没有好转。"最后上不

了全天班，最多只能上半天班，他就写信给周总理打报告，要求把自己的位子让出来，说铁道部长是个需要花费很大精力才能把工作做好的重要职务，看来自己的体力已无法担任这个职务，并说自己这么长期病休，对国家对铁路工作是有影响的。后来，中央才同意他辞职。"滕久昕说。

1964年底召开的第三届全国人民代表大会和第四届全国政治协商会议，决定滕代远不再担任铁道部长职务，改任全国政协副主席。

面对那场史无前例的"文革"，滕代远曾感到茫然。滕代远的孩子说，那段时间，父亲经常闭门不出，很少与人来往。在家里，他沉默寡言，独自沉思，往往彻夜难眠。他在思考，思考"文革"的性质和目的；他在忧虑，忧虑党和国家的命运和前途。孩子们常常看到父亲表现出极度的焦灼和不安。

让滕代远没有想到的是，一些横冲直撞的红卫兵到处查抄他们需要的"黑材料"，竟然想在他的身上做点文章。一个漆黑的深夜，北京铁道学院30多个学生驾着卡车，携带4个长梯，闯到了滕家门口，气势汹汹地砸门，并翻墙而入，翻捣各种文件书籍，对滕代远说："彭德怀的案子要重新审查，你与彭德怀过去一起工作过，要查查你这里有没有黑材料。"

1959年的庐山会议上，就有人要把滕代远往彭德怀死党上划，质问"滕代远一直和彭在一起，为什么不出来揭发彭？"滕代远在彭德怀专案审查委员会的会议上经常保持沉默，很少发言。回到家里，秘书问他："彭总到底有什么问题？"滕代远迟迟不答，最后长叹一声说："彭老总就是脾气大些，容易得罪人。"除此之外，他一句话也不愿多说，至死也没有违心地说过彭总不实的话。

在孩子眼里，父亲在曲折多舛的人生经历中，无论革命处于逆境还是顺境、低潮还是高潮，他本人受到重用还是遭到排挤，工作取得成绩还是有了失误，他都始终光明磊落、襟怀坦荡、信念坚定、坚持真理、追求共产主义、服务中国人民，就是面对林彪、"四人帮"的倒行逆施，他也敢于坚持原则，刚正不阿，敢于与之进行针锋相对的斗争，显示了共产党人的铁骨正气。

1973年8月，滕代远抱病出席党的十大，当选为中央委员。会后，大会秘书处送来一套彩色新闻照片，滕代远挑选半天，要小儿子滕久昕帮他装入镜框挂起来。滕久昕拿出一张毛泽东、周恩来、王洪文三人在主席台上的照片问："这张不是挺好的吗？"滕代远连连摆手说："不行，不行！要挂就挂主席的！"他还愤愤然，轻蔑地说："王洪文，入党才几天？有什么资格作修改党章报告？！"

1974年"五一"国际劳动节，肺炎刚愈的滕代远坚持到中山公园参加游园庆祝活动，由小儿子滕久昕搀扶着。在中山音乐堂的文艺演出散场时，叶剑英、李先念等许多熟悉的老同志都上来和滕代远握手。王洪文也挤过来握手，滕代远脸色冷漠，象征性地与他碰了一下手，一言不发，匆匆离去。

回到家，滕代远感慨地说："老同志现在不多了！"滕久昕这时装着对王洪文陌生，问："最后那个要和您握手的人是谁啊？"滕代远一听，来了无名火："我不认识他！"这时，滕久昕笑着说："好像李先念在旁边给您介绍过？"他见儿子没有理解自己的意思，气愤地大声说："我不认识他！我就是不认识他！"边说边用拐杖使劲地在地板上跺。

国庆节后，由于严重的肺炎和哮喘，滕代远不得不住进北京医院。那段日子，夫人林一、小儿子滕久昕和工作人员轮流陪床。其间，滕代远经常要滕久昕给自己读报或读文件听。有时候，滕代远让来陪床的滕久昕帮医生、护士干活："有事我叫你，这里没事你就帮他们干活去；大小伙子别老闲待着。"

这年11月30日下午，病重住院的滕代远在弥留之际与前来看望他的一位老同志兴奋地谈了两个多小时，茶几上的白纸写满了铅笔字，有人名还有地名，滕久昕在一旁听着也入了神。

当晚，林一来到医院。滕代远的情绪仍然很激动，可惜的是，家人却无法听懂他的意思。后来他用颤抖的手握着铅笔，吃力地、断断续续地在一张纸上写。可究竟是什么字，家人也看不懂。林一安慰他不要着急，慢慢写。滕代远好像听懂了意思，不再着急。铅笔下显出的字终于让家人看清楚了一些，原来是"服务"两个字。这是滕代远对自己光辉一生的总结，也是他留给子女的最后遗嘱。

翌日9时15分，滕代远那搏动了整整70年的心脏停止了跳动。就在一天前，他的老战友彭德怀在301医院含悲离世……

邓小平代表党中央在悼词中如此评价滕代远："勤勤恳恳地为人民服务，为中国人民的解放事业和共产主义事业贡献了自己的一生。"这是滕代远毕生革命经历的写照！

王诚汉：枪林弹雨中九死一生的老红军

我们走过二万五

——红小鬼的传奇人生

王诚汉档案盘点：

1949年10月下旬，王诚汉在陕西宝鸡于"授旗典礼"大会后留影

王诚汉，原名保安，又名成翰，上将，1917年12月出生于湖北黄安（今红安），1930年参加中国工农红军，同年加入中国共产主义青年团，1933年转入中国共产党。历任红军第三十军第二六二团团长，八路军留守兵团炮兵营副营长、警备第三团营长，中国人民抗日军政大学第四大队队长兼军事教员，第四团三营政治委员，抗大第六分校政治部民运科科长、三营营长，抗大总校第三大队大队长，太行军区新编第一旅一团团长，河南军区豫西支队第三十五团团长，中原军区第一纵队一旅一团团长，华东军区第一纵队独立师一团团长兼政治委员，华北野战军第十三纵队三十七旅旅长，第十八兵团六十一军一八一师师长，川北军区遂宁军分区司令员，中国人民志愿军六十军一八一师师长，十六军副军长，六十军第一副军长，六十军第一副军长兼参谋长、军长，西藏军区副司令员，成都军区副司令员、司令员，中国人民解放军军事科学院政治委员兼党委书记等职；曾获二级八一勋章、二级独立自由勋章、一级解放勋章、一级红星功勋荣誉奖章；系第五届全国人民代表大会代表，中共十二届中央委员，1987年当选为中共中央顾问委员会委员。

他13岁加入红军，15岁当班长，16岁当排长并入党，17岁当连长，19岁被提升为红军团长，班、排、连、营、团、旅、师、军——一级不漏地成为大军区司令员，张爱萍将军为此曾感叹：像"他这种复杂多变的战斗经历，在全军将领中是不多见的"。

红军时期，他在除红二方面军外的三支主力红军中战斗过；抗日战争时期，率团挺进豫西，所在团被誉为"老虎团"；解放战争时期，他先后在除第四野战军外的三个野战军和华北军区部队当过指挥员；解放后又跨过鸭绿江挥师东进。

慈祥的面容，爽朗的笑声。很难想象出，眼前这位慈眉善目、精神矍铄的老人，就是当年令敌人闻风丧胆的虎将，就是参加过多次关系战争胜负和中国革命前途与命运的会战、决战、鏖战的开国将军。

（一）无尽的悔恨和终生的遗憾

1917年12月23日，王诚汉出生在湖北省黄安（今红安）县二程区王家大湾一个贫苦农民家庭。他的父亲是个淳朴忠厚、勤劳精明的庄稼汉，母亲心地善良，待人宽厚。王诚汉说："我原名成翰，小名'保安'。从名字上看，是父母对我的一片殷切希望，他们保佑我平安顺利，期待我学有所成。由这'翰'字，可以想象父母可能是盼望我能成为一名'文官'，结果呢，我最终成了一名职业军人。"

在王诚汉印象里，全家最苦最累的是母亲，天天都在忙，从来没有看到她闲过。"母亲长年纺线织布，心细手巧。我每天睡觉，常是在妈妈纺车声中进入梦乡，半夜醒来，仍听到纺车在转动着！"

王诚汉7岁那年，家人节衣缩食，将他送入本湾的私塾读书。"母亲把'翻身'的希望寄托在我的学习上，她总是叮嘱我一定要好好学。我还算争气，学习成绩在同学中名列前茅。"但王诚汉12岁那年，父亲因患肺病去世，家中欠下许多债务，他再也不能读书了。

为挣钱还债，在乡亲的介绍下，王诚汉来到河口镇（今属大悟县）一家杂货铺当了一名学徒。王诚汉说："我在河口镇当学徒3个月后，1930年的春节到了。老板放假让我回家过大年，并给了我一块银元、一包水烟作为几个月的报酬。为使苦命的母亲高兴,我连夜一口气跑了50多里路,急匆匆地赶回王家大湾。还没进家门,我就连声大喊:'娘!娘!我挣钱了!'当我把水烟和银元交到母亲手中时,母亲看着离家在外当学徒谋生的年少儿子,再也控制不住自己的感情,一把把我搂进怀里,母子俩抱头痛哭。母亲握着这块银元,说:'我的儿总算有出息了,能挣钱了。'我当时想,我定会挣更多的钱报答慈爱的母亲,可万万没有想到的是,这是我一生中唯一在母亲活着时能孝敬她老人家的一块银元。"

不久,王诚汉的一个弟弟和一个妹妹因为经常饿肚子而营养不良,相继染病身亡。穷苦人的多灾多难使他早早成熟起来。

王诚汉13岁那年,红一军副军长兼红一师师长徐向前率部开进了河口镇。"当兵就要当红军,处处工农来欢迎,官长士兵都一样,没有人来压迫人……"当这首《红军军歌》响彻城镇的大街小巷和偏远的农村时,王诚汉受到了强烈的感染,因为那首歌唱出了他的心里话。于是,没有经过任何人动员,王诚汉自愿参加了红军,从此开始了革命生涯。

1931年初,因为战事频繁,王诚汉未能回家过春节。那时,虽然也想过回家看望母亲,但回不了家。可是母亲时刻挂念着她的儿子,王诚汉没有想到的是,那年春节刚过,母亲听说儿子当了兵后,心里特别高兴,就赶到河口镇,专程看望儿子。王诚汉也非常想念母亲,但又担心被母亲领回去,从此当不成红军,就躲藏起来。他远远地望到了母亲的背影,但未能和母亲见面。母亲等了许久,非常失望地离开了河口镇。今天,王诚汉说起这次"躲藏"十分懊悔:"到河口镇要走50多里路,都是小路,她又是缠了足的小脚,走这么远的路来看望儿子,很不容易,却没有见着我。当时,母亲身心的疲惫可想而知。"王诚汉每每回想到此,心头就隐隐作痛。从那以后,王诚汉再也没有见过自己的母亲。

王诚汉第一次参加战斗是在1931年夏天。那时,他所在的河口独立营向反动民团发动进攻。战斗打响后,他跟着战友向敌人冲去,并扭住一个肥头大耳的家伙不放。尽管与对方力量悬殊,但他的气势完全压倒了对方,最后在战友的协助下,他终于擒住了敌人,受到了领导的表扬。这一仗,极大地鼓舞了他的革命斗志。

在鄂豫皖革命根据地军民进行第四次反"围剿"时,王诚汉患了伤寒病,发高烧，昏迷不醒，根本无法随军行动，不得不住进红军设在大别山区的后方医院第二分院。他回忆说："在我有一次生命垂危清醒过来后，医院的领导问我最喜欢吃什么，他们将尽力去做。我立即想起了母亲的豇豆菜。我说我最想吃点豇豆。大家立即分头下山，四处去找豇豆。那时国民党军封山很严，许多地方都成了'无人区'，到哪里去找豇豆呀？我后悔不该向医院提出这个要求。令人高兴的是，居然有位战友历尽艰难，为我找回来一把豇豆。我躺在病床上望着这位满脸疲惫的战友，万分感激。战友们帮助我把这点豇豆放在一个铁桶中煮，清水中加了一撮宝贵的盐，那股清香味道呀，真是美妙极了！躺在病床上，我曾想，等革命成功后，我回到家乡要种下一大片的豇豆，豇豆真是太好吃了！此后，我的病竟然神奇地渐渐好起来。是母亲的亲情、战友的友情给了我求生的顽强力量。"

在1935年10月1日打响的劳山战役中，王诚汉第一次立功受奖。那时，他已是红七十五师二二五团四连连长。战斗中，他率领全连指战员英勇战斗，歼敌100余人，击毙敌营长，为整个战役的胜利发挥了重要作用。战后，他受到军团的特别物质奖励，奖品是一支20响的驳壳枪和一双胶皮底的布鞋。王诚汉说："当时，我多需要有双好鞋啊！我梦中常见母亲为我补了多少次的那双布鞋。行军中我穿草鞋，很多时候是赤着脚走过来的。所以，当我从首长手中接过这双胶皮底的布鞋时，热泪盈眶。可能在场有许多同志对此感到不理解，因为此刻母亲为我补鞋过大年的一幕又浮现在我的眼前。如果母亲当时在跟前，我肯定要跑到她老人家面前对她说：'娘，我有最好的鞋了，再也不怕走夜路扎脚了！'我对这双布鞋格外珍惜，舍不得穿，它一直陪伴我走完了以后八年抗日战争的征程。"

1946年春节刚过，王诚汉当时所在的旅部移驻河南光山县的白雀园附近。旅长皮定均的家乡在安徽金寨，离这里不远，他的母亲得知多年的儿子就在附近后，冒险秘密与儿子见面。看到旅长母子见面的感人场面，王诚汉也自然而然想起了自己的母亲，何况自己的家乡距白雀园也不远。"当时，我们母子离别也有17个年头了。我握着几年前部队发的一块银元，向往有一天能送给母亲买点东西，也算是尽了我多年来的一点孝心。"

于是，王诚汉有意无意地四处打听有关母亲的消息。这年2月，王诚汉在驻地附近的一个小镇上，恰巧问到了一个对家乡王家大湾比较熟悉的乡亲。从这位乡亲的口中，王诚汉惊闻母亲早在 10 年前已经因病去世。王诚汉在反复询问中证实了这位乡亲的话是真实的后，悲痛欲绝。这时，王诚汉从怀中掏出那块散发着体温的银元，紧紧地攥着，泪水模糊了双眼……

后来，王诚汉听人说，母亲在那年由河口镇回王家大湾后，因为没有见到儿子，常以泪洗面，积郁成疾。不久，母亲听说红军转移到大别山深处，她更是放心不下，时常站在村口，愣愣地望着远山，为远去的儿子默默祈祷。一天，母亲请一位算命先生给儿子算了一卦。这个算命先生信口开河："你大儿子已经被打死了。"接连失去几位亲人的母亲备受打击，于 1936 年 6 月在贫困饥饿中病逝。"去世时，母亲还不到 40 岁。当时，她哪里知道自己的儿子已是红军第三十军二六二团团长！"

1950 年，身为师长的王诚汉即将赴朝作战前夕，参军后第一次请了两天假返回家乡，长跪在母亲的坟墓前，声泪俱下地痛哭："娘啊！儿回来迟了，儿对不起娘！"

（二）千难万险的转移与惊心动魄的血战

1931 年秋，王诚汉所在的红军河口独立团编入主力部队，他被分配到红军第二十五军第七十五师二二四团。

面对敌人以绝对优势兵力日夜不停地搜山、围堵、封锁，为保存有生力量，中共鄂豫皖省委于 1934 年 11 月 11 日在河南光山县花山寨召开会议，决定红二十五军向平汉铁路以西转移。"当时，我是二二四团二营四连副连长。花山寨会议精神很快传达到我们连队干部。对新的行动部署在当时没有使用'转移'这个词，也没有说是'长征'，只是说部队将要去'打远游击，创建新苏区'。接着，部队就进入繁忙的转移前的准备工作，主要是轻装整编，安置伤病员，筹备行军物资。我们连要求本连的干部、战士每人至少要带 5 双草鞋、10 个干饼子。"

11 月 16 日，红二十五军以"中国工农红军北上抗日第二先遣队"的名义离开鄂豫皖根据地，开始战略大转移。"军首长站在鲜艳的红二十五军军旗前，发出了出发的命令。浩浩荡荡的队伍顺着山沟向西开去。"王诚汉对部队的开拔记忆犹新，"大家都没有想到这是一次远征，是一次对中国革命有着重要影响的战略大转移,是中国工农红军震惊世界的万里长征的重要组成部分"。

长征最大的特点,在王诚汉看来"就是打仗、走路,更多的时间是走路,后来走习惯了,也就无所谓,天天都在走,有时甚至是昼夜连续不断的急行军。最让人心中没底的是不知道今天夜宿何地。其实,各路红军的整个长征,后来看来在开初都没有一个十分明确的目的地,是走一步看一步,战略转移的最终落脚点是在不断寻找中逐步确定的"。王诚汉说:"红二十五军的长征也是如此。当然,有关落脚点的选择,那是军首长的事,我们基层干部就是负责本单位的同志们走好路、打好仗,特别是要解决好战士们在连续不停走路时所产生的埋怨情绪。"

难忘万里长征历程

红二十五军的行动,引起了敌人的高度注意,敌人派出数十倍于我的兵力进行围追堵截。11月26日,天刚蒙蒙亮,敌人的"追剿队"追上来了,与红二十五军的后卫部队接上了火。"本来没有睡好觉的战士们一听有枪声,又来了精神。军部命令第二二三团在副军长徐海东指挥下就地阻击,负责殿后,其他部队迅速北进。那天行军,我所在的红二二四团作为全军的前卫,在吴焕先政委的带领下走在全军的最前面。"

大约是下午1时多,王诚汉所在的先头团进至方城县独树镇七里岗。这时,风雪迷漫,天昏地暗,由于能见度低,王诚汉他们根本没有发现几十米外已经埋伏下了敌人。于是，突然遭到了敌第四十军——五旅和驻叶县骑兵团的猛烈袭击。

刹那间，七里岗一片刀光剑影，杀声阵阵。"我团当时伤亡特别大，特别是走在最前面的一营，许多人被击中倒在地上，紧跟其后的二营和三营由于也已处于在敌人的包围圈中，左右都遭到敌人的猛烈扫射——许多战友就在我身边倒下。我挥舞着大刀，率领全连战士奋力砍杀，并大声喊着：同志们，先砍马腿，再杀敌人！"不久，王诚汉也成了一个血人，身上多处挂彩。

敌人的进攻势头仍然很强。红二二五团由于也处在敌人的包围圈中，伤亡也很大。就在这时，徐海东所率后梯队二二三团赶了上来，"从七里岗左侧向敌人发起猛烈进攻。经过一番血战，把刚才企图包围上来的敌人反击下去"。王诚汉说："由于军情太紧张了，我们无法收拾烈士的遗体。后来，走在碎石路上，我才发现自己的鞋子不知什么时候早丢了，身上的几处伤口开始钻心地痛起来。"

在王诚汉记忆中，七里岗恶战是红二十五军长征途中生死攸关的一场战斗，其惨烈、悲壮的程度更是少见。"这一仗打得太突然，太激烈，太艰苦。"

这次血战中，红二十五军牺牲了200多人，连同被俘人员后被国民党军集中到了战场西北的一个山岗，挖了一个大坑，死的活的全部埋在了一起。20世纪60年代当地修路时，只见烈士遗骨满满一大坑，"遗骨几乎都是10多岁的孩子的。当别人今天称我们是'老红军'时，我耳边似乎又响起了当年老百姓对我们这些'红军娃'的称谓，传来了童音未褪的响亮口号声"。

1935年7月初，中共鄂豫陕省委获悉中央红军和红四方面军已在四川西部会师，先头部队已到松潘。为了配合主力红军行动，于7月15日决定红二十五军西征北上。9月7日，红二十五军到达陕北保安县豹子川；9日，进抵永宁山，与陕甘中共党组织取得联系；15日，红二十五军3400余人胜利到达陕甘根据地延川县永坪镇，受到当地党政军领导群众的热烈欢迎；16日，刘志丹率红二十六军、红二十七军来到永坪镇，三军会师；18日，红二十五军与陕北红二十六、红二十七军合编为红十五军团——"当时是'九一八'事变4周年纪念日。这天一大早，我们就催促本连战士们整理个人的军容、军姿，刮胡子，尽量把衣服穿整齐，因为要举行盛大的联欢大会，庆祝胜利会师，红十五军团宣布成立。大会地点在永坪镇西南现石油矿干部学校门前的操场上。我是第一次参加如此大规模的会师大会,心情非常激动。"

11月初,红十五军团与中央红军主力合编为红一方面军。"红十五军团部队与中央红军主力部队会师,是在11月上旬,会师是在紧张备战后的气氛中进行的。这时,敌军向我根据地发起新一轮的进攻已是迫在眉睫。"

11月21日,在毛泽东亲自指挥的直罗镇战役中,王诚汉率部突击,他先是左手负伤——"为了不影响全连士气,我简单地包扎了一下,不让血继续渗出来,仍坚持战斗在第一线",后在追歼逃敌时,左腿股主动脉被子弹穿过,血流如注——接受采访时,老人指了指左上腿,说:"伤势很重,幸被一名战士从阵地上抢救下来。由于失血过多,我当时就昏迷了过去,直到第二天晚上才苏醒过来。"

战役结束后,王诚汉被转到红军医院疗伤。当时,他腿部伤口感染很厉害,必须进行手术割腐和药物处理,因为当时麻醉药物奇缺,他说:"别管我,把药品留给重伤员。"他找来一根木棍咬在嘴里,接受那钻心刺骨的疼痛。手术后,医务人员用白布裹着枪通条,沾上白酒,塞进他腿部的伤洞里消毒,疼得他汗水直淌,把医务人员感动得眼泪直流,他们赞扬他是所见过的最坚强的战士之一。几个月后,王诚汉左腿的伤基本痊愈,但从此左腿比右腿萎缩了几厘米,以至于此后他左脚的鞋里总要多垫几双厚鞋垫,即便如此,走路还是能看出来两腿不平衡。1936年6月,他在红军大学学习结束时,毛泽东主席亲自签署命令,任命他为红军第三十军第二六二团团长。

王诚汉以勇猛顽强著称,在抗日战争时期老百姓送他一个绰号叫"老虎团"团长。在这位开国将军家收藏有一个特殊的抗战胜利纪念品。这是当年侵华日军最高将领冈村宁次使用过的一把军刀,军刀上还刻着"日本天皇赠冈村宁次"等字样。在一次打击日寇的战斗中,冈村宁次落荒而逃,这把军刀被王诚汉率领的八路军缴获,从此成为王诚汉的珍藏之物。

看着这把军刀,历史的刀光剑影依稀可见。1944年,27岁的王诚汉担任豫西抗日独立支队三十五团团长,小金店攻坚战是他率团挺进豫西的第一场战斗。小金店是位于河南登封和白粟坪之间的一个大石寨,日军凭险据守。为攻破这个要塞,王诚汉带领一个突击队用棉被覆盖在桌子上面,当作"土坦克"迎着敌人的扫射前进。在一片混战中,八路军的勇猛士气压倒日军,最后迫使日伪军全部投降。小金店一战让老百姓对王诚汉刮目相看,他们把这个敢打敢冲的部队称作"老虎团"，"老虎团"从此名声远扬。此后在一年内，王诚汉带着"老虎团"打了200多场硬仗，歼敌近6000人，建立了豫西抗日根据地。

1944年9月，刚组建的豫西抗日独立支队挺进豫西出发前，团以上干部在河南林县合影（前右四为王诚汉，后二排左七为支队司令员皮定均，后二排左六为政委徐子荣）

王诚汉何止在枪林弹雨中身经百战，听他的秘书讲："据考证，将军一辈子先后参加过1308仗。"王诚汉说："勇敢对于出生入死的军人来说非常必要，战场上需要的就是勇敢，只有敢于出击，才能赢得战场上的主动权。战场上有牺牲，但不要怕牺牲，勇敢可以避免牺牲，最终赢得胜利。"王诚汉最推崇的抗战精神是"勇敢"。

2005年9月3日，北京人民大会堂湖南厅气氛庄重而热烈。9时30分，中共中央总书记、国家主席、中央军委主席胡锦涛来到这里，向10位抗战老战士一一颁发中国人民抗日战争胜利60周年纪念章，并同他们亲切握手，向他们表示崇高敬意，祝他们健康长寿。抗战将士中，名列第一的就是当年抗日战争时期赫赫有名、威震一方的"老虎团"团长王诚汉将军。

纪念章为6组利剑组成一个六角形徽章基座，正面铸有象征中国共产党领导的革命人民大团结的5颗五角星、象征人类和平的鸽子和橄榄枝、象征革命圣地的延安宝塔山，以及军民合力抗战的战斗场面。手捧纪念章，王诚汉老将军心情十分激动。特别是看到纪念章上的和平鸽展开的双翅构成"VICTORY（胜利）"的第一个字母"V"，老将军的脑海浮现出历史的一幕幕……

（三）大胆冒险的作战设想与组织严密的潜伏行动

1953年6月10日，山峦起伏的朝鲜东线战场，一个平凡而又极不平凡的日子。

这一天，中国人民志愿军总部，第三兵团和二十兵团指挥部，六十军军、师、团领帅机关，人们的心差不多提到了嗓子眼儿。各级指挥员和参谋人员心里都很清楚，昨天夜里，一个大胆的作战计划已付诸实施——两个团的前进指挥所、4个营部、15个半步兵连、4个机枪连共3500多人悄悄潜伏到了敌人阵地前沿。王诚汉回忆说："突击连离敌人前沿不到200米。潜伏部队如果咳嗽、打呼噜，敌人都可能听到。敌人在60度到70度的山坡上，从上往下扔手榴弹，可以扔到潜伏区。至于步枪、机枪、小炮、大炮的威胁就更不用说了。整个潜伏部队都处在敌人的射程和火网之内。"

但敌人万万没有想到，志愿军竟有这样大胆冒险而又组织严密的潜伏行动，敢把一支3500多人的队伍潜伏在他们的鼻子底下，摆在了他们的火力网中。

这是一个带有很大冒险性的作战行动！王诚汉至今都有些后怕：一旦潜伏部队中有一个人暴露目标，一旦敌人发现有这么多中国人民志愿军的队伍就埋伏在他们鼻尖之下，后果不堪设想。敌人掌握着制空权。只要发现目标，强击机、轰炸机会立即呼啸而至，数百门大炮的炮火可以迅速将潜伏区覆盖。当然，我军也有应付万一的准备，但如果真的暴露目标，损失就大了。

大潜伏，是敌人逼出来的。1953年4月，因战俘问题中断了6个半月的停战谈判恢复了，但敌方一直拖延时间，不想很快达成协议。5月7日，南朝鲜总统李承晚在汉城举行的记者招待会上，声称要向鸭绿江进行一次全面的军事进攻，"必要时单独作战"。为了教训敌人，配合停战谈判，促进停战早日实现，志愿军领导决定对敌人发起夏季反击战役。志司于4月20日向各兵团发出了战役指示。

王诚汉说，六十军当时归二十兵团指挥。根据兵团首长的战役决心，攻击的目标是海拔 902.8 米、973 米、883.7 米等敌人占领的几座高山阵地。然而要夺取这几个高地并非易事。

潜伏，一个大胆的设想在张祖谅军长和王诚汉副军长的脑海中酝酿着。很快，采用潜伏手段的作战决心定了下来。

大部队的潜伏要做到万无一失，的的确确存在一系列非常现实而又尖锐的问题。潜伏区离敌人那么近，咳嗽怎么办？大小便怎么办？打呼噜怎么办？敌人打冷炮把战士打伤了怎么办？张祖谅和王诚汉同第一七九师、一八一师两位师长亲自指导和审定作战方案与准备工作。王诚汉回忆说："围绕潜伏中的咳嗽问题，战士们想出各种办法：有咳嗽毛病的赶紧治疗；吸烟的，早一点戒烟；出发时，身上带点生姜、人丹、止咳片……要是这样还止不住呢？就用手在地上挖个小坑，嘴上堵着毛巾，埋进小坑咳嗽，声音就小多了。要是遇到冷炮爆炸声，还可以在轰隆轰隆的声音掩护下痛痛快快咳几声。对付打呼噜的办法是：兜里装几个辣椒，困了把辣椒放在嘴里狠狠咬上一口，把瞌睡虫辣走。潜伏中万一被敌人冷枪冷炮打伤了怎么办？大家异口同声地表示，一定学习邱少云，即使粉身碎骨，也不哭、不叫、不乱动。"

关于做好万一潜伏企图被敌人发现改为强攻的准备，张祖谅和王诚汉等进行了周密的准备和部署。经过研究，有一部分野炮，利用夜暗，硬是被推上高山，悄悄地进入坑道工事。大部分火炮，被分期分批推进了距敌前沿几公里的一片杂木林。直到战役发起之前，敌人对我新的炮兵阵地和进攻企图竟毫无察觉。

6月9日，夜幕降临，王诚汉带领军前进指挥所在龙门山开设完毕。10日凌晨4时前，指挥所先后接到报告，所有潜伏人员已在敌阵地前潜伏完毕。王诚汉回忆时说："凌晨5时过，天渐渐亮了。潜伏区内，我指战员们严守纪律，静若无人。指挥所里的气氛十分紧张。参谋人员用潜望镜仔细地搜索着敌前沿的每一个阵地。这天的时间觉得过得真慢，好像是我几年戎马生涯中所经过的最慢的一天。我知道，在潜伏区内，闷热、饥饿、口渴、疲倦困扰着每一位指战员。"

王诚汉担心的事还是发生了。"这一天，先后发生了多起敌人向我潜伏区内打冷炮的事，更令人揪心的情况是有几个零散敌人走下山冈接近了潜伏区，我们立即按预先制定的计划，命令前沿炮兵用炮火把那几个敌人吓了回去。"

太阳终于慢慢移向山后，离天黑为时不远了。然而，沉闷的爆炸声打破了黄昏前的宁静。敌人从山梁后面阵地上发射了几发炮弹，其中有一发落在"临汾旅"五三五团二营突击队五连的潜伏区。

王诚汉在望远镜里看到：这片灌木丛立刻就笼罩了白色的烟雾。不幸的事件就在此时发生。炮弹片嵌进战士张保才的双腿——鲜血如泉般往外冒，染红了军裤，染红了鞋袜，染红了他身子下面的土地。极度的痛楚，使张保才昏了过去。

离张保才不远的战友待浓烟散后，发现张保才受了伤。他们多想爬过去给他包扎一下，急救包就在衣服口袋里，但想到潜伏纪律，他们忍住心痛，努力控制着自己。他们注意到张保才汗珠在脸上滚动，脸色由红到白，到黄……终于闭上了眼睛，永远地闭上了那又黑又亮的大眼睛……

回首这惨烈的一幕，王诚汉声音有些低沉："敌人的冷炮造成了我潜伏部队10多人受伤，我们的战士忍着剧烈的疼痛没有呻吟一声。张保才小腿被敌人炮弹击中，血流如注，在正常情况下只要及时包扎，是不会造成严重后果的。然而，在潜伏区内，不允许动弹，不允许救护。这个战士在疼痛难忍的情况下，两只手插在泥土里，流尽了最后一滴血，壮烈牺牲……"

潜伏区仍是那样平静，太阳已经落山。忽然，在五四二团方向，敌人向潜伏区发射了10多发炮弹。潜伏的战士被敌炮火击伤7人。战士苟子清腹部被弹片击穿，肠子滑了出来。王诚汉十分感慨地说："苟子清没叫一声，自己把肠子往肚子里塞，用毛巾裹起来后忍痛静卧。结果，没有多久他就牺牲了。所有参加潜伏的指战员经受了考验，勇于流血牺牲，他们是一个英雄的群体。"

晚8时20分，几发信号弹划亮夜空。"声东击西"的炮火准备开始。我即将发起进攻的敌阵地一片寂静。而两侧山头则炮声隆隆，火光冲天。两支部队分别向两翼山头发起佯攻。敌人产生错觉，集中一切兵力和火力还击。这时又有几发信号弹升上了夜空。敌人902.8高地、883.7高地，立即被火红的钢风铁雨覆盖，呈现一片火海，像山崩地裂，像万只大鼓同时响起鼓声。敌人阵地被严严实实戴上一顶火红的帽子。

山坡上的潜伏部队，目睹我军炮火如此威猛，人人在兴奋地欢呼。全部炮火向纵深延伸之后，突击部队分成13个箭头，如万马奔腾，迎着火光向各自目标发起冲击。山头上火光闪闪，杀声震天，冲锋枪声、手榴弹爆炸声，响彻峡谷。

王诚汉高兴地说:"各突击队总共只用70分钟,就攻占了预定目标902.8高地、973高地、883.7高地,歼灭敌二十七团一、二、三营和师部搜索连。我突击部队在炮兵支援下,苦战4昼夜,先后击退敌人一个排至两个营兵力反扑共190余次,歼敌7812名,巩固了全部既得阵地。"大潜伏成功了!战争中,胜利者的心情自然是无比兴奋和喜悦的。

郑维山、杨勇、王平、许世友、杜义德这些战场老将来到六十军指挥所的坑道,热情表扬、鼓励。司令员许世友拍着王诚汉的肩膀说:"这次仗打得漂亮,打出了六十军的传统,打出了威风,兄弟部队要刮目相看了!"

战报,传到了汉城,传到"联合国军"司令部,传到了板门店。对方态度忽然变得老实一些了。停战谈判很快达成了协议。

(四)难以割舍的老兵情怀和难以释怀的退居生活

王诚汉第一次离休,时值中国百万大裁军的1985年秋天。当时中央军委已决定撤销成都军区,作为司令员的王诚汉虽然位去权空,却依然跑机关、下部队,用他那凝重的湖北口音告诫全区官兵:"不利于团结的话不说,影响执行军委命令的事不做,公家的财产一分也不拿。"这位被誉为"西南通"的"在野司令",从西南战略全局着眼,和政治委员万海峰将军一起,积极向中央军委提出军区定点的六条建议。然而,成都军区"保"住了,王诚汉得到的却是免职命令。他连续三次到火车站迎接下任司令,带头支持新班子的工作,深受大家的爱戴和崇敬。

虽然王诚汉对退休有着充分的思想准备,但是一旦真正开始这种生活,他自言还是"深感很不适应。自己13岁参加红军,到当时已近68岁,在人民军队中成长奋斗了55年,可以说自己的整个生命已经融入了军队"。

身离工作岗位,王诚汉心仍然牵挂着军队建设。尽管感情上难以割舍,但是看到新提拔上来的同志年富力强,工作干劲很大,作风深入,进入情况很快,成都军区的各项工作已经上了轨道,王诚汉心情也就慢慢地转入平静,渐渐步入退休生活的轨道。

然而,这种"准退休"生活并没有持续多久。这年10月,王诚汉在解放军总医院检查身体期间,时任总政干部部部长的李继耐专程到医院看望他。王诚汉以为只是来看看病号而已,没想到李继耐给他通报了一个重要情况:"军科的领导班子要进行调整,军委和总政考虑安排你到军科做政治委员,并派我来征求你的意见。"王诚汉一听,当即表示自己已经被免职几个月了,已经开始了退休生活,还是另选年富力强的同志到军科工作,请他向军委反映自己的意见。过了几天,李继耐又到总医院,告诉王诚汉"军委经慎重考虑,要选派一个老同志到军科带班,还是决定你到军科任职"。既然如此,王诚汉就不好再重申个人的意见。

王诚汉上将

11月30日,中央军委主席邓小平签署了任命王诚汉为军事科学院政治委员的命令,并经中共中央批准王诚汉任军事科学院党委书记。

而今,王诚汉回忆起自己退后被再次起用的经历时,一再强调"我是没有任何思想准备的。一是我已经从现职岗位上退下来几个月时间,这种退下来以后再起用的情况,在我军干部任免逐步制度化的情况下并不多见;二是我在人民军队几十年,从班长逐级干到大军区司令员,一直当军事指挥员,除了在解放战争时期打孟良崮战役时兼任过一段时间的团政治委员之外,再没有担任过政治工作领导职务;三是像我当时那样年龄的红军干部绝大多数已经退出领导岗位,仍然留在一线的已经屈指可数。当时的任命确实是出乎我的意料"。

意料之外，同时王诚汉有些激动："对我们这些老家伙来说，经历了战场上的生生死死，经过了政治上的风风雨雨，对生死名利、地位高低，早已超然度外，唯独在乎的就是党的政治信任。我深知军委派我到军科，绝不是安排我去养老的，而是对我寄予了厚望，我能辜负军委的信任和重托吗？"

于是，王诚汉全身心投入到新的使命之中，在军事科学院政治委员、党委书记任上一干就是4个多年头。到任后，他和90多位研究人员作了深入的交谈，到对研究工作卓有成就的同志的家中进行专访。在集中群众意见的基础上，军科院常委逐步形成了共识：军事科研工作要在前人打下的良好基础上继续前进，就必须在坚持四项基本原则的前提下继续深化改革和实行开放型研究。

在鼓励研究人员放开手脚搞科研的同时，王诚汉带头亲自搞科研。他注重加强横向联系，建立各种学术团体，促进群众性的军事学术研究的深入开展；为加强有关军队建设和作战问题的调查研究，从理论上回答部队建设、战备、作战、训练等重大现实问题和学术问题，检验作战理论和试验条例，建立跟有关部队的联系；按照面向世界的要求，逐步开展了与国外的学术联系与交流，与促进了研究质量的提高，扩大了军科在国际上的影响。

1990年4月，王诚汉轻轻松松地退下领导岗位，认认真真地交了班。用他的话说就是"革命事业就像接力赛，跑完了自己的一棒，就要及时交下去，让年轻同志去跑"。

离休后，他的生活平静而有规律。在他书房里，记者发现老人自写有一幅"天天三笑容颜俏，七八分饱人不老。相逢借问留春术，淡泊宁静比药好"的墨迹。终于明白，这位历经过红军长征、抗日战争、解放战争、抗美援朝战争，见证过共和国风风雨雨的世纪军人，对生命自然有着独特的感悟。

平时，王诚汉注意学习阅读党的文件，秘书送来的文件和国际、国内参考资料，他总是逐份阅读，重点内容用红笔标出来，或者摘录下来，反复地阅读思考。他认为坚持学习对于老同志仍然十分重要："古人说得好——老而学者，如秉烛夜行。真是至理名言。学习使人感到充实，学习使人保持思想的活力，不断学习才能与时俱进。作为一名老党员、老兵，职位退了，但革命的思想不能退步，学习不能退步，不然在大是大非面前就会迷失方向。"王诚汉就是这样把学习作为一种政治责任、一种精神追求，从不放松。

年纪大了，不免有些怀旧，思恋故土。近几年，王诚汉先后回过几次湖北红安。1992年,王诚汉回家乡时,从北京带了许多土特产,然后去村里的每家每户拜访,还和乡亲们合影留念,这让乡亲们非常感动。

每次回家乡红安,或红安的乡亲去北京看他,王诚汉都会把自己知道的外地经济建设的先进经验介绍给家乡人,并结合红安的实际情况,谈一些引导农民致富的看法。王诚汉常说:"只有乡亲们过上好日子,我们这些幸存下来的老战士心里才会踏实,否则,我们会坐不安稳、睡不安神的。"

有一年,王诚汉带着儿女回乡,专门带他们下田分秧、插秧、车水,让他们体验农民的辛苦。王诚汉对子女和亲戚说得最多的话就是:"你们别想靠我的关系去走'后门',要学会凭自己的本事生活。"王诚汉的两个侄孙要当兵,他坚决不帮他们走"后门"。王家大湾的王大华老人,论辈分是王诚汉的叔叔,王诚汉平时对他很尊重。1992年,王大华的儿子想当兵,但不够条件,求王诚汉帮忙,被王诚汉婉言拒绝。有一天,怒气冲冲的王大华老人身穿破棉衣、腰扎草绳来到将军北京的家中,一进门就嚷:"你总是帮别人,对自己的兄弟却不闻不问。"王诚汉见状只得好言安慰。

1988年7月,王诚汉在授新军衔前夕与夫人黄丽文留影

王诚汉从来不徇私情,有时几乎"不近人情",对这一点,王诚汉的亲侄子王文卓体会更深。现为红安县财政局退休干部的王文卓,1970年入伍时,就

在王诚汉任司令员的成都军区当兵。然而,他在部队从普通士兵成为副营职干部整整16年,伯父没有为他"说过一句话"。"许多部队领导都不知道我是王诚汉的亲侄子!"王文卓说。

王诚汉说:"名利、金钱都是身外之物,我经常教育儿女们,现在物质生活条件这么好,没必要挣太多的钱,再有钱也不能一人睡两张床,一双眼睛看3个电视,一张嘴吃5碗饭。人这一生,精神世界一定要丰富、充实,物质上的富翁,精神上的乞丐是没有幸福可言的,世间唯有挚爱、亲情才是永恒的,才是人一生最宝贵的财富!"

王诚汉生活在一个温馨的家庭中,他精神状态极佳与夫人黄丽文的悉心照顾分不开。小他14岁的黄丽文于1949年入伍,是第六十军的一名老战士,参加过抗美援朝战争,曾从南京铁道医学院毕业。他们相濡以沫,相敬如宾。黄丽文生性乐观活泼,给家庭生活增添了不少乐趣。王诚汉说:"老伴曾是医生,我是'近水楼台先得月',我的身体有点小毛病,她顺手就给诊断治疗了。"

黄丽文给他专门制定了一个"食谱":每天1杯牛奶、1个鸡蛋、1粒钙片加1粒维生素E。据黄丽文介绍:将军平时不抽烟、不喝酒,最喜欢吃红烧肉。接受采访时,黄丽文开玩笑地说:"我已经给王将军签了承包合同,保证他活到100岁。"

"一双铁脚走天下",将军一生戎马倥偬,走了多少路,爬了多少山,无法计算。离休之后,王诚汉常率"王家将"进军香山,抢占香炉峰。站在"鬼见愁"的大石上,鸟瞰北京城,将军诗兴大发,欣然吟诵:"人说香山鬼见愁,我上香山乐悠悠。京都秋色画轴上,枫林尽染人风流!"难怪,将军前几年还被评为"全军健康老人"。

记者离开时,将军及其夫人坚持送我们出门,并微笑着向我们挥手……那神情、那手势,让我们想到自家的老爷爷,可亲、可敬!

注:2009年11月20日,王诚汉因病医治无效,在北京逝世,享年92岁。

王定烈：地狱归来的草鞋将军

我们走过二万五

——红小鬼的传奇人生

王定烈档案盘点：

王定烈将军

　　王定烈，原名大培，有"将军书法家"之称。1918年11月出生于四川宣汉，1933年参加中国工农红军，1935年加入共产主义青年团，1936年转入中国共产党。历任红三十三军九十九师二九五团七连战士、营部传令兵、文书，红五军四十三团团部书记，八路军一一五师三四三旅旅部战士、班长、保卫员，东进抗日挺进纵队五支队指导员、骑兵连政委、五团（后改为教导三旅七团）营教导员、营长、干部轮训队长，冀鲁豫军区第八分区郓北支队队长、昆张支队副支队长、支队长，八团副团长、团长，中原军区第一纵队二旅四团团长，江汉军区独立旅副旅长，湖北军区独立二师师长，恩施军分区司令员，空军航空兵二十三师、十八师师长，中南军区空军广州指挥所副司令员，广州军区空军副参谋长、参谋长，空军十五航校（即导弹学院）校长，空军汕头指挥所主任，广州空军指挥所副司令员，广州、济南军区空军副司令员，空军参谋长、副司令员等职。1955年被授予大校军衔，1961年晋升少将军衔。曾获三级八一勋章、二级独立自由勋章、二级解放勋章和一级红星功勋荣誉章，系党的十大代表，第五、六届全国人大代表。

"从红军长征一直到西柏坡,我是九死一生,是从地狱里爬回来的。"在中央军委空军机关西区那座静谧的营院里,记者专访了空军原副司令员王定烈少将,感受到一个曾浴血沙场的老兵风趣、幽默而豁达的一面。他的一生真可谓波澜壮阔,跌宕起伏。然而,和他的几次"地狱"般的经历相比,王定烈所经历的枪林弹雨又似乎算不了什么了……

(一)80多年穿草鞋的难了缘

采访时,只见王定烈脚穿草鞋,胸前佩戴着有"为人民服务"字样的毛泽东像章。一问才知他"从小就穿草鞋,穿了80多年了。现在每年夏天爱穿草鞋,透气、舒服。草鞋,要么是家乡人送我的,要么是我自己买的,半年换一双,北京还没有卖的哩"。

专访出生入死的老红军、老抗日将士、空军原副司令员王定烈少将

王定烈说:"小时候,我在家乡都是穿草鞋的,因为我们那里是山区,家里穷,也买不起什么皮鞋。战争年代,干粮和草鞋是征途上不可缺的两件宝物,只要肚子不饿、脚板皮不破,要打能打,要走能走,就什么也不担心了。

当时只要是休息，战斗中间有休息时间，一个重要工作就是打草鞋，不打草鞋，在山区里怎么走路啊。所以草鞋当时成了必需品。长征路上都是高山乱七八糟的地方，你说穿布鞋，哪有人给你做那么多布鞋？要穿皮鞋，那更没有，要穿高跟鞋，我们也没有看到过。草鞋磨烂了，上山割梭草做绳，剥树皮做材料自己编织。我现在养成了一个习惯就是夏天我喜欢穿草鞋，冬天我就穿布鞋，皮鞋很少穿，从来不穿高跟鞋。"他说，皮鞋现在只是在一些公众场合没有办法才穿。

1936年7月，王定烈所在红四方面军第五军开始穿越草地。一年前，兄弟部队就从这里经过，路上仍时时可见累累白骨。王定烈和战友一边行军，一边组织"收容队"掩埋遗骨。18岁的王定烈第一次真正感受到了面对死亡的恐惧。

"穿草鞋过草地，就像走在充满水的海绵上，脚下不时发出'扑哧、扑哧'的声音，稍一失足，就有陷入泥潭的危险。"王定烈说，大家每人手里都有一根棍子，每走一步，都要先用棍子这儿戳一下，那儿捅一下，找到一块能够落脚的地方后再迈出下一步，隔上一段距离，就插上一根小木棒做路标。红军就成了这么一条"长线"，在无边无际的草原上跋涉行进。

进入草地的第三天，面黄肌瘦的王定烈突然发起"羊毛疗"（急性胃炎），痛得他浑身大汗。他一面捂着肚子，一面前进。他知道，绝对不能掉队，否则就再也不能起来了。

草原上缺医少药，王定烈在痛苦中煎熬着。一天他突然想起在老家时母亲给哥哥治"羊毛疗"的土法子。于是他坐在草地上，从软帽上取下别着的针，想着母亲当时的办法，把胸口处的皮挑破，将一根线绳般粗的筋挑出来，咬牙使劲挤出紫黑色的血。虽然他痛得差一点晕了过去，但很神奇的是他居然把自己的病给治好了。

谁知祸不单行，王定烈又患上了重感冒，两天两夜，一直发着高烧，人事不省。两天后，朝夕相处的师长兼团长郭锡山（后来在西路军血战河西走廊的战斗中当了可耻的叛徒）见他的病情没什么好转，借故战斗情况紧张，机关责任重大，亲自动手用刀把王定烈绑在马背上的绳子割断，把他丢在了荒野之上。这时，幸好团政委万汉江赶来，和郭大吵一顿，几乎动了枪，才又把王定烈从荒野找了回来。王定烈回忆说："那个狗日的叛徒好狠心啊！要不是团政委赶来，我王定烈早就尸陈荒野了。"

接下来的两天下大雨，部队不得不在原地滞留下来，这给了王定烈宝贵的休养时间——战友给他喂水，并把不多的"糌粑"让给他吃。病情稍微好转，王定烈便拖着马尾巴，又走在茫茫征途上。

王定烈所在的红四方面军第五军由于张国焘的分裂主义的干扰破坏，不得不再次沿着头年走过的路线再过一次草地。"红四方面军三过草地是什么意思？有一部分过去了又回来，然后再走过去。但我只走了一次，为什么？他们过的时候，我们正在掩护他们，他们回来，我们也正在掩护他们，如果我们不掩护他们，敌人过来了，就把他们消灭在草地上了。"

（二）放牛娃成了红小鬼

民国七年阴历十月二十日，王定烈出生在川东宣汉县得胜场下王家屋，取名"大培"。王定烈的父亲王乐道是个典型的农民，母亲曾正秀是家里的顶梁柱，开荒、种地、挑水、养鸡、纺纱、织布、编篓、编筐，里里外外都是一把好手。王定烈几乎不记得母亲有时间抱过他，甚至没见过母亲在床上躺着歇息过，而是整日整夜不知疲倦地劳作。王定烈是拽着母亲的衣襟在田间长大的，五六岁的时候，他就帮母亲摘豌豆、剥胡豆、采黄花。王定烈再大些的时候，和许多穷苦孩子一样，当上了放牛娃，赶着健壮的牡牛徜徉在青山绿水间。

小时候，无论忙闲，王定烈总要缠着母亲讲上一段"三国""水浒"或是"岳飞抗金"的故事。有时，王定烈听得入神，就躺在母亲怀抱里甜甜地睡去。有时，王定烈从睡梦中醒来，发现母亲的眼窝里闪动着泪花，王定烈很小的时候就从母亲的眼睛里似乎感到了她内心的愁苦。

10岁那年，上王家屋办了一个私塾。母亲就送王定烈上学，并规定他夜晚不得早睡，亲自伴读。

1929年，在外教书的一位老先生回来，在王氏祠堂办了一个四年制初级小学。一天，王定烈上学，正好遇上三年级学生应联句。老先生出的上联是"虽为初级小学校"，学生们苦思冥想，应对的很多，但先生始终抬须摇首。王定烈也琢磨了半天，不想灵感突发，也不管规矩不规矩，高声应一句："乃造人才大地方。"先生猛地一怔,接着拊掌叫好。王定烈的母亲得知这件事后,高兴得合不拢嘴,更坚定地供王定烈继续读书。

1932年,王定烈考上了离家15里的岩门场初级小学,因无经费办高小班,第二年转到70里外的蒲家场第五高级小学上学。幸运的是,王定烈考试都在前三名内,免交了每学期两块现洋的学费。

1927年之后,中国共产党川东党组织就领导着一支革命武装——"川东游击军",农民协会也在秘密的组织中,"打倒列强除军阀……"的歌声慢慢地传唱开来。

1932年冬天,红四方面军在鄂豫皖苏区第四次反"围剿"失败后,向西突围,艰苦转战,越过大巴山进入通(江)、南(江)、巴(中)一带。军阀田颂尧节节败退,盛传红军胜利的消息越来越多。

1933年10月,红军发起宣(汉)达(县)战役,得胜场解放了。接着进行找土豪、分田地,家家户户都发了土地证。王定烈的母亲捧着土地证激动得放声大哭。

"到了15岁那一年,我就上高小了,才过一个多月,红四方面军进了川陕苏区,发动了宣达战役,和我们家乡的川东游击军会合了。当时,因为战争,小学停办了,我们也没有什么出路,恰好红军'扩红',干脆参加红军。于是,身着单衣单裤、脚穿破草鞋的我从得胜场爬山越岭走了4天,来到南坝场三十三军军部,再到上八庙九十九师二九五团报到。"15岁的王定烈成为一名"红小鬼",开始了南征北战的漫漫之旅。

直到1951年,时任航空兵二十三师师长的王定烈才在南昌见到阔别18年、辗转找来的母亲。"当时,母亲知道我还活着,思儿心切,于是日夜兼程,先后在巴东、宜昌找我,一直追踪到南昌。漫长的18年啊!母亲已经苍老,头发全白了,脸上是一条条数不清的皱纹。不过,我从她的微笑里依然感觉到她的坚强、她的无畏!"

参加红军的第一天起,王定烈把自己的名字改为"定烈",意在坚定信念、轰轰烈烈闹革命。王定烈还记得:"我的第一个武器是大刀,再有就是长矛。长矛是用四川的竹子削尖以后,再用火烘干,其实是梭镖。我们当兵哪里有武器装备呀?红军当时武器装备是消灭敌人,从敌人那儿缴获过来的。开始我到连队,以后当了一阵传令兵,就是现在的通信员。传令兵是干什么的呢?就是靠口头传达信息的，当时没有手机，也没有电话。营长要给连长下命令，靠什么？靠嘴传，你去告诉他什么什么。"

王定烈说，当传令兵你要记得很清楚呀，传得不准确不行。"比如说要前进、要守、要打，都得传。有一次我去前线传达命令，对面就是敌人，传达完命令后，我一看打仗挺有意思——那时候我已经有步枪了。敌人在那儿打枪，我在那儿也打了几枪。回去以后，他们说：'你是通信员，怎么能随便打枪？'子弹很珍贵，要处分我。处分我就是把枪举起来，对着墙，罚你一个小时，你不听话，你随便就打枪，浪费子弹。罚站一个小时。但是心里很高兴，一点儿都不觉得痛苦，打了敌人，你罚就罚吧，总算是打过仗了，满足我的心愿了。"

在革命年代，王定烈有记日记的习惯。"长征路上，我曾记下过不少的日记，最终都丢了，只是留下了一条命！"

（三）一颗子弹留存在腰间16年的传奇

1936年10月底11月初，国共两党的一场激战在黄河两岸展开。这是一场实力悬殊的较量。中国工农红军主力已经被滔滔黄河水拦腰斩断，分隔为了河东、河西两个部分。中央决定成立西路军，目标是"打通河西走廊"，争取得到苏联的援助。此时王定烈的身体已经恢复，他也被编入红三十军二六八团五连二排，随西路军出征。此后，西渡黄河的四方面军主力部队和河东红军渐行渐远，独自向河西走廊挺进，也开始了与西北军阀马步芳武装浴血拼杀的悲壮历程。

1937年3月14日，是西路军历史上重要的一天，也是王定烈记忆中最为难忘的一天。此时，两万大军只剩下不足3000人。部队突破马家军重围，退守到甘肃一个名叫石窝山的雪岭上。

14日上午10时许，敌人占领了二六八团右翼高地，向五连猛烈侧射。王定烈所在的第二排本来只剩12个战士了，在敌人的猛烈侧射下又牺牲了3名战士。王定烈和其他8名战士还在顽强抵抗，几乎不是用武器而是用生命在抗击敌人。恰在这时，一颗子弹飞来，王定烈猛然觉得右胸像挨了一拳，血从胸膛里淌出，打湿了胸前衣裳。他顿时感到天旋地转，眼迸金星，昏倒在地。

旷野里狼嚎声不时传来。王定烈到半夜苏醒过来后，剧烈的疼痛使他全身像通电一样颤抖,看到的只是战友的尸体——西路军余部已经分兵突围。他挣扎着站了起来,想走下山去,双腿却像两根铁棍,沉重麻木得迈不开步。他后来才知道,那颗子弹没有出来,从胸膛钻进了腰里,横搁在脊梁上,压迫着脊椎神经,使他的下肢麻木。他只好用上肢带动下肢,一步一步地离开染满鲜血的战场,朝山下爬去。

王定烈在长征中受伤后,有一颗子弹一直留在体内,直到16年后的1953年才经手术取出,这是王定烈保留至今的弹头

王定烈回忆说:"我当时做好了向马克思报到的思想准备。这次受伤一时使我完全丧失了战斗和行走的能力,只得忍着疼痛爬行。"于是,衣服被撕成了条条,全身也被山石、荆棘划破一道道血口子。

"走走"停停,巧遇一些负伤的战士,他们不谋而合:"寻路下山,乞讨要饭,爬也要爬回陕北!"

第二天,王定烈和二三十个伤员隐藏在一间小屋内,被敌军发现。敌军对我伤员一阵机枪扫射,又挥刀乱砍,王定烈头、臂、手四处中刀,一群伤员中,仅王定烈一人幸免于死。采访时,记者还能清晰地看到王定烈身上当年所留下的刀印。

王定烈大难不死,继续找部队,由于伤势严重,两三个钟头才走了近200步。天黑了,王定烈睡着了,几只狼围了上来,被惊醒的王定烈用棍子敲打身边的石头,把狼吓走了。

王定烈在找部队的路上被捕。5月上旬,敌人将王定烈在内的300多名红军俘虏押解到武威。已经投敌的师长郭锡山前来劝降,王定烈当时因身体内部有一颗子弹横在脊梁处,腰直不起来,为了在叛徒面前直起腰来,他拼命直腰,当时疼得昏厥于地,可是这样一来竟将横在脊梁上的6毫米粗、30

毫米长的"七九"步枪子弹顺了过来。腰从此能够挺直,能够使劲了,好似动了一次手术。

当年在河西走廊上击中王定烈的一颗子弹在他的腰间待了整整16年,伴随他一直走过了抗日战争、解放战争和朝鲜战争。

被监禁了7天,又被押往永登县城编入"补充团"。6月下旬,他们被押去修筑新(疆)兰(州)公路,变成了"劳役团"。一天,汽车过六盘山时出了车祸,一车人被甩出车外,王定烈被摔得不省人事。老天也仿佛垂青英雄,王定烈居然还是活了过来。王定烈因此得了个"死不了"的绰号。

"七七事变"后在党组织的营救下,王定烈从西安回到延安,被派到一一五师三四三旅警卫连当班长,不久给肖华当警卫员,随肖华挺进冀鲁边。

(四)峥嵘岁月难忘"夺牛战"

1944年,26岁的王定烈是八路军梁山支队队长。当时,正是我军节节胜利,日本帝国主义垂死挣扎之时,敌人不仅到处杀人放火,强征粮食、棉花,抓青壮年去日本当劳工,还想出一个新招数,就是抢走老百姓的耕牛。碉堡战、游击战,王定烈一一亲历,让他难忘的还有一场"夺牛战"。

这年春天,敌人在东平县计划抢500头牛,并勒令限期在东平城内集中,再经汶上到济宁,装上火车运走。"还说,谁敢反抗,'皇军'就要叫他'死啦死啦的'。那些汉奸、走狗忙着下乡,见了谁家牛长得肥大,牵上就走。谁要说个不字,当场就得挨鞭打,还要罚你亲自送进城才算了事。"

原来,日本鬼子在东三省有个牛肉加工厂,他们将抢去的牛宰杀加工做成罐头,专供侵略军食用。牛赶进城里后,敌人就在牛的右后大腿上,打一个大圆圈火印,里面有个"军"字,以表示是给日军专用的。"这是敌人最恶毒的经济掠夺。我们决定以牙还牙。"

3月6日晚,王定烈率支队第三中队在梁山东北的西柳村宿营。半夜里情报员跑来报告说,日本鬼子在城里集中了100多头牛,第二天就要押到汶上去。因接到情报太晚,当王定烈率部赶到汶上县沙河镇北面的公路上时,敌人已经无踪无影。"经察明:原来是东平县伪军两个小队60多号人,赶了120头牛,他们怕我军伏击,半夜三更就出城,向南去了。这次让敌人占了便宜,我们很不甘心。我断定，敌人既然南去，就一定会北回！7号晚，我们东去30里，一面让敌人发现我们向安驾庄方向走，一面留人就地监视敌人动向。8号晚，我们又隐蔽地折回沙河附近设伏。"

果然不出所料，9日上午近10点，那两个小队的伪军摇摇晃晃地从汶上方向回来了。正巧，钻进了伏击圈内。王定烈率部突然开火，敌人猝不及防，死的死，伤的伤，"没死没伤的，举起双手乖乖地投降了，一个也没跑掉。打了这个小胜仗，总算解了心头之恨。可是，那批牛毕竟被敌人弄走了，而且抢牛的事，还在到处横行。我们耐心地等待新的时机"。

20多天过去了。4月1日，王定烈又得悉：敌人第二天要押送160多头牛去汶上。经第一次打击之后，敌人就谨慎多了。这次是日军一个小队加伪军两个中队护送。"这次，我们得到的消息早。我一、三两个中队一起，兵力也多一倍。当天黄昏出发，一夜走了70多里路，神不知鬼不觉地潜入敌据点东面两里远的乔村。敌人做梦也不会想到我们早已严阵以待，在他们的眼皮子底下还有八路。2号9点半左右，我站在乔村西北角砦墙上，用望远镜一看，嚄！敌人浩浩荡荡地从三官庙方向来了。队伍拖得很长。尘土飞扬。原来敌人把牛3头一组编在一块，160多头就是50多组，加上200多日伪军，哩哩啦啦地拖了足有两三里长的一字'长蛇阵'。"

敌人快接近时，王定烈一声令下，快速进入战斗。"在我突如其来的前后夹击下，敌人只顾抵抗，哪里还顾得上牛呢？说起来蛮有意思，那些披枷戴锁的畜生，被枪声惊作一团。我们那些穿便衣的侦察员冲入牛群，砍断绳索。它们好像明白自己解放了一样，翘起尾巴，跟上那些穿便衣的八路军，狂奔起来。那群押送的日伪军，被我们活捉了30多人。有的只顾逃命，有的钻进'乌龟壳'（碉楼）里打枪⋯⋯⋯我看看怀表，指针已过10点钟了，就令司号员吹起'收操号'（即撤出战斗）。那些不会说话的'劳动者'，边跑边哞哞地叫个不停，也不晓得它们是因没遭受宰割之苦而高兴呢，还是肚子里没有东西饿了。回来后，我们动员群众，把牛腿上的'军'字刮去，分散到各村各户，再回到农民家中耕地去了。而敌人呢？第一次虽然占了便宜得了牛，却丢了人和枪；第二次既丢了牛，又丢人丢枪，只好躲在'乌龟壳'里，再也不敢出来抢牛了。"

在抗日战争中，王定烈历任指导员、骑兵连政委、营教导员、营长，昆张支队副支队长、支队长，八团副团长。1945年王定烈率八团南下豫东，参与建立了豫中根据地，10月率八团突破平汉路，长驱700里，8天打了13仗，加入中原军区序列，编为一纵四团，王定烈任团长。中原突围时，王定烈率四团5次当前卫、5次当后卫，为掩护大部队突围做出重大贡献。中原突围后，王定烈所在的四团，转战湘鄂西，回到豫皖苏，驰骋于江汉地区。

（五）同朱毛短暂的会见成为终生难以褪色的红色回忆

1951年10月下旬，空军召开新组建的第5批航空兵师师长、政委会议。23日，新组建的航空兵第二十三师师长王定烈和政委魏国运到达北京。王定烈回忆说："我们都是初次到北京。任何名胜古迹都可以不看，但必须争取拜访敬仰久别的毛泽东主席和朱德总司令，我们同中央办公厅机要室主任叶子龙通了电话，约定星期六下午到中南海。"先到叶家，由叶带他们到朱总司令家。朱德在他那古朴简陋的寓所很热情地接待了他们。

一见面，王定烈说："老总您好，我俩这次来京开会，特意来看望老人家。"朱德说："谢谢你们，我很好，就是进城之后，拉拉杂杂的事多些，又加美帝国主义侵略朝鲜的战争，打一年了。内忧未全平，外患又起。这叫'祸不单行'啊！"他们无拘无束地谈笑着，真有回家之感。王定烈说到一、四方面军会合，张国焘搞分裂的那个年月，朱总在大金川，曾去红二九五团团部座谈的往事。朱总说："当年要是没有张国焘的错误，一、四方面军一块儿北上，没有西路军的失败，我们的力量就大得多，打日本鬼子时，也就发展得更快更大嘛！可惜，我们党内总是不平静……唉！""我们的经验教训是：政治、组织路线正确了，没有人有人，没有枪有枪。路线歪了，有人有枪也会丢掉啊！你们红三十三军、五军团的王维舟、杨克明、罗南辉、董振堂等同志，我很熟悉，都是干才，可惜，都为国捐躯了。我们这些幸存者，要走的路还很长哪！"正说话间，秘书来告：今晚中直机关组织舞会，请老总去宽松宽松，休息脑子。开饭了，几个人吃了一顿辣味十足、简朴的晚餐之后，朱德说："你们两位来一次不易，也去参加参加好吗？"王定烈和魏国运都说："好！"稍停王定烈又说："好倒是好，可是不会跳呀！咋办？"朱德笑笑说："不要紧，一看就会，胆子大一点，只要不踩人家的脚就没事，走吧！"

当晚，王定烈俩人就和朱德一同走进只有百十平方米的小舞厅。舞厅里没有什么乐队，只有一台留声机放着音乐算是伴奏。舞会开始之后，他俩坐在那里听听音乐，嗑嗑瓜子，一边看着跳舞的人们，一边焦急而又激动地等待主席的到来。王定烈回忆说："第一轮舞刚罢，毛主席过来了，大家不约而同都站起来让座。他身着浅灰色衣裤，身材魁伟，比在长征路上和延安时期都显得高大。"

毛泽东环视左右，向大家招手示意，最后把目光落在他们两个陌生人身上，操着浓重的湖南口音问："这两位同志是……？"叶子龙立即介绍说："他们是初建的空军航空兵二十三师师长王定烈、政委魏国运。来京开会，特来看望主席和总司令的。"

"啊，都请坐下。不错，今天还有糖果、瓜子招待，你们先吃后跳。"毛泽东说着，随手抓一把递过来，"不要拘束，回来一趟，吃块糖也不过分嘛！"然后就查起"家谱"来了——多大年龄啦，哪里人啦，何时参加革命，上了几年学啦……王定烈俩人一一作了回答。毛泽东又询问王定烈："你学过飞行没有？"王定烈说："没有，如果领导安排，我可以学的。"毛泽东说："那好，当师长能带头飞当然好，不过组织指挥那一套，你们总是有经验的嘛！慢慢就会熟悉的。我们新搞这么一个军种，给战士们插上翅膀飞上蓝天，保卫祖国领空安全，实属必要……你们看，美帝飞机在朝鲜战场上十分猖狂，又是炸部队，又是炸交通运输线，他们称之为'绞杀战'咧！还不时窜到我东北上空。台湾蒋介石在他的帮助下，有几架飞机，也不断在东南沿海一带骚扰。"王定烈感觉到，主席谈话似乎不是在晚会舞厅，而像是刚从办公室出来，又办起公来了。不觉已谈了20多分钟。

毛泽东下场转了几圈，他舞姿比较轻松活泼，潇洒自然。一场完毕，毛泽东回来问："你们为什么不下场？""我们不会。""啊，你们是怯场吧？其实，这同游泳一样，光有理论，不下水不行，这叫老兵碰上新问题。你们将去朝鲜战场打空战，也是一个新课题，它比跳舞难度大得多咧，哈哈。"王定烈说："这个我们有信心。"毛泽东点点头，说："世上无难事，只怕有心人，你们做个有心人吧！"因为怕耽误了主席的休息时间，王定烈就拉拉魏国运的衣角，说："主席、总司令，我们要走了，祝你们健康。"毛泽东说："你俩光看别人跳，怪难受的吧！那就自便喽。"朱德说："你们以后再来耍啊。"告别了两位伟人，他们依依难舍地走出门外。

（六）凄风苦雨过后晚霞映满天

"王定烈同志，为加速空军建设，支援抗美援朝，总干部部决定你调离现职，组建航空兵第二十三师。"1951年8月的一天，时任恩施军分区司令员的王定烈接到湖北省军区拍来的电报。

无数次挥戈征战，饱尝了敌人飞机的淫威肆虐，多少战友血肉横飞，多少次盼望我们能拥有自己的空军，展翅冲天，纵横翱翔。自己能成为人民空军的一员，王定烈怎能不心潮澎湃，感慨万千！

奉中央军委命令，以湖北军区为主，抽调湖南和江西三个军区及四十一军、四十五军的一批干部组建空军航空兵第二十三师，任命王定烈为师长、魏国运任政治委员。当即，王定烈等启程赶赴南昌，接收三区人员，投入紧锣密鼓的组建工作之中。

会聚南昌的这2000多人，全部是来自陆军部队的人员。"尽管他们一个个都曾是冲锋陷阵的英雄好汉，都是勇往直前的勇士，现在当了空军，可连飞机究竟是啥样子都根本说不清——想当年，敌人的飞机轰炸扫射，我们领教过。"王定烈说，那一幕幕血泪斑斑的史实，始终深深地铭刻在自己的脑际，多么渴望着有朝一日我们也有一支强大的空军。

空军是一个技术密集的新军种，为尽快熟悉和掌握相应的知识，王定烈等聘请了航校的教员当"先生"，来部队讲授航空理论知识。

11月，中南军区空军在汉口召开党委扩大会议，安排下一批航空兵师参加志愿军赴朝实战锻炼。会后，王定烈被调任十八师师长。"十八师在抗美援朝和国土防空作战中屡建功勋，'航空兵英雄中队'就出自这个师。"

1952年2月，空军电示，赋予十八师执行第三批轮战任务。王定烈介绍说："从6月21日至11月30日，我师编队共出动74批614架次，飞行424小时。空战中，击落敌机6架。在空战中摸清了敌人的特点，掌握了规模不同的组织指挥手段，以及各种保障方法，为后来提高战斗力和国土防空作战奠定了基础。"在朝鲜战场的日日夜夜，王定烈铭记心间，难以忘怀。

1967年6月6日，在广空党委五次扩大会议上，一位负责人突然宣布时任广州军区空军副司令员的王定烈是"三反（反党、反社会主义、反毛泽东思想）分子"，勒令停职反省，关押劳改。

接着，广空召开有 300 多人参加的五次扩大会议。会议期间，连续斗争王定烈 3 天，动员与会人员每人必须揭发他 5 条"罪状"。王定烈说，所幸的是，没有挨打、没有下跪坐喷气式。当时，规定他学习毛著，触及灵魂，交代罪行；每天半日劳动，改造思想，不准自由行动，不得与别人接触，写交代材料。这种颠倒是非的行为，完全违背了党实事求是的作风。王定烈在"检讨书"上用毛笔写下了：我相信党，相信毛主席，相信广大群众……然后，挥笔一连写了 100 个"毛主席万岁"。

专案组负责人对他说："你为什么写 97 个'毛主席万岁'？这是别有用心！"王定烈说："你当众数一遍好吗？那是 100 个，你正好掉了一行。""那是什么意思？"他咄咄逼人。"就是万万岁嘛！""你很不老实！"王定烈气愤至极，拍案叫道："你颠倒黑白，罗织罪名，陷害同志，就是革命吗？就是老实吗？"

从此专案组对王定烈看管得更严了，这期间王定烈先后向军区领导写过 3 次申诉信，均石沉大海。王定烈只好向党中央、毛泽东主席、周恩来总理、中央文革和空军党委上诉，要求澄清事实，请求恢复工作。直到 1968 年 12 月 30 日，调王定烈到济南军区空军任副司令员，那顶"三反分子"的帽子才不明不白地飞掉了。

王定烈痛心地说："我这个贫苦娃子十几岁就参加了红军，跟着共产党、毛主席，为穷苦人翻身求解放，早已将个人的生死置之度外，东征西战，拼杀于战场，经历了多少坎坷，经历了几多生死。没有想到 30 多年后，突然在一夜之间成为'反革命分子'，这让我痛苦、困惑。"

1968 年 2 月，刘少奇、邓小平、肖华等 11 人被打成叛徒集团。所谓肖华是叛徒，是有人揭发，肖华某年某月某日在山东只身逃跑，下落不明。后来调查到肖华当时的警卫员王定烈，声色俱厉地说："你是关键人物，要老实交代。"一时间，王定烈如堕雾里。王定烈翻开当年的日记，发现那天肖华正在给党政机关上政治课，专案人员启发王定烈，要他好好考虑考虑。第二天专案人员又来了，王定烈原话回之，并以党籍担保。专案人员威胁说："你不要顽固到底，不然死路一条。"王定烈也火了："共产党员讲的是实事求是，我说的话我敢负责。"说完，王定烈写了个申明："……我没有亲身经历或亲眼看见过肖华被人缴枪、被扣押的事……我也从来没有听说过……是我包庇了肖华的错误和隐瞒了自己的错误的话，我愿受党纪军纪制裁，并愿与肖华同罪……"王定烈说，当时心想，自己之所以敢写那样的证明文字，"其实也不复杂，无非是把我打成肖华死党，我也心甘受诛，再回地狱去算了"。

两年的境遇和莫须有的罪名，让王定烈犹如生活在地狱一般，饱受了精神和肉体的煎熬。这期间，王定烈曾多次致信空军党委，要求澄清事实、分配工作，为部队建设和党的事业多做些贡献。

1968年12月，王定烈调济南军区空军任副司令员。1975年8月，王定烈由济空奉调军委空军任参谋长。1982年11月，王定烈任空军副司令员，分管空军科研装备兼航空军工产品定型委员会的工作。1985年7月5日，中央军委任命了新的空军领导班子，司令员张廷发、政治委员高厚良，副司令员何廷一、王定烈等全部退居二线。1988年，王定烈被授予一级红星功勋荣誉章。

贫苦孩子出身的王定烈离休后难以忘怀革命老区为中国革命胜利做出的巨大牺牲和贡献。他多次故地重游，访问他曾经战斗和生活过的地方，耳闻目睹老区人民的衣食住行和生活状况。他说："老区人民仍然是那样淳朴，那样热情。改革开放，使我国广大地区人民生活水平蒸蒸日上。但是，由于种种历史原因，老区的经济发展依然缓慢，人民生活水平仍然徘徊在低谷。"有生之年能为老区人民办几件实事，正是王定烈和许多老同志共同的心愿。

已是耄耋之年的王定烈生活非常俭朴，他的心中始终装着老区人民，只要是有益于老区发展的各种活动，他都身体力行，积极支持参与。中国革命的成功深含着老区人民无畏的奉献。"我是老区农民的儿子，是喝着老区的水长大的，为老区人民做些工作是我最欣慰的。"王定烈的肺腑之言充满了对老区的深情。几年时间，他先后在湖北、江苏、河南、河北、山东、四川等省市农村调研考察，耳闻目睹了老区人民生活水平的变化。王定烈和许多老同志为革命老区的发展不断地奔走办实事，为社会主义新农村建设发展献计献策。

"我的老伴是2005年5月9号呜呼的。我很痛苦，但也没办法，这是自然发展，谁也抵抗不了。很多老战友也都已经离开了。我觉得，人不要老计较生和死，这是自然法则，你去计较没有用。"王定烈的妻子刘醒亚小他11岁，出生在河南西华县城一个书香之家。"她父母都是早期的中共党员，她幼年时就成了烈士遗孤，不到16岁就当了兵，进入八路军冀鲁豫军区八团军政干校，参加过著名的中原突围，曾经身陷囹圄，在敌集中营受尽磨难，后经组织营救归队。"

王定烈与刘醒亚是在战友的撮合下走在一起的，当时在抗日根据地举行了一个简单的婚礼,从此相濡以沫,同甘共苦。在王定烈眼里,妻子刘醒亚的一生是"革命的一生、勤劳俭朴的一生和不断奋斗的一生",特别是"在随部队行军作战期间,在敌人集中营里,她都以坚定的革命信念和顽强意志挺了过来,很不容易"。

1955年,王定烈与夫人刘醒亚合影

"有的同志老说,哎呀,我不行了。不过,我赞成一句话,生命在于运动,人不运动不行。从我记事一直到现在,我从来没睡过懒觉。最近这几年我每天早上5点半出去,6点半回来,在院里走来走去。要说活动,过去除了打仗来回跑,解放以后不打仗了,我有一个习惯,天快明时就醒了。我每天晚上10点钟左右睡,躺下一会儿就睡着了。5点钟左右就醒了,我屋里的钟表我从来不看,一起来一开灯,一看就是那个时间。"据悉,王定烈早年爱好球类运动。他说:"在战争年代,那时候年轻,20来岁的人,有篮球打篮球。解放以后,有条件就打篮球。哪个地方有网球,我也参加打网球。但是足球我很少踢,因为足球的范围太大了,也没有时间。运动很重要。过去他们练什么功、打什么拳,我都参加。前两年,我还打打太极、舞剑,现在只是在院子里走走步。"

习文学书,王定烈自幼情有独钟。参加革命后,转战南北,飘忽不定,王定烈无暇提笔。解放后,诸事缠身,王定烈同样无时细究翰墨。离休后,他偶尔提笔学书。"从头学习书法便成为我晚年生活的一件乐事。我参加过老年书法学习班,重新当起了小学生,老师布置的作业,我不敢懈怠,认真去完成。游山玩水,我没有多少雅兴。每得知哪里有书法展、美术展,无论多忙,也总要去瞧上几眼,有些乐此不疲。"如今,他有"将军书法家"之称,但他还是笑称自己的书法是"小学水平"。

王定烈自嘲地说:"我的生活,8个字——读书看报,吃饭睡觉。有一个战友又送了我另外8个字——不吵不闹,不给不要(不想当官、不想挣钱、不想'闹'事,不要什么待遇)。"

整个采访期间,会客厅里的时钟嘀嗒嘀嗒地响,随着王定烈将军的讲解,把记者的思绪一次次带进硝烟弥漫的岁月。王定烈非常健谈,3个多小时很快就过去了。走出将军所在的院落,只见绿荫如盖,硕果芬芳,一如他的人生……

采访结束后,王定烈题词"勿忘血与火的岁月"相赠

注:2014年11月18日,王定烈在北京病逝,享年96岁。

张铚秀：我是『英雄儿女』

我们走过二万五

——红小鬼的传奇人生

张铚秀档案盘点：

开国将军张铚秀

  张铚秀，1915年7月出生于江西永新，1928年参加革命，1933年参加红军，1934年加入中国共产党。历任红六军团第十七师四十九团副连长，第十八师五十三团连长，第十六师四十七团营长，十六师二营营长（相当于团），新四军第一支队二团中队长、侦察参谋、营长、团参谋长，新四军第一支队新一团团长，新四军第七师五十六团团长，皖江军区含和支队（军分区）参谋长，新四军第七师十九旅参谋长，华东野战军第七纵队十九师参谋长、副师长，第九纵队二十六师师长，第三野战军二十七军八十师师长，中国人民志愿军第二十六军副军长，第二十六军军长，济南军区副司令员，昆明军区副司令员、司令员等职。1955年被授予少将军衔。曾获二级八一勋章、二级独立自由勋章和一级解放勋章、一级红星功勋荣誉章。中共第十一、十二届中央委员，中共中央顾问委员会委员。1988年7月离休。曾为北京新四军研究会会长、中国新四军研究会名誉会长。

身材高大,浓眉下一双炯炯有神的眼睛,声音洪亮,透着特有的军人气质。一个深秋的下午,记者如约来到北京万寿路张铚秀将军家,没有想到眼前的长者已逾90高龄。

张铚秀是一位叱咤风云、战功卓著的传奇将军。13岁参加革命,历经农民暴动、中央苏区反"围剿"、长征、抗日战争、解放战争、抗美援朝和保卫祖国西南边疆的斗争,是当年"皖南事变"成建制率部队突围、目前唯一健在的团职干部,也是战争经历最长的健在红军老将领之一。走近这位老人,犹如阅读一部军事史书。

(一) 大哥带领他走上革命道路

江西永新地处湘赣边界,是革命运动兴起较早的县份之一。1928年5月,毛泽东领导的秋收起义部队首次攻占县城,永新人民在血与火的洗礼中进一步觉醒,跟着共产党、毛委员闹革命。从此,永新成为井冈山革命根据地的一部分。随后,又成为湘赣苏区中心区域。

1915年7月26日,张铚秀出生在永新县怀忠乡虹桥村一个贫苦农民家庭,兄弟三人,他排行第二。父亲张兴隆是个泥瓦匠,在兵荒马乱的年月,为了养家糊口和还债,他曾两次远抵云南做工,饱尝人间辛苦。因贫病交加,1925年病逝。童养媳出身的母亲刘保俚,含辛茹苦地拉扯养育三个儿子。

对于母亲,张铚秀深为敬重。在父亲外出和去世后数十年的日子里,为维持全家人的生计,母亲将外婆接来照看孩子,自己种田,还外出帮人打短工,寒冬雪雨从不间断。"母亲为人厚道,干活实在,从不计较工钱多少,乡里近邻都很敬慕她的人品。"母亲那种勤劳朴实、能干贤惠、通情达理的品格,在张铚秀幼小的心灵里留下了很深的印象。张铚秀8岁时在本村私塾念书,连一本《三字经》都还没念完就辍学在家,帮助母亲料理家务。

大哥张成秀是张铚秀的革命领路人。大哥大革命时期就参加了农民运动,1926年曾任老居、左坊、虹桥农协会会长。1926年和1927年搞农运时,大哥经常让张铚秀替他送信或传递信息到附近的左坊和老居、肖坊,张铚秀实际上成了大哥的小通信员。当时的张铚秀并没有意识到自己是在做革命工作,他只认定大哥干的事情都是对的。只要大哥吩咐自己做什么事,他都十分高兴,乐意做，而且每次的任务都完成得很好。那时，为家庭生计而忧愁的母亲不理解，常责骂张铚秀东跑西颠，不在家里好好干活。

1928年秋，张成秀等几人组织发起虹桥村农民暴动。受大哥委派，张铚秀在本村走家串户，一会儿通知这个到家里来，一会儿通知那个到什么地方办什么事情。13岁的张铚秀还参加了村里的儿童团。儿童团的主要任务是站岗放哨、送信传递情报。张铚秀个子高、腿长，走路快，经常被派送信。为了安全保险，每次张铚秀一般以进山打柴或拾粪为掩护，把信送出去。这时，母亲也懂得了穷人只有起来革命才有出路，她非常支持儿子的工作，每次都千叮咛万嘱咐：东西要放好，遇到"白狗子"要沉着，遇到坏人要勇敢、巧妙地与他们周旋。

儿童团有一只用马口铁做成的号角。有一次，男孩子们聚集在一起看谁能吹响那只号，女孩们则站在一旁看热闹。张铚秀从小憨厚、寡言，也不动声色地站在一旁观看。一大帮男孩子都鼓足气轮流吹了一遍，但没有一个吹响的，最后大家让旁观的张铚秀试试。张铚秀接过号，鼓足气，用力一吹，竟然把号吹响了。虽然吹不出调子来，只能吹长声和短声，但大家都很高兴，提出把号交给张铚秀保管，让他当儿童团的号兵。

张铚秀认真地练了几天号，一天夜里，大哥神秘地对他说："你的号明天就用得着了。"第二天天还没亮，暴动按计划进行。天亮后，张铚秀即按大哥的交代爬到屋后山坡上去吹号。号声紧一阵慢一阵，划破了寂静山村的上空，把沉睡的人们从梦中惊醒。全村老小都来到本村甘家祠外面的坪子集合。暴动队员把两个本村出了名的地痞捆绑起来，乡亲们一见这两个恶棍也有今天，一致要求暴动队处决他们。虹桥村暴动取得圆满成果。

自从在儿童团当上小号手，张铚秀就迷上了吹号，在以后的战斗岁月里吹号成为他的爱好。他说，其实刚开始时只是吹得响，真正学会是后来到了红军游击队和主力红军以后。那时，张铚秀一有空就找司号员，让他们教授吹起床号、集合号、冲锋号、吃饭号、熄灯号、出发号、调令号，等等。张铚秀几乎每天都要"嘟嘟哒哒"练上一阵。不到半年，张铚秀竟学会了10多种号谱，不论音质还是韵调，当时在部队都算得上是"上乘"的。但是，由于一直在战斗班当战士，张铚秀没有当上号兵。后来，担任排长、连长以后，张铚秀仍然熟记那些号谱，有时还同司号员们吹奏一阵。

学会了吹号，在长征途中还真发挥了一次意想不到的威力。1934年8月

7日红六军团作为中央红军的先遣队,从湘赣苏区西征,拉开了万里长征的序幕。1936年1月,红六军团红四十七团在湘黔边的晃县距田心坪10多里的一个隘口处,被黔军新八师第二团固守的一个石碉挡住去路。当时,张铚秀任红四十七团一营营长。张铚秀奉命率全营向敌后猛插,绕过石碉,把驻在后面镇上的黔军一个营包围起来。

顽敌当头,张铚秀深知,狭路相逢勇者胜。战斗打响之前,张铚秀把营部司号长和司号员全部集中起来使用,并命令各连所有的司号员听到营部吹什么号,就跟着吹什么号,全营同时向敌发起攻击。攻击时间到了,张铚秀亲自拿过一支军号,站上一块高地,正对着田心坪吹响了冲锋号。张铚秀说:"我连吹了三遍。当第一遍号音响后,营部和各连的无数号角,从四面八方一齐吹响。"伴着威武雄壮的集团冲锋号,激动人心又令敌胆战心惊的喊杀声从不同方向响起。战斗只进行了不到半个小时,除几处敌人有小的抵抗行动,其余的都走出营房和工事,举起枪向红军投降。

早在参加红军前,张铚秀于1933年3月就和本村的青年毅然参加了永新游击队,在游击队开始了他长达半个多世纪的军事生涯。因为打仗勇敢,纪律性好,完成任务坚决,参加游击队不到两个月,张铚秀便担任了副班长。6月,永新游击队与安福游击队合并组建为永安独立营,张铚秀任第一连第一班班长。永安独立营一直在永(新)、安(福)、峡(江)、吉(安)交界地区活动,牵制进攻湘赣苏区东北面的敌人。从这以后,张铚秀基本上离家闹革命了,很少有机会回家。

儿行千里母担忧。母亲从原来不理解到后来支持儿子进行革命活动,一直牵挂着儿子的安危。如今张铚秀参加革命队伍,远离母亲的视线奔跑在枪林弹雨的战场,母亲的心更是揪得发痛。不管在哪里听到有关红军的消息,母亲总感觉那说的就是儿子的事情。

随着国民党对苏区的不断封锁,部队给养越来越困难,生活非常艰苦,特别是缺盐吃。母亲和家人吃硝盐,把省下的食盐卤做好菜,冒着危险送给红军吃,有时候还留在部队照顾伤病员,随部队一块行动。令张铚秀记忆犹新的是,有一次思子心切的母亲带着一碗自己亲手做的红烧肉,和一壶自己做的永新老酒,"爬了一山又一山,辗转不知经过了多少天,送到部队驻地时,肉已发霉不能吃了"。

1934年3月，红十七师完成了挥师北上，深入南浔铁路钳制敌人，配合中央红军作战的任务，回师湘赣苏区。4月初，萧克、王震指挥红十七师、红十八师在沙市伏击战中一举歼灭敌人一个旅，给深入湘赣苏区之敌以沉重打击。沙市战斗中，张铚秀所在的永安独立营参加了配合红军主力作战的任务，战斗结束后正式编入了红十七师。张铚秀任红四十九团三营七连一排长，成了光荣的红六军团的一员，走上了艰难的征战历程。

当母亲听说张铚秀所在部队打了胜仗，便拖着小儿子焕秀跌跌撞撞来找张铚秀，但部队已向北转移。第二天，不甘心的母亲又从虹桥家里跑到神功山红五十团阵地上。在这里，母亲得知红四十九团布防在左坊，最后又跑到店背才找到张铚秀。母亲为张铚秀做了几个他最喜欢吃的菜，如红烧肉、豆腐等，还叫小儿子焕秀到街上给二哥买了一壶酒。那时候，几乎天天打仗，生活艰苦，酒、肉之类的东西很难见到。因此，张铚秀请排里的同志都吃了母亲带来的饭菜，喝到了弟弟买来的酒。"母亲和弟弟看我和大家相处得很好，都很高兴。"张铚秀回忆说。

母亲走后的第二天，红四十九团往后移防到官山坪和丰塘地区去了。部队转移到官山坪的次日，团部让张铚秀回虹桥一趟，主要是侦察虹桥背面的敌情。完成任务后，张铚秀回家看了看母亲和弟弟焕秀。吃了一顿饭，下午两三点即告别家人回部队。这时还没有得到中共中央、中央军委关于突围转移的命令。不料松山战斗后，部队往井冈山转移，而后又突围西征，张铚秀再也没有机会回家看望母亲了。此次实际成了他与母亲、弟弟的长久离别。

令张铚秀心痛的是，主力红军长征走后，任永新县委委员、部长等职务的大哥张成秀仍留在苏区坚持斗争。1940年10月，由于叛徒出卖，张成秀被国民党特务抓捕，受尽酷刑，英勇不屈，被敌人杀害，年仅35岁。小弟张焕秀因跟大哥一块参加革命活动，被迫离家出走，流落他乡学徒谋生。母亲孤单一人，年届六旬，自己劳动生活，受尽煎熬。张铚秀虽然十分牵挂老母亲，但在血与火的革命战争中，共产党人只有抛头颅、洒热血，舍小家顾大家，把儿子对母亲的思念深深埋藏在心里。直到解放后，张铚秀才见到老母亲。

（二）长征路上两次负伤始终不掉队

由于王明错误的"左"倾路线的作战方针，1934年8月，红六军团作为中央红军长征的先遣队，退出了红军以鲜血建立起来的湘赣苏区西征。张铚秀告别了故乡，随部队踏上了艰难的西征之路。"刚开始长征的时候，一天要打两三仗。"张铚秀回忆说，"还要强行军，最多一天16个小时走了140里。"1934年8月23日午夜，红六军团抵达湘江右岸，准备抢渡湘江。

由于红军西渡湘江的计划被湘军识破，敌人9个团的兵力及大批保安部队在湘江左岸占据了有利地形，收走全部船只，还在浅水区域设置铁丝网。而在红六军团身后，追敌第十五师、十六师正迅速靠拢，桂军第七军先头团已到达湘江边。红六军团没有执行"左"倾冒险主义路线，果断放弃了强渡湘江的计划，迅速掉头进入纵横七八十里的阳明山区。"否则，我们将比中央红军先尝到湘江惨败的苦果。"张铚秀说。

张铚秀所在连队走在最后，在入山之处掩护部队进山。"敌人的炮弹猛烈地轰炸我们，"张铚秀说，"我们只能待敌人运动到离手榴弹能掷到的距离，才用手榴弹把敌人打退。"战斗进行了近1个小时，当后卫连完成掩护撤出阵地时，一颗子弹打中了张铚秀的脑袋。"当时我带着全排掩护连队撤退，"张铚秀回忆说，"脑袋一麻就什么都不知道了。"很庆幸的是，子弹从右额上面打进，只伤着骨头，没有伤着大脑。

由于伤员多，团卫生队床位有限，张铚秀伤情稍微好一点了便坚决要求回连队。头和脸都还肿得老大的张铚秀一回到连队，"连长和排里的战友们几乎都认不出我来了"，张铚秀说。过去，身强体壮的张铚秀背着负重走路大步流星，负伤后什么都不带还跟不上队。为了不拖后腿，张铚秀决定笨鸟先飞，"我比部队先出发一会儿，部队赶到我前面休息时，我不休息"。就这样，张铚秀拾根棍子拄着不停地走，经过几天急行军，张铚秀越来越消瘦，却并没有因为受伤而掉队。

部队行进到嘉禾时，团里通知张铚秀留下来养伤。张铚秀坚决要求随部队前进，他说："我参加红军，随军征战，只要活着就要革命到底。我现在是头部负伤，两条腿还能走路。"由于张铚秀执意不愿留下，组织上才答应让他随部队一起行动。

回忆起这些往事，张铚秀动了感情说，"战争年代，红军中干部、战士比亲兄弟还亲"。有几次张铚秀行军走到团部的位置，团政委晏福生看到他，非常关切地问长问短，鼓励他克服伤痛跟上队。晏政委还关照卫生队给张铚秀洗伤口、换药，要卫生队给他一些红汞、纱布、药棉，这一切使张铚秀深深地感受到了红军这个大家庭的温暖，也激励他战胜伤痛走完了这一段艰难的征程。

甘溪战斗是红六军团西征途中险恶的一仗。10月7日，红六军团预备到石阡城南的甘溪休息，利用晚上的暗夜越过石（阡）、镇（远）大道进入江口。只顾赶路的红六军团将士不知道，其时，湘桂黔三省敌军正联合从石阡、镇远、施秉、余庆四个方向对红六军团实施合围。"上午10点多钟，我四十九团紧跟五十一团进入甘溪西街，刚把背包放下准备到号房休息，甘溪战斗便打响了。"张铚秀说。在甘溪，红六军团与桂敌廖磊二十四师第七十、七十一两个团迎头相遇。

敌军首先以两个团分两路向红五十一团占领的东街进攻，随后敌人进行分兵，以第七十一团攻东街，以第七十团沿寨面坡山脚运动，偷偷迂回到红四十九军占领的甘溪西街口。红四十九团主要是配合红五十一团作战，当迂回的敌人冷不防攻到西街口，红四十九团才注意到敌人的企图，他们顽强抗击。经过反复较量，敌人攻占了西街左侧制高点，并不断向红四十九团和红五十一团联合进攻，切断了红四十九团和红五十一团的联系。红四十九团主力被迫退到南街一侧坚守，直到下午5时后，红五十团接替掩护红四十九团和五十一团部队转移。红六军团在甘溪战斗中损失较大，伤亡了好几百人。张铚秀说："我们排伤亡了好几个同志，其中一个班长阵亡了。"

1934年10月，红六军团在历经千难万险，部队伤亡很大的情况下，与红三军在贵州木黄胜利会师。红六军团从湘赣苏区突围时有9000余人，经过两个多月的征战损失了三分之二，木黄会师时只剩下3000多人了，红三军这时也只有4000多人。这两支原本孤军作战的队伍，长期以来被敌人四处追赶拦截，这次终于汇聚到一起，大家盼望着拧成一股绳，狠狠打击敌人。

时任红六军团第十七师四十九团副连长的张铚秀，多年后的记忆仍然十分鲜活："大家紧紧地拥抱在一起，久久舍不得分开。红三军的同志看到我们都光着脚，就从自己的身上把草鞋解下给我们穿上。他们在困难的情况下，买了猪肉、苞谷和盐巴来慰劳我们，兄弟般的情意使我们十分感动！"

会师大会上，贺龙和任弼时都表达了对两军会师的喜悦和对会师后两军并肩作战的期望。贺龙用了一个很形象的比喻：二、六军团过去是分散的两个拳头，现在变成一个拳头，力量就大了。任弼时宣布红三军恢复红二军团的番号，并表示两军会师后要在贺龙的统一指挥下，"团结得像一个人"。1935年11月，红六军团又新组建红十六师，张铚秀调升为红十六师四十七团一营营长。

红二、六军团会师以后，在任弼时、贺龙、萧克等首长的领导下，执行正确的作战方针，取得了一个又一个的胜利，给敌人沉重的打击，严重地威胁到蒋介石的反动统治。蒋决心在"追剿"中央红军的同时，调集重兵对湘鄂川黔根据地进行"围剿"。在经济上则实行更加严密的封锁，以造成红二、六军团补给上的更大困难。

为了粉碎敌人的"围剿"，红二、六军团于11月19日突围。转移途中，红二、六军团决定反击尾追之敌，在湘西便水地区歼灭尾追之湘军李觉纵队、十六师。1936年1月5日上午，部队在上坪、对河铺之间与敌前卫第四十七旅的战斗打响，张铚秀带领全营战士在公路南侧与敌激战，接着奋勇夺占了北侧山头。由于敌军不断增援，战斗异常激烈，战至次日下午4时许，不得不撤出战斗。在这次反击战中，张铚秀在追击敌人时右腿不幸中弹负伤。

这次受伤后，令张铚秀难以忘怀的是团首长不时地询问自己的伤情，还经常送些增强体力的营养食品。为照顾张铚秀能够顺利跟着部队前进，团长还特地挑了一匹膘肥体壮的好马替换张铚秀原来骑的那匹较瘦弱的马。十几天后，部队甩掉追敌，进入贵州。在毕节地区，部队休整了20多天，张铚秀也在这段时间里治好了腿伤。

1936年3月底，红二、六军团结束在云贵乌蒙山区的作战，奉命渡金沙江入川与红四方面军会师北上。张铚秀率领的红十六师四十七团一营为红六军团后卫，是军团最后一支渡过金沙江的部队。经过三天三夜，主力胜利渡过金沙江。完成掩护任务后，张铚秀乘着最后一趟船过了江。"我们过去约一个小时后，敌人追兵就到了江边，朝对岸胡乱开了一通枪。战士们隔江向敌人大声嘲笑'谢谢你们开枪为我们送行，再见！'"张铚秀笑说往昔峥嵘岁月。

从中甸出发，红六军团为右纵队，经定乡、稻城、理化，又翻越了几座雪山，在理化附近与红三十二军（中央红军罗炳辉领导的红九军团）会合。

几天后又在西康的甘孜与红四方面军和朱德总司令会师。大家兴高采烈，像久别重逢的亲人一样。红四方面军把自己织的羊毛袜子、牛毛袜子送给红二、六军团的官兵。

在甘孜召开了会师庆祝大会。朱总司令在会上告诉大家，毛主席带领红一方面军已于去年胜利到达了抗日的前哨阵地——陕北，正等着和红二、四方面军胜利会师呢！会后，红二、红六军团和红三十二军组成红二方面军。红六军团召开连以上干部会议，对部队进行整编，将原来3个大师编为4个小师，取消团的编制，一个师编3个营，张铚秀在十六师任二营营长。

甘孜出发前每人准备了半个月的粮食和盐巴，每人发一个用牦牛皮做的斗笠和几双生牛皮草鞋、一张生羊皮。红军长征路上困难重重，首先面对的是恶劣的自然条件。"雪山、草地气候多变，要么太阳很毒，要么就下冰雹，或雨雪加狂风，河流也不少，水是从雪山下来的特别凉，"张铚秀陷入沉痛的回忆，"还没走到一半路程带的粮食就已吃光，很多同志身体差，饥无粮，冷无衣，病无药，便牺牲在草地上。"

一天下午部队正准备宿营，师长给张铚秀下达任务，命二营到曲玛河边去接收四方面军交给二方面军的近千头牛羊。师长嘱咐张铚秀："你营每天只能杀3只，不能多吃，要留给后面的部队。"并说，前两天有个部队守牛羊时遭藏兵袭击，把牛羊抢走许多，营长也因此被撤职。张铚秀知道那是救命粮，千万不能出差错，他立即回答："请师长放心，我一定完成任务。"第二天清早张铚秀率二营到达目的地，连忙看地形布置任务。他们在此守护了四昼夜，藏兵来袭过两次，均被击退，圆满完成了任务。

最后一段路程是在绝粮的情况下过来的，红军将士们把身上能吃的牛皮草鞋、牛皮带等都充了饥。看到营里的战士实在饿得不行，张铚秀要杀自己心爱的战马。战士们听说张铚秀要杀战马，纷纷劝道："不能！"他们都知道，这匹马和张铚秀感情极深，多次陪着张铚秀完成行军作战任务。看着战士们都不愿意下手，张铚秀只好忍痛向马头开了一枪，战士们都为此流下了眼泪。这件事过去都70年了，每每想起这一幕，张铚秀仍然十分动情。他说："当时的情景，犹在眼前。"

1936年10月，红二方面军结束了长征，与红一方面军在甘肃静宁以北的将台堡（今属宁夏西吉）会师。每个幸存者都悲喜交加，喜的是经过千辛万苦终于胜利地完成长征,到达抗日的前哨阵地;悲的是许多亲密战友牺牲在雪山、草地,有的甚至牺牲在胜利会师的前几天,他们都没能看到这胜利会师的激动场面。

红六军团从1934年8月上旬担任中央红军长征先遣队离开湘赣苏区根据地,到1936年10月大会师的两年多时间中,转战于湘、鄂、黔、滇,进入川康藏的雪山草地,而后到达甘肃。漫长的征途,是在粉碎敌人一次又一次的围追堵截的战斗中走过来的。

(三)亲历"皖南事变"与铁军共命运

结束长征后不久,红六军团缩编为4个小团,团直辖到连。营以上干部和部分连排干部分别调红大和步兵学校学习。张铚秀开始在步兵学校"上干大队"任中队长,后调保安红军大学(到延安后改为抗大)学习。

进入红大学习后,张铚秀被编在四队,后来编为军事第一队。一同学习的学员都是些团、营干部,大家都是20岁左右身强体壮的年轻人,怀着强烈的学习愿望。"建校初期,自己动手挖窑洞,做黑板、课桌、小板凳等等准备工作,只几天工夫,就把上课和听课所需要的东西做出来了。"张铚秀在红大度过半年多紧张、丰富的学校生活。有幸聆听了毛主席阐述的中国革命获得胜利的三件"法宝":党的领导,人民军队,群众路线。他回忆说,"当时,中央的领导同志很多都为红大学员讲课"。

那时候学习条件艰苦,学员每月只有8角钱。"一角钱交党费,一角钱交列宁室活动费,一角钱改善生活,其他就是学习上的零用。"学习条件虽然艰苦,但张铚秀学得很认真。由于家境贫苦,张铚秀童年时期只上过几天学,文化程度低,便利用这个极好的学习机会,刻苦学习政治、军事、文化,毕业时,各方面都有提高,特别是文化知识水平有长足的进步,能书写信件和简短的军事文书。

1937年"七七"事变,日本帝国主义侵略者的铁蹄踏上了华北的土地,抗大学员们纷纷要求奔赴全国各个抗日战场。当时叶挺、项英来到延安,为组建新四军要一批战斗骨干到江南,组织上考虑到张铚秀是从湘赣苏区来的,对南方情况比较熟悉,决定分配他到新四军去工作。平时学员们在谈论中,多是希望渡过黄河到同日本侵略者直接作战的八路军部队去,自然这也是张铚秀倾心神往的地方。但得知自己被分配到新四军工作,张铚秀坚决地表示服从党的安排和革命需要。从新四军成立到改编,张铚秀一直在新四军工作,与铁军共命运。

当年11月中旬,张铚秀到达南昌,受到江西军区司令员陈毅的接见。因介绍信上明确张铚秀到任后担任团的领导工作,当时新四军尚未组建,陈毅指定张铚秀到湘赣游击区谭余保部当参谋。月底,张铚秀辗转到了莲花县的垄上村,在谭余保游击大队帮助工作,负责军事训练。几天后又被分配到家乡永新县去工作,负责组织扩充部队。当时永新县有一个20多人十几条枪的小游击队,张铚秀到后不久,就扩大为110余人,编成一个中队。1938年2月上旬,部队开到垄上整编,永新游击中队改编为湘赣游击大队第二中队,张铚秀任队长。

3月上旬,湘赣游击大队奉命到达安徽歙县岩寺西北潜口王村集结,经国民党第三战区点验后,正式编为新四军第一支队二团一营,二中队为一营二连。整编结束后,张铚秀被调到二团团部当侦察参谋。

4月4日,新四军军部由南昌迁至岩寺。28日,抽调了由粟裕任司令员、三个支队侦察分队和战斗骨干组成的新四军先遣支队,先期到江南敌后进行战略侦察,张铚秀在第一中队当中队长,后被粟裕司令员调到司令部当侦察参谋。直到1940年以后,张铚秀调至皖南到新一团当团长之前,做了很长时间的参谋工作。张铚秀说,"这段时间是我成长的重要阶段"。

先遣支队每到一地,都是由张铚秀带领侦察员把敌情、地形摸清后才推进。卫岗伏击战揭开了新四军进入江南敌后抗战的帷幕。战前,张铚秀几次到伏击地域侦察地形,了解敌人车辆出没行驶规律,然后向粟裕司令员提出东西两面出击,四面包围,不使敌漏网的战法,为首战卫岗的胜利提供了准确可靠的情报。

6月17日,新四军先遣支队在卫岗伏击日军,击毙日军少佐土井、大尉梅泽民四郎以下13人,伤8人,击毁汽车4辆。卫岗战斗犹如黑夜中的火种,燃起了江南人民抗日的熊熊烈火。无锡卫岗战斗是新四军对日作战的第一仗,尽管规模不大,但它深入到了日伪军的心脏地区,极大地提高了新四军的威望。张铚秀说:"群众非常高兴,到处宣传。有的说'新四军消灭300多鬼子',有的说'消灭3000多鬼子',还有的说'消灭30000多鬼子'。"6月21日,先遣支队完成了战略侦察任务后撤销归建，张铚秀仍回到二团当侦察参谋。

新丰车站位于京沪线镇江与丹阳间，是日军交通线上靠近运河的一个重要据点，由日军、宪兵和路警等重兵把守。为切断日军的交通运输线，新四军第一支队决定：二团一营与丹阳抗日自卫总团配合，袭击新丰车站敌据点。这是新四军挺进茅山地区后第一次攻坚战，陈毅司令员十分重视，亲自作了战斗部署。

6月30日22时许，部队按时到达新丰车站附近的孔家垄。随着团首长一声令下，张铚秀首先带领自卫总团切断了车站的电话线，战斗打响后，又对敌人交通线上的路轨、路基、电线、电杆等设施进行破坏。突击队员冲到车站楼下门堂时，发现七八个鬼子正在睡觉，楼上还有些鬼子和汉奸在酗酒、打牌。"轰隆隆"，一阵突如其来的手榴弹爆炸声把敌人惊醒了。不一会儿，楼下十多个鬼子便全部"报销"了。可是，龟缩在楼上的敌人迅速用机枪构成一道火力，妄图阻止新四军进攻。火攻班的战士们将麦草放到楼梯口、过道口、门窗旁，浇上煤油，随即点燃。瞬间，烈火浓烟吞噬了整个新丰车站。经过2个小时激战，全歼车站守敌58名。

张铚秀说："新丰战斗是二团向党的生日献上的一份厚礼，也是新四军在江南铁道上打的第一仗，使不可一世的日军大为震惊，京沪铁路中断交通一天多，迫使各处敌人从此增强戒备，起到了调动和支配敌兵力的作用。"

张铚秀记忆中打得最艰苦最惨烈的一仗是1939年3月，"在南京附近，敌人八路围攻"。张铚秀其时任一营营长，团部命令他率一营向敌攻击，掩护团部向西北方向突围，他指挥全营从凌晨一直战斗到下午4时，与敌展开肉搏战，战斗异常激烈，打了十几个钟头，部队终于突围出来了。可是，代价极其沉重——团政治处主任和营副教导员牺牲，"牺牲的战士中最小的只有十五六岁。胜利来之不易，我们花了几千万牺牲的革命烈士这么个代价"。

至今令张铚秀感到自豪的是，他们曾经用步枪打下过日本鬼子的飞机。张铚秀回忆说，"那天一架侦察机在扬中老郎街上空侦察，我说用这个步枪打，一打碰上了，这个飞机就掉下来了"。

1940年11月，张铚秀任扩编组成的新一支队新一团团长。在震惊中外的"皖南事变"中，张铚秀率领新一团为左纵队前卫。1941年1月4日，驻安徽泾县云岭的新四军军部，率皖南部队主力共9000余人向苏南转移，准备到镇江以东地区渡江北上,开赴抗日前线。5日,部队行进到茂林地区,张铚秀发现情况异常,隐约可见两侧有国民党部队出现,即派出侦察分队在两侧警戒。国民党7个师8万多兵力对新四军实施突然袭击和残酷"围剿"。7日7时,新一团到达大康王东南,即遭敌五十二师两个营攻击,由于张铚秀预先有思想准备和安排,即指挥全团迅速展开,敌军终于狼狈溃退。

次日,新一团与老一团一道涉水向椰桥河守敌五十二师攻击,经激战强行登岸建立了桥头堡阵地,打开了向东北方向前进的道路。下午4时,新一团在行进中突然接到支队命令回撤,向西北方向军部所在地靠拢。新一团重新回头攻占已被敌占领的裘岭一线阵地。当晚,支队与军部失掉联系,傅秋涛司令员当即决定单独突围。由新一团掩护支队队部和老一团突围,然后尾随老一团突围。张铚秀指挥全团与敌激战一整夜,天明后发现老一团一部分部队尚未突出去,而突破口已被敌四十师重兵封锁,一营又与团部失掉联系,他决定新一团坚守磅山及董家山制高点,伺机突围。他把老一团、支队特务营和支部机关等单位人员收拢起来,把马夫、挑夫、伙夫都组织起来投入战斗。战斗中,张铚秀亲自端一把机枪向敌人扫射,打退了敌人一次次冲锋。

从战斗打响开始,张铚秀率1200名铁军将士与敌整整激战八天八夜,700多名铁军健儿阵亡,团政委负伤、参谋长牺牲,张铚秀率余下数百名将士与敌周旋,边战斗边突围。突围途中,给养完全中断,只得靠采撷野菜掺和着有限的粮食充饥。队伍踏着沉重的步履夜行晓宿,翻山越岭,涉水渡河,边走边收拢兄弟部队被打散的同志。

有一个白天,遇到敌人一个搜索队放火烧山,张铚秀带领大家在树林里隐蔽得非常出色,竟没有被发现。为了不暴露目标,部队化整为零,分散行动。一天张铚秀带一个小组来到靠近一户茅屋的斜坡边,能清楚地听到敌人说话声。眼看就要与敌人打遭遇战,在此千钧一发之际,急中生智的警卫员把张铚秀拉到鸭棚的水塘里,恰好水塘四周长着密密实实的芦苇,在外面看不清水塘里面的情况。几个人在齐腰深的水塘里站了半天,"傍晚时分,估计敌人也怕遇到新四军,边咒骂,边吆喝着下山了"。

在荒山野岭中隐蔽行军,时而分散时而集中,白天蹲山头,看地势判方向,夜深人静才进入纵横交错的山林小道,常常是三五天才能找到一些食物充饥。饥饿、疲劳延缓了行军速度。张铚秀带领新一团一直冲杀到长江边,2月底一个风和日丽的日子,他们从团洲过江到达巢(湖)无(为)根据地时,全团仅剩下 200 多人。这是"皖南事变"中剩下的唯一建制部队。按路程计算,从皖南地区到繁昌的江岸边,不过百多里路,然而,新一团却走了一个多月,才回到了党和人民的怀抱。

"皖南事变"中,新四军将士除前后约 2000 人分散突围外,其余 6000 余人一部被打散,大部壮烈牺牲或被俘。作为"皖南事变"的亲历者,张铚秀经常回忆起这段悲壮的历史,并用来教育后人。2002 年 6 月 1 日,张铚秀来到安徽泾县新四军军部纪念馆、皖南事变烈士陵园。回忆往事,他激动不已,说:"'皖南事变'牺牲了那么多同志,为的就是能让更多的人过上平安幸福的生活,我们任何时候都不能丢掉铁军精神,这是我们的传家宝。"

(四)战争年代亲身领略伟人风范

张铚秀常说,"在自己长期的战斗生涯中,抗战八年是最难忘的一页"。他深情地回忆了当年周恩来、陈毅、粟裕等领导同志对他的教育和影响,"在这些领导同志身边工作,我学到了许多无法从书本上学到的知识和谋略,风格和气度"。

1937 年 10 月中旬,张铚秀和一起到新四军去的同志从延安动身。在西安八路军办事处,见到周恩来副主席。周副主席要求张铚秀等人到敌后开展抗日统一战线的工作,要有全局观念,时刻懂得走群众路线,站在中国四万万人民的立场上。张铚秀还记得周恩来副主席曾用生动的比喻说,"每个同志都是在一个山沟里,或是一座小山头上工作,但你要想法站在最高的山顶上看一看周围。这样,你的心里就豁然开朗了。你就知道你那个小山沟、小山头同整个大山河流的关系了"。一番深入浅出的谈话,给张铚秀留下很强烈的印象,但还是在以后复杂的斗争中,他才逐渐了解从全局出发考虑问题的重大意义。

听君一席话,胜读十年书。张铚秀动情地说,"这次当面聆听周恩来的教诲,对我一生都产生了重要的影响"。20 世纪 80 年代,昆明军区撤销。作为军区司令员,张铚秀率先垂范,正确对待个人的进退去留,坚决服从中央军委的命令。他在昆明军区最后一次师以上干部大会上提出从自己做起,做到"三不":不伸手、不干扰、不麻烦。张铚秀的胸怀和风采在部队官兵中受到广泛赞誉。

很早时，张铚秀就听说了陈毅，当初张铚秀随部队离开苏区时，陈毅是江西省军区司令员，同许多老同志在中央红军长征后留在南方坚持游击战争。张铚秀第一次与陈毅见面是在1937年11月初从延安抗大毕业分配到新四军工作。他一路辗转到了南昌，在八路军办事处一座旧式旅馆里，找到了新四军军部的所在地。一天早晨，陈毅接见了张铚秀，紧紧地和他握手，亲切地问候。"陈毅同志和蔼可亲，平易近人，使我在思想上感到很轻松，同他感情很接近，我思想上也就没有更多拘束了。"陈毅向张铚秀问到长征中的许多情况，张铚秀都尽自己所知作了回答，并转述了在延安和西安时，听到毛主席、周副主席演讲和谈话的意思。这次交谈，陈毅很高兴。趁着这个机会，张铚秀请求尽快分配工作。

陈毅笑了笑，诙谐地说："而今我还是个空军司令"，又说，"能把你分配到哪里去呢？"接着他问："张铚秀同志，听你的口音是个'老表'嘛。"张铚秀是江西永新县人，同行的彭福民是莲花人，李忠民是吉水人。陈毅果断地说："你们就打回老家去！"张铚秀一时还没有理解这句话是什么意思，陈毅就开导说，"介绍信上是要给你分配团的工作职务，可是眼下还不行啰！你就回家乡去，到谭余保同志活动的湘赣游击区，扩大抗日人民武装力量。"他要求张铚秀积极动员组织青年参军，"拉起50个人，你当连长；拉起100人，当营长；动员300以上，当团长"。

陈毅还说，如果暂时动员不起来，张铚秀就给谭余保当参谋。说到谭余保，陈毅说："谭余保是位好同志，前些时候，我上山去给他传达党中央关于抗日民族统一战线的精神，他长期蹲在山里头，同外界隔绝，不了解形势发展，所以，不相信我说的话，把我捆绑起来，还拿烟锅头敲我的脑壳。经过做工作，他的思想通了。现在可积极哩！你就到他那里去吧，帮助他收拢和扩大游击队，把部队整顿好。"

张铚秀向陈毅表示，湘赣地区是自己生长的地方，从小就在山上打柴割草，当少先队员时，就为苏维埃政府站岗、放哨，那一带人熟地熟，"领导交给我的任务，就是革命的需要，无论什么工作我都尽力去完成"。陈毅听后，高兴地拍着张铚秀的肩头说："这种想法好，我们共产党人，从来都是把党的需要看得高于一切。没有这一条怎么领导群众进行革命斗争呢？"陈毅当即叫来一位同志给张铚秀当交通员，领他进山。从此，张铚秀走上了抗日第一线。

粟裕是张铚秀最尊敬的领导人之一。在革命战争年代里，张铚秀在粟裕直接指挥下战斗工作了40多年，对他的高尚品格和卓越功绩，永生难忘。张铚秀初次见到粟裕是在1938年4月间。当时，新四军在南昌宣告成立不久，军部转移到安徽歙县的岩寺地区。陈毅派张铚秀到即将组建的新四军挺进江南先遣支队担任侦察参谋。先遣支队由二支队副司令员粟裕任司令员兼政委，钟期光任政治部主任。

早在长征以前，张铚秀在湘赣苏区就听说过，粟裕是红军时期的名将，他和寻淮洲率领红七军团东进抗日，而后又转战赣东北，是一位骁勇善战的指挥员。将在粟裕直接指挥下战斗工作，张铚秀心里十分高兴。在先遣支队驻地，张铚秀向粟司令员报到。粟裕亲切地握着张铚秀的手，问他："长征后期做什么工作？部队缩编了又干什么工作？"张铚秀一一作了回答。此后，张铚秀在粟裕司令员直接领导的支队司令部里工作，粟裕指挥作战和用兵的真知灼见和卓越胆识，给了张铚秀极为深刻的教育。

5月12日天亮前，张铚秀带着5名侦察员提前出发，摸清先遣支队要经过的青大江以及东门渡等处几十里敌伪地区的情况，并和友军联络。到了规定的时间，张铚秀到约定地点去接应部队，并将侦察到的情况报告粟裕司令员。"粟司令员说很好，接着问我，如果敌人铁甲车开来，在较远的地方能发现吗？"张铚秀老实回答说"不知道"。粟裕便走近铁轨，蹲下去用耳朵贴在铁轨上，又用手轻轻抚摸轨道，告诉张铚秀，"这样做，如果有铁甲车，你在较远的地方，就可以听到铁轨传来的声响"。而且，粟裕还告诉大家：敌人的铁甲车上的探照灯很亮，照得四周像白天，如果过铁路时碰到铁甲车，就地卧倒不要动，这样敌人就不会发现我们。在粟裕亲自指挥下，部队当晚顺利通过了敌人这段封锁线。张铚秀那时虽然在粟裕领导下工作时间还不长，但是心悦诚服，为之敬佩，"我心想有这样好的领导指挥我们，还有什么艰难险阻挡得住？"

粟裕不仅指挥作战有方，而且善于从政治上考虑问题。张铚秀忘不了粟裕常常告诫大家的一句："凡事都要考虑到政治，军事斗争必须服从政治大局。"粟裕曾处理的一件事，至今让张铚秀记忆犹新。1938年6月17日，粟裕带领先遣支队在卫岗伏击日军，获得全胜。战斗结束后，国民党战区的一个游击司令部派来两个人，向先遣支队要日本步枪两支、手枪1支、军刀1把、望远镜1具、军大衣1件、军帽1顶、皮鞋1双等。甚至要用一挺机枪换一支日本步枪。

粟裕不同意交换,他对来人说:"你们要,我们可以送给你们,只要第三战区长官司令部打个收条给我们。"这两人走后,大家问粟裕:"人家出高价同我们交换,赚钱的生意你不做,还要白送给他们。"粟裕笑眯眯地回答大家说:"你们都是小傻瓜,如果按来人的意思做了,我们就上当了。国民党得到这些日本武器装备,就可以拍出照片,到处吹牛皮,说这仗是他们打的。"听了粟裕这番话,张铚秀才真正领悟了其中的道理。

先遣支队所要经过的皖苏地区,当时的社会情况相当复杂,各派政治力量活动频繁。让张铚秀记忆深刻的是,粟裕心里时刻不忘我党的抗日民族统一战线政策,为广泛地争取和团结抗日力量而工作。先遣支队到达江宁县的叶家庄时,司令部就驻在曾任过国民党政府财政部次长的叶文明先生家。有一天,叶文明就新四军的武器装备不及国民党军,且国民党军在上海、南京都遭到惨败,而对新四军的前途表示担忧。对此,粟裕反驳说,"在十年内战中,共产党屡次打败了武器装备强过自己百倍的蒋军,虽然现在日寇的武器装备比我们中国强,但我们中国地大物博,人口众多,特别我们进行的是民族战争,只要我们和各界人士团结一致,运用正确的战略战术,我们就一定能够战胜日本强盗"。一席话说得叶文明连连称是,他说,"红军二万五千里长征到达陕北,国民党军围追堵截都没法阻挡你们。由此可以料想,日本侵略军将来也一定会败在你们手下"。张铚秀那时很年轻,目睹粟裕如此高瞻远瞩地做工作,总感到他的身上有一种气度和力量,即使像叶文明这样阅世很深的人,也不能不为之佩服。

(五)《英雄儿女》原型取自他指挥的一场战斗

日本宣布投降后,国民党挑起内战,同盟军变成了敌军。张铚秀又奔赴解放战争的战场,从1945年10月至1949年3月渡江战役前夕,他先后在新四军第七师第十九旅(后整编为华东野战军第七纵队第十九师)、华野第九纵队第二十六师(后整编为第三野战军第二十七军第八十师)任副师长、师长。随部队从安徽皖江打到山东,又从山东打到安徽、上海。行程数万里,参加了著名的莱芜、孟良崮、济南、淮海、渡江、淞沪等战役。

在军事博物馆的展品柜中有这样一张照片:淞沪战役后,解放军进入上海,晚上休息时,成班成排的解放军战士在南京路上宿营。每当看到这张照片,张铨秀便深感亲切,"夜宿南京路"是他所辖部队的光荣历史,"那是我们打的一场没有硝烟的战斗"。

1949年4月20日,人民解放军百万雄师强渡长江,4月25日解放南京。5月12日发起上海战役。张铨秀时任第三野战军第二十七军第八十师师长,他率领第八十师担负主攻上海市区的任务。5月25日,八十师圆满完成进入市区的战斗,进入外滩、南京路一线。师指挥所转至南京(东)路一处破旧无主的水泥平房里,所属各团及直属部队重点警卫南京东路和外滩,均驻扎于市中心闹市区。

解放了的上海市区,虽仍有零星枪声,但市民陆陆续续从郊区避战的地方赶回来了,南京路上逐渐出现熙熙攘攘的人群,各种商铺也开始营业。遵守纪律是部队进入城市后的头等大事。"我们开始在外滩和南京路上驻守的半个月里,做饭都是在郊区做好,有秩序地送到市内部队用餐。"每天晚上,战士们便宿营在南京路上和外滩。"5月25日至29日,我连续查夜,我师所有在市中心的连队,都是靠墙而睡,宿营在南京路上和外滩。"看到干部战士成班成排,或坐或卧,以不同的姿态睡在人行道上,张铨秀为人民子弟兵严明的纪律性而骄傲。

"有趣的是,解放军的队伍夜宿南京路旁的情况传开后,许多群众为亲眼看到这一事实而在南京路等到深夜,还有的人为了证实这件事情而特地起大早赶到南京路来。"解放军将士夜宿南京路成为上海人民的特大新闻。"后来,陈老总亲自出面,指示我们与地方协商部队驻房,"张铨秀说,"胜利之师露宿南京路,不入民宅,这是人民解放军军纪严明秋毫无犯的一个创举,也是解放上海战役中创造的一个奇迹!"

为打败国民党蒋介石,创建新中国,张铨秀同志立下了不朽的功勋。新中国成立后,张铨秀先后担任副军长、军长、济南军区副司令员、昆明军区司令员等要职。1955年,张铨秀被授予少将军衔。新中国成立后,张铨秀仍然战袍未卸,为国征战,参加了抗美援朝战争及云南保卫边疆自卫反击战。从参加革命到退居二线,从1928年到1985年,张铨秀一直从事军事工作,从未改过行。因此,张铨秀可谓战争经历最长的健在红军老将领之一。

1950年11月,张铨秀率部赴朝参战,1952年6月回国。"入朝时,我任志愿军第二十七军第八十师师长,一个月后,调任第二十六军副军长,参与指挥该军多次战役。""三八线"阻击战中一场战斗因电影《英雄儿女》而闻名大江南北,英雄王成"向我开炮"的铮铮铁汉形象为人们所敬仰。这场战斗打响时,张铚秀担任一线指挥。

1951年1月,美军为了挽回第四次战役的失败局面,对志愿军发动了全线进攻,企图将我军逐到"三八线"以北。为粉碎敌人的进攻,掩护二线兵团集结,志愿军准备发起第五次战役,二十六军奉命在"三八线"以南阻击敌人。战斗前,张铚秀和军长、政委研究作战计划,分析敌情,最后决定,在"三八线"以南设三道防线,由张铚秀担任一线指挥。3月16日,历时38天的二十六军"三八线"阻击战打响了。美军凭借飞机、大炮、坦克,疯狂向二十六军阵地进攻,张铚秀灵活运用战术,将士们打得勇猛顽强,许多阵地和敌人来回争夺,最后以肉搏战守住自己的阵地。

1950年12月,张铚秀与军长张仁初(左)、政委李耀文(中)在朝鲜战场上

在38天的阻击战中,许多高地创造了典型范例。张铚秀回忆说,"尤其是212高地,首创的爆破筒杀伤敌群的战例"。3月25日上午8时,美三师乘坐装甲车等沿公路由南向北朝212高地开来,二十六军某部七班在打退敌人两个加强连的连续进攻后,就剩下一位名叫秦建彬的战士没受伤。临近傍晚,凶狠的敌人又组织了5个加强排向212高地发起第三次进攻,秦建彬带领两个轻伤的同志,用手榴弹打退敌人,两个轻伤的同志也变成了重伤。秦建彬一面监视着敌人最容易上来的地方,一面把党证、日记和心爱的纪念品用油布包好埋到地下,然后把手榴弹拉出弦,准备在最紧要关头与敌人同归于尽。

太阳下山了，山下的敌人听了一阵，以为山上没人了，两个连的敌人蜂拥而上，一个敌人爬到离工事只有 10 多米时，发现秦建彬握着手榴弹瞪大眼睛站在那里，不敢上来，只是招着手叫他投降。秦建彬急中生智，顺手从掩体中拔出炸坦克的爆破筒，拉了导火索投向敌人，"敌人以为他把武器交出投降，便纷纷来拿，还没有等他们弯腰伸手，轰的一声巨响，一群敌人被炸得粉碎"。"任务完成后七班立了集体一等功，秦建彬也在全军英模大会上荣获一级人民英雄称号。秦建彬曾任某部参谋长，现已离休"，张铚秀一直很关心英雄的成长。

"三八线"阻击战胜利后，二十六军威震朝鲜，志愿军司令部向全军发了通报，祖国和朝鲜的许多记者、作家都来采访，其中还有巴金。后来巴金创作了一篇名为《团圆》的小说，电影工作者又以小说情节为主线，以二十六军的 212 高地战斗为背景创作了电影《英雄儿女》，而英雄"王成"的战斗场面基本上就是以秦建彬的事迹为原型。

1975 年 8 月，张铚秀调任昆明军区副司令员。1979 年至 1985 年，张铚秀作为西线主要指挥员之一，指挥了云南边境对越自卫反击战。1980 年 1 月，张铚秀被任命为昆明军区司令员。1982 年 9 月，张铚秀在中共第十二届代表大会上再次当选为中央委员。

1984 年 6 月，中央军委决定利用老山战场，轮战锻炼部队。张铚秀和军区其他领导一道，严密组织指挥本区部队和外区部队在老山轮战，以较小的代价，换取较大的胜利，完成了军委赋予的轮战任务，直到 1985 年 8 月 30 日昆明军区与成都军区合并，停止行使指挥权为止。

延续近 8 个年关的对越自卫反击战，可以说是新中国成立以后我军持续时间最长的一次作战。而张铚秀作为云南方面的主要军事指挥员，在云南边防前线与参战部队指战员并肩战斗了 8 年，成功地指挥部队打了一个"八年抗战"，为他一生征战几十年的光荣历史画上了一个圆满的句号。

（六）"退而不休"是健康老人晚年生活的写照

2005 年正值中国人民抗日战争胜利 60 周年，中央决定向 70 多万名抗战老战士和老同志、海内外爱国人士和抗日将领以及国际友人颁发中国人民抗日战争胜利60周年纪念章，表彰他们为中国人民抗日战争胜利作出的突出贡献。9月3日9时30分，在北京人民大会堂湖南厅，精神矍铄的张铚秀与贾亦斌、李水清、焦若愚、赵忠来、刘建章、杨一木、王诚汉、李振恒、王光复等抗战老战士、爱国人士和抗日将领，作为代表荣获中共中央总书记胡锦涛亲自颁发的中国人民抗日战争胜利60周年纪念章。

抚摸着这枚珍贵的纪念章，张铚秀心情十分激动。仔细端详纪念章，只见胡锦涛总书记亲笔题写的"纪念中国人民抗日战争胜利60周年"章名，且正面铸有五角星、和平鸽和橄榄枝、延安宝塔山等。

打了大半辈子的仗，张铚秀最偏爱一身戎装，最喜欢讲的是炮火连天的战斗故事。他经常抽时间到部队去，到曾经工作战斗过的地方去看望官兵，传播党的光荣传统和军队的优良作风。

张铚秀是当年"皖南事变"成建制部队突围出来，现唯一健在的团职干部。退居二线回到北京后，张铚秀常对人说："江南抗日，新四军铁血大江南北，这是段很悲壮、精彩的历史，我们这些亲历的人有责任把它整理出来教育后人。"在他的积极倡导下，1997年10月，北京新四军研究会正式成立，并很快得到了在京2000多名新四军老战士的积极支持。张铚秀被选为第一任会长，像领兵打仗一般，雷厉风行领导研究会取得多项研究成果。

虽然张铚秀在昆明军区工作的时间只有10年，但他对军区党史资料工作非常重视。昆明军区与成都军区合并之前，他号召老同志撰写回忆录，由军区党史办汇编成书。同时责成党史办编辑出版红军征战黔滇史料丛书，修订了四兵团战史和五兵团战史。为了让人们知道昆明军区的过去，让曾在云贵地区战斗过的广大指战员在精神上有所寄托，张铚秀领导编纂了《战斗在云贵高原的光荣历程》一书，邓小平亲自为该书题写了书名。

1985年，张铚秀坚决执行中央军委的命令，从昆明军区司令员的岗位上退下来。次年9月，张铚秀在党的十二届六中全会上当选中顾委委员，中共第十三次全国代表大会上再次当选为中顾委委员。1988年7月15日，被中央军委授予一级红星功勋荣誉章。虽然退出领导岗位，张铚秀仍非常关心党的事业和军队建设，经常到各地调查研究。其中，他在担任中顾委委员期间，先后向中央提交各种建设性书面建议10多件，受到中央的重视和地方党委、政府的尊重。

张铚秀还非常关心边防少数民族地区和革命老区的建设。他经常说,"有国就有防,没有边防的稳定就没有国家久安,没有少数民族地区的小康就没全国的小康"。张铚秀经常到革命老区和边远少数民族地区调研,与这些地方的领导和人民群众一起分析研究发展中的问题,先后帮助解决了"安徽泾县列为国家扶贫攻坚县"和安徽无为县老区县等问题。2003年6月,张铚秀再次回到江西永新老家,回到北京后,给时任国务院总理温家宝写信,提出加快井冈山铁路建设问题。不久,铁道部办公厅专门致信张铚秀,把井冈山地区铁路建设规划向他作了报告。江西省委孟建柱书记也专门从江西南昌打来电话,转达江西革命老区人民对老将军的感激之情。

张铚秀退居二线后,又忙于社会公益活动,享受着退而不休的乐趣。虽然没有更多的时间操劳家务,但他始终重视家庭和睦。家和万事兴,和睦的家庭氛围可以愉悦精神。张铚秀的夫人丁亚华也是一位戎马一生、战功赫赫的巾帼英雄,1942年12月19日他们在皖江火热的抗日战场结为伴侣,他们为人忠厚正直,忠诚党的事业,热爱家庭生活。张铚秀与丁亚华共育有四子四女,是一个充满温暖的革命大家庭。现在全家四世同堂,尊老爱幼、欢乐和睦的气氛充满了家庭。

丁亚华的家庭背景令人瞩目,她是晚清北洋海军提督丁汝昌的重孙女。2003年9月19日,山东威海举行甲午战争纪念活动,丁亚华应邀出席。夫人丁亚华是张铚秀忠诚的人生伴侣,也是他事业上的得力帮手。

1943年春到1945秋,张铚秀在新四军第七师含和(安徽的含山县与和县)支队任参谋长,在皖江地区开展游击战争。其时,日寇对我敌后抗日根据地加紧"扫荡""清乡"和"蚕食",国民党一再掀起反共高潮,断绝了对我军的一切供应。张铚秀除领导司令部机关参谋工作、筹划部队作战行动之外,还要亲自组织筹划部队后方的勤务保障。丁亚华当时在含和支队供应处任党支部书记,她动员所有干部、战士克服困难,把供应搞上去。为减轻人民群众的负担,支队长以下干部要亲自动手开荒种地。张铚秀回忆说:"当时,我在自己的茅草屋前开了一块荒地,种了各种蔬菜,还养了一群鹅。为调剂和改善生活,有时晚上我还和警卫员张世春一起下稻田去抓田鸡、捉黄鳝呢。"

"自己动手,丰衣足食,财富就来了。"张铚秀和丁亚华谈起这段经历,他们语气中充溢着自豪。仅1943年至1944年的一年中,含和支队就开荒1100

余亩,种了小麦、芝麻、蔬菜等,还先后办起了被服、织布、弹花、毛巾、鞋袜等6个小工厂,并将原来的小型修械所发展为能制造子弹、地雷、手榴弹和维修各种枪支的兵工厂,不但保证了部队战斗的需要,也将敌后根据地的人民武装起来了。

人生大树已转出90多圈年轮时,张铚秀仍神清气爽、声音洪亮。他曾被评为全国和全军健康老人。对于老年健康,张铚秀经常提到三句话:一是对待健康长寿,下要保底(85岁)上不封顶;二是健康不单纯是身体健康,而且心理要健康,做到身心健康;三是长寿要讲究质量。

张铚秀平时善于动脑,读书看报收看新闻,经常参加社会公益活动,动手写文章,处理公务文件、信函。他在家中常练书法,他的"腾飞"条幅,被很多人收藏。每天坚持打麻将,从中健脑强体,晚上和早起时适当做些简易活动,敲打穴位,揉擦脚底。常抽出时间到外地走走,广泛接触群众,观赏山水风光,呼吸新鲜空气,强化体能。以平常心对待周围事物变化。

在饮食方面,张铚秀的心得是宽中有度,饮食有节,主张吃宽一些吃杂一些,在量上注意适中,午、晚餐饮少量酒,以干红酒为主。"晨起一杯水,到老不后悔""常吃一点蒜,消毒又保健""多食一点醋,不用上药铺""多吃一点姜益寿保安康""日食三颗枣,年轻永不老""每天一只果,老汉赛小伙"等保健谚语,经常挂在张铚秀的嘴上。

采访结束后,余玮与开国将军张铚秀及其夫人合影

注:2009年8月14日,张铚秀因病医治无效,于北京逝世,享年95岁。

杨奇清：传奇而平凡的"精神导师"

我们走过二万五

——红小鬼的传奇人生

杨奇清档案盘点：

20世纪30年代初，杨奇清在红三军团时的留影

杨奇清，中国公安保卫事业奠基人，1911年11月出生于湖南平江，1930年5月加入中国工农红军。历任红三军团第一师政治部宣传队宣传员，红三军团一师三团三连党代表（指导员），红三军团保卫局执行科科长、执行部部长、侦察部部长，红三军团执行部长，红十五军团保卫局局长，红军前敌司令部保卫部部长，八路军野战政治部锄奸部部长，晋冀鲁豫野战军第四纵队副政委兼政治部主任，晋冀鲁豫中央局社会部部长，鄂豫皖纵队政委，中共中央华北局社会部副部长，中央军委公安部副部长，公安部副部长兼总政保卫部部长，公安部党组副书记、副部长，中共中央中南局常委兼中南局军政委员会公安部党组书记、部长，公安部副部长等职；系第一届全国政协委员，第三、四、五届全国政协常委，中共八大代表。

杨奇清一辈子命运跌宕起伏，极具传奇与神秘色彩，带有鲜明的时代烙印。接受专访时，杨家后人时而自豪，时而欣慰，时而滔滔而语，时而沉默不语，时而潸然泪下。在杨家后人眼里，父亲杨奇清一生性格爽朗，思想开阔，襟怀坦白，但他更谨言慎行，处处低调。"他从来不觊觎更高的权力地位，习惯于极致地发挥自己的才能，在组织部署的战略中，兢兢业业地工作。"

自红军队伍里走出来的杨奇清，新中国成立后成为"共和国卫士"，成了中国公安保卫事业奠基人之一。但是，在杨家子女看来，父亲就是大山里走出来的"湘伢子"，慈祥的父亲是他们一辈子的精神导师。

（一）"红小鬼"追寻来时路

1959年9月，时任公安部副部长的杨奇清到湖南进行调研，顺便回到了已经离开29年之久的家乡。回乡前，他一再强调：不搞前呼后拥、衣锦还乡那一套。他只带了一个秘书，和湖南省公安厅派的一个警卫、平江县公安局的一位干部，同坐一辆吉普车回去。

平江这块红土地，他太熟悉了，无数革命前辈在这里洒下了太多太多的热血——1928年平江起义前全县人口是73万，可是到1949年只剩下37万。尽管杨奇清十分热爱自己的家乡，但是他觉得不能用手中的权力满足地方父母官的要求："如果每一个手握大权的人都为狭义的家乡而滥用手中的权力，那共产党成什么样了！"

平江县委的同志向杨奇清汇报工作，提出想在他的家乡嘉义镇建大会堂，杨奇清一听就表示反对，他说："国家还不富强，群众生活水平低，不能铺张浪费，要注意影响。"县委的同志又提出购汽车和拖拉机，杨奇清耐心解释说："公安部不管这些东西，我没有权力批呀！要钱、要车、要物，我都没有呀！"地方领导不禁愕然。杨奇清认为不能运用手中的权力，满足地方父母官的要求，不能因为自己是平江人，就对平江搞特殊化，也不能由于平江是家乡，就要给予特别照顾。

在家乡，亲弟弟杨正湘提出帮忙解决一个工作。杨奇清说："我的权力是用来为人民服务的，不是为家庭服务的。"并叮嘱弟弟要在现有的岗位上好好工作，将党的需要当作自己的需要。两个外甥女见到杨奇清后，吵着要跟杨奇清到北京找个好工作，杨奇清劝说她们留下，建设新农村。

当然，他忘不了去祭拜祖坟、拜访长辈，给继母留下一些生活费。随后，杨奇清请平江县委安排，请来当地的老人们开座谈会，倾听人民群众的意见……

1911年11月6日，杨奇清出生在湖南省平江县郑源大屋一户贫苦农民家庭。自他女儿杨清那里，记者得知：杨奇清早年名叫"淑清"，是他的爷爷给取的。村里有一条小河，清澈见底，当地人称为"淑水河"，杨奇清的爷爷给孙子取名"淑清"，是希望他继承"清清白白做人"的家风，一如"淑水河"安时随命，与世无争。不过，"淑清"这个名字很少使用，平时呼唤他的小名"淑伢子"。

因为生活拮据，杨奇清8岁才上学，一有空就帮家里干活。他曾对女儿杨清说："我小时候家里穷，后来就上不起学了，我只好上山砍柴，磨豆腐，干杂活，好让叔叔和其他兄弟去上学。"只读过3年书的杨奇清自小爱听父亲杨益德讲述的有关古代农民起义的故事，向统治阶级宣战的造反英雄的传奇故事让他豪情满怀。后来，他便将自己的名字改为"奇清"。

杨奇清的母亲李合梅因积劳成疾，无钱医治，年仅30多岁就溘然长逝。才十几岁的杨奇清，就开始承担起家庭的重担。3年后，父亲杨益德续弦，于是杨奇清有了继母吕调梅。

1926年夏秋，一场中国人民反帝反封建的革命风暴席卷神州大地。平江农民运动蓬勃兴起，农民协会纷纷成立，还组织了一支农民自卫军。杨奇清的父亲和叔叔都相继加入了中国共产党。在父辈与革命形势的影响下，杨奇清毅然走上了革命道路，并担任儿童团团长。他率领少年儿童们站岗放哨，协助大人们查奸细、打土豪。杨奇清以他的坚定勇敢、机智灵活，多次出色地完成任务而赢得伙伴们的热烈拥戴和父辈们的赞赏。这年末，他又担任了共产主义少年先锋队大队长，他的劲头更足，干得更欢了。不久，还当上了平江县工农义勇军的小交通员。

杨奇清少年时代便跟随父亲投身革命，参加过著名的平江起义。1929年，他加入中国共产党。一大，杨奇清听说红军要撤离平江县城，表示想参加红军，祖父一听强烈反对："好铁不打钉，好男不当兵！"于是，他拗不过老人，只好回到地方游击队，在家乡坚持游击，组织暴动，经常冒着生命危险为地下党传送情报，为游击队偷运食盐。

不多久，杨奇清接到祖父病危的消息，心急火燎地赶回家中。处于弥留之际的祖父提出让杨奇清立即结婚，新娘就是已经请媒人谈定了的一位名叫方祥玉的同村姑娘。尽管自己与她相识而不相好，并无感情基础，但是杨奇清清楚：爷爷此举是为了在生前目睹孙儿成家，并用娶亲来系住孙儿，使他断绝离家参军的念头。

杨奇清原本不想应允，眼见祖父死不瞑目，祖母、婶娘、哥嫂等不断哭劝，父亲也劝说不能让老人抱憾西归。泪流满面的杨奇清感恩祖父对自己的百般疼爱、千般关怀，于是"扑通"一声，双膝跪地，满口答应了祖父的要求。于是，就在第二天匆匆举行的婚礼之中，祖父带着一丝满足的微笑合上了双眼。杨家在同一天内办了红白两件喜事……

就在这时，整个形势急剧恶化。国民党军加上"清乡团""挨户团"步步逼进，沿途制造的白色恐怖日益严重，不少共产党的基层组织遭受摧毁，"赤色分子"开始转移。这时，方祥玉清楚如果自己拖着丈夫不让他参加红军，就无异于害了丈夫。1930年4月30日，杨奇清拿到中共地下党组织开给自己参加红军的介绍信，领着其他参加革命的伙伴们踏上了寻找红军之路。

（二）长征路上警卫员的援救与中央密令的送达

1930年6月，红五军扩编为红三军团后，杨奇清被分派到第一师政治部宣传队当宣传员。这年12月，国民党军向中央革命根据地发起了第一次"围剿"。杨清说，父亲参加了这次反"围剿"战斗。战后，杨奇清从宣传队调往一师三团三连任党代表（后改称指导员）。

此时，杨奇清的父亲杨益德已被捕，在经受敌人的长期残酷折磨后已是腿断身残、遍体鳞伤，奄奄一息，却死守着党的机密。杨益德最终被刽子手斩首示众。怀着父亲被害的强烈悲痛和对敌人的无比仇恨，杨奇清率领三连全体战士英勇投入第二次与第三次反"围剿"中，他身先士卒，猛打猛冲。

1933年5月，杨奇清被推荐进入国家政治保卫局保卫人员训练班学习。从此，他走上了保卫工作岗位，开始了几十年的保卫工作历程。结业后，他被分配到红三军团一师任特派员。这年9月，被调往红三军团保卫局任执行科科长，后先后改任执行部部长、侦察部部长。

1934年10月,中央红军被迫退出中央革命根据地,开始长征。12月,红军进入贵州,杨奇清由侦察部又调回执行部任部长,并由他兼管侦察部。杨奇清的权力更大了,肩上的担子也更重了。为了保卫首长和要害部门的安全,维护通信联络的畅通,杨奇清经常不避艰险,不畏饥寒,哪里需要,他就出现在哪里。

为了给军团各级首长配备合格的警卫人员,杨奇清利用战斗间隙休整的机会举办警卫人员训练班,挑选政治可靠、勇敢机智、胆大心细、吃苦耐劳、身体健壮的青年进行训练,培养出一批批忠于职守,在紧急情况下宁肯牺牲自己也要保证首长安全的优秀警卫人员。他工作尽职尽责,不仅使每个领导同志的安全从来没有出现过什么问题,而且在照顾领导同志的生活上也细致入微。每个警卫员除了要拿行李、武器外,每天还要带齐饭菜、马灯、水壶、洋蜡、火柴等物品。因此,首长们白天随部队行军,晚上一到宿营地就能及时开始工作,都对自己的警卫员表示满意。

杨奇清对保卫干部和警卫员既要求十分严格,又十分关心。1934年12月,红军经过广西龙胜、三江一带时,由于广西军阀白崇禧厉行"空室清野"政策,沿途找不到颗粒粮食,红军补给困难,饥饿现象严重,致使掉队情况时有发生。杨奇清从保卫工作的特殊性出发,强调绝不容许警卫人员掉队和失踪。可是就在部队急行军抵达湘黔边界时,他发现缺少一个警卫员,担心落入敌人之手而泄露军事机密,顿时大为生气,要求警卫科长赶紧返回沿途仔细寻找,直至在一山沟里找到因饿昏而滚落的警卫员。长征途中,杨奇清还多次负责保卫毛泽东、周恩来等中央领导的安全。

1935年6月,中央红军与张国焘率领的红四方面军在四川懋功地区会师后,为了统一指挥两大方面军作战,中共中央召开了著名的两河口会议,会议决定由张国焘任红军总政委、中革军委副主席。但张国焘反对中央关于红军北上建立川陕甘苏区根据地的决定,进行分裂党和红军的活动,10月率部南下川康,在卓木碉宣布另立"中央",并通缉毛泽东、张闻天、周恩来等人。

为此,中央书记处召开紧急会议,决定率中央机关、一、三军团立即脱离险区,先行北上。可是,由邓发率领的中央第二梯队还在20里以外的阿里,而该梯队中还有一大批党的高级干部,必须立即通知第二梯队而又不能让张国焘发现,以避免他调动大军对中央采取阻挠行动。负责这次紧急会议安全保卫工作的时任三军团保卫局执行部长杨奇清被毛泽东、周恩来、彭德怀、杨尚昆叫了过去,并由彭德怀简明扼要地告诉他要把中央的紧急命令尽快送到第二梯队。这时,杨奇清应声请战:"我亲自送!"毛泽东摇了摇头:"你目标太大。"周恩来与彭德怀也表示了同样的意见:不到万不得已,杨奇清不要出马,因为张国焘知道杨奇清的重要性,还因为张国焘已经派出不少密探在暗中监视党中央——如果杨奇清在这非常时刻离开党中央驻地前往第二梯队,就必然被密探们发觉而报告张国焘,引起怀疑。

杨奇清立刻找到政治可靠、办事干练的保卫局执行部预审员叶运高,让他来担当此次紧急送信的特殊任务:"你跑步前进,不得有误。8点出发,9点以前务必将命令亲自交给邓发同志。第二梯队在凌晨3点前必须全部赶到阿西。已经给你选好了一个手枪班,在路上如果遇到拦阻、人数不多就干掉;如果对方人多,就设法突围;万一你被他们抓住,一定要把信烧掉或吞进肚子里。"

很快,中央密令送到了第二梯队。第二梯队及时转移,与中央机关和一、三军团迅疾撤离了危险区。等到张国焘收到密探们传来的情报时,中央红军已远在几十里之外,他已经鞭长莫及了。

1935年10月,中国工农红军第一方面军到达陕北。中央决定调杨奇清担任十五军团保卫局局长。次年6月,红十五军团与红一军团合并组成西征军向陇东进发,巩固和扩大陕甘根据地并接应二、四方面军出草地。随后,红十五军团又为了打击国民党顽固派马步芳的反动势力,开辟陕甘宁边区,进行西征。杨奇清负责西征军的情报工作。他部署军团保卫局的干部们通过广泛地做沿途教民、会民、回民的工作,建立起情报网络,详细了解敌人的各方面情况,使十五军团的行动决策能做到"知己知彼,百战不殆"。

1936年12月西安事变后,红军主力进驻陕西三原、耀县一带,杨奇清任中国工农红军前敌司令部保卫部部长。为了适应革命形势发展的需要,他在三原云阳镇举办了较大规模的保卫干部训练队,既轮训在职的保卫干部,也吸收一些优秀的知识青年党员,对于提高保卫干部的素质、扩大保卫干部的队伍起了重要作用。杨奇清不但要处理训练队的各项事务,而且还亲自给学员讲课。这个训练队的绝大部分学员,后来都成了保卫战线的骨干。

（三）战火纷飞年代的另一个没有硝烟的战场

1937年8月25日，中国工农红军主力改编为国民革命军第八路军，杨奇清任八路军野战政治部锄奸部部长。锄奸部的上级领导为军事委员会，最初由傅钟、陆定一、杨奇清3人组成，后改由朱德、彭德怀、罗瑞卿、周恒、杨奇清5人组成，主要负责内部保卫和反叛徒、反奸细的斗争。在抗战初期，锄奸部还担负有维护社会治安，帮助新开辟的抗日根据地建立和巩固人民政权以及建立公安机关的任务。

就在朱德总司令率八路军将士向抗日前线开进时，杨奇清领导的野战锄奸部获悉重要情报：国民党军统首领戴笠在制订实施一个罪恶计划：刺杀朱总司令。戴笠选定了担任杀手的人选——代号"骷髅"，并选定了刺杀朱德的地点——地处黄河西岸的韩城县芝川镇。其实，"骷髅"是个双面间谍，既为戴笠掌握的军统局效劳，又是个日本特务。戴笠正是利用他的双面间谍身份派他去执行刺杀朱德的任务，可以将罪责全部归咎于日本侵略者而洗脱军统局的嫌疑，同时戴笠秘密派出一个行动小组以监视"骷髅"的行动，在适当的时候除掉他以灭口。杨奇清做好了有关准备，不声不响地开始了行动……

于是，韩城县在芝川镇镇口准备隆重迎接朱总司令，不少人在列队恭候，还停放着官轿，准备有名馔佳肴。有个人坐在距镇口不远处的一座二层茶楼的窗口旁，似乎悠闲地品着茶，但他的注意力却始终集中在镇口。他就是"骷髅"，正处于临战状态，只要朱德一出现，就将第一颗子弹准确无误地射进目标的脑袋，然后趁着混乱局面迅速从后窗撤离。茶楼外一群不三不四的人就是暗中监视"骷髅"的军统局本部的行动小组，他们就待"骷髅"击中目标后，冲进茶楼击毙"骷髅"，然后向人们出示准备好了的有关"骷髅"是日本特务杀手的证据，以此引导全国的舆论，转移视线。

这时，出现了马蹄声，尘土飞扬，随后出现了十人十骑，人人身着八路军军装。"骷髅"悄悄握紧了插在腰间的手枪柄，心想：朱德好大的胆子，连他在内也只有十人十骑，不说带有警卫团，连一个加强连也没有。可是不对头，十人十骑每个人并无一对得上被悬赏的朱德形象。只听其中为首的大声讲："我是八路军前总的杨奇清！我们是奉八路军总指挥之命，来为朱总司令打前站的！"

坐在茶楼二层窗口的"骷髅"松开了握枪柄的手，不过很快又"悟"出：既然是"为朱总司令打前站"，那朱德就会在这里出现。于是，他急盼杨奇清说出朱德具体什么时候会到达。然而，杨奇清对此避而不谈，只是拱手代表朱总司令多谢各位的迎接，表示朱总司令谢绝准备好的盛宴，然后策马检查县长给朱总司令安排的住处去了。

为此，"骷髅"与大多便衣行动队员按兵不动，等候朱德的出现。待监视杨奇清的人赶回报告说"杨奇清失踪了"时，"骷髅"直奔黄河边的码头，便衣行动队员只好尾随"骷髅"而去。

此时，一艘大渡船载着朱德和任弼时、傅钟等首长，以及由杨奇清亲自挑选的警卫员们犁波耕浪而来，直向侯马镇驶去。正是杨奇清在芝川镇"明修栈道"，让朱德一行"暗度陈仓"，登上早已秘密准备好的大渡船渡过黄河。其实，杨奇清假借检查朱总司令的下榻处悄然离开芝川镇，乘一叶预先安排的轻舟赶到侯马镇。这时，"骷髅"被生擒活捉，随后被枪决，军统局的行动小组成为惊弓之鸟而掩迹逃遁。

据杨清介绍，杨奇清长期负责八路军政治保卫工作，对加强部队保卫工作建设、纯洁部队、开展反敌特斗争、巩固抗日根据地作出了贡献。1942年底，日军开展所谓"强化治安"运动，在敌占区加紧了法西斯统治，同时千方百计向我根据地派遣特务，进行渗透和破坏，杨奇清周密防范，打击日、伪的秘密"维持会"，侦破了妄图暗害八路军总部首长的阴谋，保卫了首脑机关和我军首长的安全。

1943年秋，太行根据地也开始了整风运动。因受延安审干做法的影响，抢先进入审干，掀起所谓"坦白运动"，发生了逼供信、扩大化的错误。杨奇清的夫人肖彬回忆说，八路军前方总部野战司令部和野战政治部的许多好同志，特别是从沦陷区和国统区来的青年知识分子和职员被打成特务、奸细、反革命分子，野政锄奸部的一个科长和野司特务团的参谋长因不堪忍受，相继自杀。杨奇清当时在延安中央党校二部参加整风，他领导的野政锄奸部中大多数同志被整成特务或有反革命历史的坏人。

1944年1月，杨奇清的学习还未结束，毛泽东召见杨勇、舒同、杨奇清，要他们回前方纠偏。杨奇清被任命为中共北方局社会部部长，在邓小平、滕代远领导下着手纠正整风运动中的错误。杨奇清一到前总驻地，就有不少同志向他诉说整风中挨整的情况,有的甚至痛哭流涕泣不成声。杨奇清废寝忘食,和审干人员一同深入到各个单位开展调查研究,看材料,听汇报,广泛听取群众意见,认真对待本人的申诉,工作做得非常细致,很快查清了绝大部分同志的问题,凡冤假错案一律予以平反,其中被拘押的一律予以释放。

1945年8月15日,日本宣布无条件投降。9月,上党战役发起,杨奇清指挥所属俘获敌大批文件资料。10月,邯郸战役发起,国民党第十一战区副司令长官、新八军军长高树勋率部1万余人起义。杨奇清派人参与起义部队的整训,在军政大学受训的起义军官纷纷要求为人民服务,军大保卫部根据他们的愿望,给他们情报策反任务,派回蒋管区工作。上党战役和平汉战役之后,冀鲁豫、冀南、太行、太岳四个军区部队编为晋冀鲁豫野战军一、二、三、四纵队。其中第四纵队的作战任务由中央军委直接指挥,第四纵队由陈赓任司令员,谢富治任政委,杨奇清任副政委兼政治部主任。

1946年6月26日,国民党军向中原解放区大举进攻。7月,胡宗南部从晋南北犯,与阎锡山部配合南北夹击,企图打通同蒲线南段,占领晋南地区。陈赓司令员率领四纵在闻喜、夏县战役中予敌重创。9月下旬在浮山官雀战役中,我四纵又获大胜,全歼胡宗南部号称"天下第一师"的整编第一旅。杨奇清参与指挥了官雀之战。他亲自深入战斗第一线,详细介绍敌情,进行战前动员,部署侦察,巧设奇阵,深得基层指战员的拥戴。

1947年,杨奇清调任中共晋冀鲁豫中央局社会部部长。他领导全区保卫干部大力开展各项工作,与国民党特务进行了惊心动魄的斗争,有力地支援了解放战争,并为胜利后建立人民公安保卫机关作了必要的准备。

1948年5月,中共晋冀鲁豫中央局和中共晋察冀中央局合并为中共中央华北局。晋冀鲁豫中央局社会部和晋察冀中央局社会部也合并为华北局社会部,滕代远兼任部长,许建国、杨奇清任副部长。9月,华北局社会部召开晋察冀和晋冀鲁豫合并以来的第一次保卫工作会议。会议讨论并确定华北地区保卫工作的总方针为:健全组织,肃清匪特,巩固秩序,配合作战。要求各级保卫机关巩固农村面向城市,大力加强治安工作、侦察工作和情报工作,培训准备干部,把工作重点转向城市,向全国革命的胜利迈进。

1948年10月,中国人民解放军华北军区野战第一兵团围攻山西省城太原,上级决定杨奇清出任太原市公安局局长。他立即选调了一批城工干部、保卫干部和青年学生进行短期训练，初步掌握太原敌情和社会情况后，开赴太原前线。为了检验同志们对太原敌情的熟悉程度，他在途中仔细考问这些同志有关太原各特务系统主要负责人的姓名、特征、住址和其他情况，大大促进了同志们研究分析敌情的积极性。后因平津战役拉开序幕，按中央部署，暂停进攻太原，杨奇清奉中央电令离开太原前线，仍回华北局社会部，做进入北平的准备工作。他积极参与中央社会部部长李克农召开的专门会议，同谭政文、许建国等共同筹划研究进城接管的方针、政策和具体做法。据肖彬回忆，杨奇清随部队转战南北，她带着孩子在后方，先后在晋冀鲁豫社会部、华北局社会部工作。

　　无论是在国内革命战争时期，还是在抗日战争时期和解放战争时期，杨奇清一直担任我党我军保卫部门的重要领导工作。在残酷、复杂的对敌斗争中，杨奇清坚定勇敢，无私无畏，对革命抱有必胜的信念。对此，作为女儿的杨清十分自豪。

（四）"死而复生"者的红色之恋

　　1939年，杨奇清在战火的硝烟中第一次品味到了爱情的芬芳。

　　杨奇清在参加红军之前，家里曾给他包办过一门婚姻，娶了一个名叫方祥玉的姑娘。1932年，杨奇清在攻打赣州的战斗中负伤昏迷，被卫生员用担架抬下战场，有战友误以为他已经牺牲，就将这一"噩耗"传到杨奇清的家乡湖南平江。杨奇清的亲人们悲痛万分，好心的继母还请道士做了一次道场，超度亡灵。随后，还很年轻的方祥玉改嫁。由于战争年代音讯隔绝，过了很长时间杨奇清才知道真相，不禁啼笑皆非。这时，他已将此生交付给革命事业，加上形势急剧变化，南征北战，斗争尖锐，工作繁多，也没有时间再考虑个人问题，为此一直独身。然而，命运的安排，一位让他不能不爱的姑娘来到了他的身边。

　　比杨奇清小整整10岁的肖彬与中共同龄，河南罗山人，17岁参加革命工作，不到18岁就加入了中国共产党。据肖彬回忆："在我小学毕业时，我的父母因病相继去世。家里的生活很困难，祖母带着我们，靠村里的几亩地生活。靠着助学金，我进入了罗山中学学习。在中学里，我参加了宣传队，经常下乡去宣传革命思想。"

　　抗日战争爆发后，罗山中学的学生群情激奋，纷纷投笔从戎，要求参加抗日战争，保家卫国。肖彬这么回忆说："当时罗山属于国民党五战区管辖。第五战区司令官李宗仁、白崇禧就从学生中征兵，并予以优厚待遇，一去就是排级干部。我罗山地下党组织也动员学生到延安参加革命。我当时的思想处于动荡之中，去参加国民党青年军，待遇优厚，还可以带家属。可是对于国民党欺压人民的行径我又非常痛恨。到延安去，无路费，弟妹小，家中离不开我。怎么办？此时，学校的进步老师鼓动我还是去延安。在地下党组织的帮助下，我安置了弟妹，决定到延安去。"

1937 年 11 月，肖彬作为第二批被罗山地下党组织送往延安，取道西安。肖彬记得："当年，全国各地投奔延安的人很多。西安办事处把我们送往陕西三原县云阳镇青年训练班学习了 3 个月。胡乔木、张琴秋、冯文彬等同志在这里负责。学习期间，由于河南地下党的介绍和我的努力，1937 年 12 月，训练班指导员李秀英介绍我加入了中国共产党。"随后，肖彬被送到在延安的中国抗日军政大学学习 6 个月，被编入第四期三大队五队。

1938 年 10 月，肖彬与李克农的女儿李宁等进入中央军委锄奸部任科员。在此期间，肖彬常听老同志谈论杨奇清作风民主、为人正派、没有架子，工作有经验。半年后，中央军委卫生部在陕西户县建了一所为前方培养医务人员的卫生学校。于是，肖彬被分配到户县的卫生学校政治处担任保卫干事，每天深入学员中去了解情况，并同地方党组织保持联系，密切掌握各种敌情动态。

1940 年 5 月，肖彬被卫生部送到中共北方局党校学习半年。8 个多月后，又被分配到八路军总政治部锄奸部担任内勤，管理特费。从此，肖彬与杨奇清有了接触。肖彬回忆说："在工作中，我与杨奇清同志相识了。他是一个老革命，我非常敬佩他。接触多了，我感到他是一个非常好的同志，对革命事业很忠诚，理论水平和工作能力都很高，特别是对保卫工作有着非常丰富的经验。我们慢慢熟悉后，就开始恋爱了。没有人介绍，他热爱保卫工作，我也热爱保卫工作，可以说是保卫工作这条线把我们连在一起的。"

两人经过一段时间的了解后，1940 年夏天在山西武乡结婚，朱德的夫人康克清参加了婚礼。抗日的烽火、弥漫的硝烟，让他们迅速投入到革命工作中。反扫荡、反"蚕食"，发动群众，打击汉奸特务活动，开辟和扩大根据地的斗争，是他们婚后生活的主要内容。

1942年5月18日,日军采取"铁壁合围"、陆空配合向太行山根据地八路军总部发动"大扫荡"。由于敌人是有预谋的,将八路军总部机关和北方局机关包围在十子岭一带。5月25日中午,敌机开始扫射、轰炸。我军掩护部队同地面的日军交火,枪炮声由疏而密,由远而近。情况很紧急,但敌情不明。彭德怀、左权、罗瑞卿在南艾铺村外小树林中研究突围方案,最后决定兵分两路,总部和北方局机关由彭德怀、左权率领向西北方向突围,野战政治部和后勤部由罗瑞卿、杨立三率领向武安方向突围。突围中,同敌人进行激战,我军伤亡很大,左权参谋长头中弹片,壮烈牺牲。

　　当时,杨奇清正在武安反"蚕食"。肖彬晚年说:"因我当时已怀孕,从麻田到了武安,身着便衣准备去敌占区生孩子。当杨奇清闻讯罗瑞卿带队突围到武安后,立即指挥当地武工队阻击追赶的敌人,直到掩护罗瑞卿等人安全转移。他又返回找我,见我行走不便,就留下公务员史海生照顾我,将我们与老百姓藏在一个山洞里,他率队杀出敌人的重围,收集冲杀出来的人员,组成一支小分队,边打边转移,与总部会合。"

　　大部队突围后,敌人进行搜山,肖彬因行走不便,被敌人从藏身的山洞里抓获,于是混在一群老百姓中被敌人押往武安县城,后被关在看守所里。第二天上午,敌人对抓获的人进行审问。"因我身着便衣,又怀着孕,我说我是医院一个大夫的老婆,自己编了一个名字。敌人看我是一个家属,就把我留在武安看守所。在审问中发现有问题的或有怀疑的人则被押送到太原。"

　　杨奇清获悉后,通过关系将肖彬保释出来,送到了麻田。1942年8月,他们爱情的结晶——大女儿筱林出生。产后不久,肖彬投入锄奸部的工作。

(五)保卫开国大典的幕后与炮击天安门阴谋的覆灭

　　1949年1月31日,北平和平解放,杨奇清率华北局社会部部分工作人员进驻北平,以华北人民政府公安部名义开展工作。

　　此时的北平,既有国民党特务机关逃离前有组织有计划转入地下的大量军政人员,以图谋东山再起;又有曾在日伪长期统治下自成体系的许多日伪特务,反对共产党执政;也有傅作义集团中反对和平起义的少部分人员,在从事与新政权为敌的活动;还有辽沈战役结束后,涌入北平的数万国民党的散兵游勇;

更有北平原有的众多反动会道门和黑帮组织。他们在蒋介石提出的"全国游击办法"的实施中,祸害百姓,蓄意扰乱北平的社会治安。杨奇清为清理国民党和旧社会遗留下来的残渣余孽、污泥浊水,深挖敌特潜伏组织,稳定社会秩序,开创新中国城市公安工作做了大量工作。

这年7月,中共中央军事委员会公安部宣告成立,中央任命罗瑞卿为部长,杨奇清为副部长。公安保卫具体业务工作从中央社会部划分出来,由军委公安部主管。杨奇清协助罗瑞卿,根据中共七届二中全会精神和毛泽东《论人民民主专政》有关人民民主专政的重要论述,筹划全国性的公安保卫工作,迎接新中国的诞生。

自第一届政协筹备会议开始直至中国人民政治协商会议第一次全体会议在北平开幕及开国大典的举行,杨奇清全程参加,并负责保卫工作。当时,杨奇清成立了一个"政协临时保卫大队"(简称"便衣警卫队"),并分派给北平市公安局四项保卫第一届政协会议的任务:负责中南海外围、北京饭店、华安饭店、六国饭店、政协代表和首长驻地的安全,以及宋庆龄、李济深、沈钧儒驻地的警卫;负责中山公园、北海公园、故宫、太庙、国民大戏院、大华剧院、美琪影院等代表和首长活动场地的安全警卫;负责中南海书记处驻地的防空警卫;主要首长和代表外出活动路线的警卫……

开国大典之警察队伍

中央把选择开国大典阅兵地址的任务交给公安部，由杨奇清负责。杨奇清带领一批干部，找了几处地方，最后将西苑机场和天安门进行了认真的比较：西苑机场有宽阔的跑道，也没有阻碍交通的弊端。而长安街只能并排通过步兵12路纵队、骑兵3路纵队、装甲车2路纵队，很难显示出气势。但是，西苑机场没有阅兵台，临时搭建又太仓促，就算搭建出来也无法和天安门的壮丽雄伟相比。再者，西苑机场远离市区，数十万参加典礼的群众往返是个不小的负担。由于这些条件的限制，杨奇清和同志们还是选择了地处市中心，四通八达，易于军队、群众集中和疏散的天安门。罗瑞卿同意后呈报中央。于是，天安门城楼被定为阅兵台。

此时，台湾保密局局长毛人凤向潜伏在北平的保密局北平站少将站长徐宗尧等特务组织负责人分别发出指令：不惜一切代价，破坏中共的开国大典。事实上，此前，潜伏的特务分子也一直在北平猖狂地进行着危害人民生命财产安全的破坏活动。开国大典在即，敌情异常严重。杨奇清主持制定了开国大典的保卫方案，又召集有关同志再一次细致审查方案的细节。他开门见山地说："我想请大家再来钻钻空子，咱们自己将存在的空子都给钻了，敌人再想钻空子也钻不成了嘛！好吧，请大家畅所欲言……"

然而，与会者一致认为这个方案是建立在发动群众、依靠群众的基础上，可以说是精心组织、周密部署。有人进一步认为，这个方案将多方面的力量都充分调动起来了，可以说万无一失，并强调"由于任务明确，心中有底，保证能够圆满完成"。杨奇清听后，不以为然地摇了摇头："我是请你们来挑刺的，不是请你们来唱赞歌。我们的保卫方案必须过细、再过细，将所有可能发生的情况都考虑进去，并预先制定切实可行的防范措施。"

与会者不禁面面相觑：这是要从鸡蛋里面挑骨头呀！这时，杨奇清提及有关国民党特务人员的侦察工作进展情况。李广祥处长汇报了对国民党潜伏特务采取政策攻心的情况，表示将利用自首的特务人员去摸清和掌握其他潜伏特务组织的情况和动态……

"老李呀，你说的这一条就是对这个方案的一个补充嘛！从隐蔽战线的角度发挥作用，将我们的眼睛安在敌人的身上，只要敌人一抬起屁股，我们就知道他们要拉什么样的屎，就能够防患于未然。"

随后，大家又一致认为开国大典的保卫方案更加完善了，无懈可击！关键在于我们的干警具体操作的水平。一个再好的方案,如果具体操作得不好,就可能影响全局,甚至把方案给搞砸了!

杨奇清当即肯定:"你们说到了点子上。具体操作的好与坏,将直接影响方案实施的成败。而具体操作是一门很大的学问,要以严格的纪律来约束我们的每一个民警,将各自的工作认真地去做好,在每个环节上都做得深入、细致……"

散会时,已是月华如银。杨奇清又让司机送他去天安门,实地检查一下党和政府领导同志登上天安门的路线,还有各保卫工作人员的具体岗位,他要求:"从现在起,停车场四周就要开始警戒,而且将警戒范围扩大,任何人没有'特许证',一律不准进入;明天请部队派工兵来探测检查,每一寸地面都不能放过,不能留一丝一毫的危险隐患,然后实行封闭;10月1日那天,几个关键位置再各增加一个岗哨,特别关键的位置设双岗,实行双向警戒……"

开国大典前,共侦破重大反革命案件和潜伏特务案件100余起,基本上摧毁了国民党在北平潜伏的反动组织。同时,整治交通,清理摊贩,整治繁华地段治安秩序,使北平市的面貌大为改观。

10月1日下午3时,开国大典在天安门广场隆重举行,30万人参加的盛典进行得非常顺利,气氛热烈,秩序井然。

公安部成立

18天后，中央人民政府委员会任命罗瑞卿为中央人民政府公安部部长，任命杨奇清为副部长兼公安部政治保卫局局长和中国人民解放军总政治部保卫部部长。其后，杨奇清又被任命为公安部党组副书记。11月5日，中央人民政府公安部正式成立，随后各地公安机关也相继建立。

杨奇清的办公室布置得简朴、庄严、大方，体现了他的性格和待人处事的原则。墙上挂着世界地图和全国地图，偌大的写字台上堆满文件，紧靠着写字台的是一套皮沙发。在许多人的印象中，他与人交流从不设防，推心置腹。秘书的办公室就在杨奇清办公室的隔壁，秘书从不阻拦去找杨奇清反映情况的干部，有时候杨奇清还主动找干部来办公室谈话，了解情况。他没有架子，操着他那浓厚的湖南乡音，问这问那，了解情况，一谈就是几个小时，忘记了吃饭和睡觉。

新中国成立之初，杨奇清是公安部唯一的副部长，协助罗瑞卿领导全国公安干警依靠人民群众，同国内外敌人进行了坚决斗争。在加强对敌斗争和治安行政管理，胜利进行镇反、肃反运动，教育改造罪犯和地富反坏分子，建设一支忠于党忠于人民的公安队伍等方面，他都做出了自己的贡献。杨奇清的夫人肖彬回忆说："公安部成立后，罗瑞卿和杨奇清在银行公会大楼一间大办公室里办公。李其炎同志和我担任罗瑞卿、杨奇清同志的秘书，负责处理两位部长交办的事项。那时候的工作非常紧张，因我同时还兼任办公厅机要一科科长，每天都要忙到深夜。"

（六）惊天大案"神探"原本是慈爱父亲

杨奇清的女儿杨清回忆说："1950年9月，我出生在北京。不久，就随父母亲去了武汉。父亲从公安部调往中南地区，任中南局常委，中南军政委员会公安部党组书记、部长。1954年行政大区撤销后，我们全家又从武汉回到了北京。父亲被任命为公安部党组副书记、副部长。"

当年，杨家住在北京东城区八面槽西堂子胡同20号一幢西式二层小楼。安家后，杨奇清教孩子的第一课是如何种地。他找来工具，挽上裤腿，把前院的地开垦出来，同时施上肥，用锄头堆成一垄一垄的，种上玉米，旁边搭架子，种南瓜、西红柿、黄瓜等蔬菜。杨清记得："父亲撒一垄种子，我们也跟在他后面撒,接着浇水。我们是第一次干农活,地垅不直,种子撒不匀,一会儿累得满头大汗,腰酸腿疼。父亲看后,哈哈大笑,但还是表扬我们说:'这才像农民的后代,虽然进了城,还是要自给自足。'"

前院有一个花池,被几棵白杨环绕,绿树成荫。杨奇清喜欢花草,就在花池里种上樱桃树、橡皮树、鸡冠花、夜来香、美人蕉,等等。杨清说:"后来又种上了四棵石榴树,真是应有尽有。后院有几棵大枣树,每隔一年,枣树都会结出许多又甜又脆的大枣。等到丰收的季节,父母亲就把大枣分给秘书、厨师、警卫人员吃,也送给周围的邻居品尝。"

杨奇清夫妇同孩子在北京东堂子家中

1950年1月,杨奇清护送周恩来总理访苏。满洲里车站,朔风凛冽,大雪飘舞。杨奇清在目送总理登上苏联的专列后,才发现自己的耳朵冻得通红。再看看其他几位同志都戴上了事先准备好的皮帽子,唯独自己没有。

随后,杨奇清一行来到皮革制品市场。货架上,柜台里摆着各种各样的皮帽子。售货员向杨奇清等推销说:"买这种吧,羊毫绒毛制的,暖和、高档。"杨奇清问:"多少钱?"对方回答:"不贵,30多元。"杨奇清笑了笑说:"拿最便宜的。"售货员一脸的不高兴,拿起一顶帽子说:"这是最便宜的了,每顶6元,满洲里再也找不出比这更便宜的了！"

"4元一顶，卖不卖？"售货员无奈地说："算了，4元卖你一顶，讨个吉利吧！"售货员一边给杨奇清找钱，一边问："看你们不像普通老百姓，买6元的帽子还要砍价，真小气！"杨奇清笑着说："算你说对了，不小气不行啊！谁叫我是当家的呢？大手大脚花公家的钱，再大的家业也会败光！尽管帽子钱是自己掏钱。"杨奇清戴上帽子，自我欣赏地说："不错，能省就省吧！国家刚建立，家底薄，不注意节约不行呀！"

杨奇清不仅对自己克勤克俭，对家人要求也十分严格。新中国成立初期，夫人肖彬定为行政13级、正处，以后一直没有被提升过。随着工作的调整和调动，组织部门给公安部党组写报告，给一批同志晋级，其中有肖彬的名字。杨奇清阅后把夫人的名字划去，把晋升的名额让给其他的同志。肖彬得知后毫无怨言，总是对孩子们说："现在的条件比战争年代好多了，我知足。"杨家子女说，母亲深爱着父亲，凡是父亲做出的决定，母亲都无条件服从。

三年自然灾害时期，物质相当匮乏，供应紧张。杨清说，在地方工作的同志送了一些食油和黄豆给父亲，可他坚决不收，硬是坚持退了回去。"我们家一天三顿稀饭。粮食不够吃，母亲就在蒸馒头时，掺入大量杨树叶子。蒸出的馒头味道怪，我不愿意吃。父亲就带头吃，还咀嚼得特别香，称其为'树叶面包'，在他的感染下，我也再次品尝起来。"

杨清还记得，父亲规定他们每月开支是10元，包括学校的伙食费和公共汽车费，零花钱2元。"我穿的衣服都是捡姐姐穿不了的，弟弟捡哥哥穿剩下的。裤子上的补丁破了，再补一层。父亲更是以身作则。一件毛衣的两个袖肘破了，补了又补，一直穿到被抓进监狱，又从监狱把它带回家，一直穿到去世。"

"父亲上班路过我上的幼儿园，我总想搭他的车去，他从来不让，我只好坐园车。姐姐、哥哥在育英小学上学，周末回城，父亲不允许专车去接，让他们搭乘公共汽车回家。"杨清说，父亲工作太忙，没有参加过他们学校召开的家长会，毕业典礼上也看不到他的身影。"但是，我们几个孩子的成长过程，每个人的优点、缺点和性格，他都了如指掌，为我们一个小小的进步而感到欣慰。"

杨奇清尽管很忙，但是每有空就同大家打康乐球、扑克。孩子们都记得，父亲在家时工作到很晚，他们早就睡了；等到父亲把所有急的文件全部处理完，他还要到地下室去看看在那烧锅炉的蔡大爷。"蔡大爷是'老北京'，新中国成立前拉人力车，生活很苦。父亲很愿意和他聊天，掀开被子看看，问寒问暖，询问生活有何困难，让蔡大爷十分感动。父亲心细，他从他那里还了解公安部基层工作的实际状况，把大事小事都抓到位。"

在孩子眼里，父亲永远把工作放在第一位。有一年，毛泽东主席到湖北视察。杨清记得，父亲马上要陪主席出发了，但是哥哥和姐姐——一个出麻疹，一个发烧。"父亲已经半个多月没有回家了，秘书告诉父亲，建议他回去看看。父亲说：'孩子妈妈在，让她照看吧。实在是没有时间回去。'母亲既要照看两个生病的孩子，又不能耽误工作，其艰难的程度可想而知。当姐姐和哥哥的病痊愈后，母亲累倒了。经检查，医生说母亲患尿道结石，须马上手术。父亲不在身边，我们又年龄太小，谁在她的手术通知书上签字呢？母亲当时疼痛难忍，果断地对秘书说，你就替老杨把字签了，出问题，我自己负责。秘书不情愿地签了字。随后，母亲被推进手术室。手术做得非常成功，由于麻醉药的作用，母亲处于昏迷状态。当她自然醒来后，同室的病友都围拢过来，问寒问暖，母亲感到很欣慰。"

有一年，毛泽东在武汉准备登黄鹤楼。此前，有人建议清场，把群众疏散开，以保证主席的安全。杨奇清知道后，表示不同意，说："群众要看毛主席没有错，不要把领袖和群众分开。"于是，他去请示主席的意见。毛泽东说："不要紧，反革命没有准备。"杨奇清和警卫人员研究了具体方案，做了周密布置，现场秩序良好。

1956年至1966年，毛泽东曾多次去武汉视察工作并畅游长江。杨奇清往往分管主席的警卫工作。他根据长江水流动的特点，确定了主席畅游的三层队形：最贴近主席的是中央警卫局的同志，外层是武汉市公安局的警卫人员，指挥和联络中心设在后面的四条小船上。看着主席在江面上，时而侧泳，时而仰面，又时而翻跟斗，"胜似闲庭信步"，站在指挥船上的杨奇清流露着淡定的笑容。

毛泽东的行车路线，杨奇清总要实地考察。针对码头复杂的地形，他特地制定了专门的队形和撤离路线，以防万一。毛泽东住地的每一件家具、摆设，杨奇清都要亲自从里到外检查一遍。

1960年3月18日，北京某饭店发生了一起伪造国家领导人签名从银行支取20万元现金的大诈骗案。中央领导同志指示公安部门限期破案。北京市公安局在中共北京市委和公安部领导下组成专案组，展开侦查，但由于仅有一纸伪造领导人批示报告，再无别的线索，进展比较缓慢。周恩来指名由杨奇清来指挥侦破，并亲自与杨奇清谈了话。时任公安部部长谢富治见破案进展缓慢，提出要把饭店提供情况的两个人抓起来。杨奇清认为捕人没有根据，决定不执行谢富治的捕人命令，并对专案组人员说，"上面的工作由我负责去做，你们不必担心。"

杨奇清接手后，要求技术人员利用现代科技力量，对纸、笔、墨、笔迹作鉴定分析；同时召开电话会议，将案情通报全国各省、市、自治区公安厅、局，要求通力合作，协助破案，把发动群众查找罪犯和加强专案组工作有机地结合起来。他还和专案组一起再次到案发现场勘查，召集有关人员座谈回忆案发时的情况，终于弄清了案发经过和犯罪分子的面貌特征。为了搞清各人回忆的差别之处，座谈后他召集有关人员在现场进行模拟，重现案发当时的情景。

杨奇清和专案组全体办案人员日夜奋战，终于找到了犯罪分子。直到此时，杨奇清也没有轻易下令捕人。为了做到准确无误，他再次指示办案人员对全部情况反复核对。

这年4月4日，在一切核实确凿无疑的情况下，杨奇清才签署命令，把罪犯逮捕归案。审讯中，该犯供认不讳。办案人员查获了作案用具和绝大部分赃款及一部分焚毁的余烬。事实证明，原来谢富治要捕的那两个饭店工作人员和犯罪分子毫不相干。

（七）一家人在非常岁月的非常劫难

"文化大革命"中，林彪和"四人帮"出于篡党夺权、颠覆无产阶级专政的罪恶目的，在公安战线上大搞"两个否定""一个砸烂"。杨奇清是公安战线威望很高又有丰富斗争经验的领导人，周恩来对他很器重，当时还要他抓一些重要工作。这样，他就成了林彪和"四人帮"及其在公安部的党羽篡夺公安机关领导权、搞阴谋活动的巨大障碍。1968年，他们竟捏造罪名，把杨奇清早年的对敌侦察工作诬为"里通外国""资敌通敌"。杨奇清严正指出：

这是工作，这不是"里通外国"！这是对敌斗争的需要，怎么能说是"资敌通敌"？

"杨奇清专案组"抛出有关杨奇清的所谓"罪行材料"，诬陷他"盗窃中央档案机密""侦控无产阶级司令部""里通外国"。甚至连他的父亲和叔父都被说成叛徒，革命家庭成了"反革命家庭"。1968年3月12日深夜，杨奇清被抓走，送往秦城监狱，监号是"6844"。

被抓一个星期后，监狱里的一个男看守和一个女看守突然闯进杨奇清所在的监房，男的用力打他的胸部，并把他摔倒在地上，用脚狠踢，整整20多分钟。眼镜被打掉在地上，杨奇清什么也看不见，试图站起来，终因身体支撑不住，又倒在了地上。男看守离开时说："再打一次，你也差不多了！"杨奇清挨打后，开始咯血。监狱管理人员不但不给他治疗，还认为他是装病。在狱中，专案组直接审讯杨奇清，他们把已写好的材料强迫他签字，杨奇清严词拒绝。他们开口大骂，伸手就打……

他被逮捕关押达5年之久。"杨奇清专案组"一再对抗周恩来总理的指示，迟迟不予释放。曾有人说："杨奇清堪称一面超级盾牌，有效地保障了毛泽东和中共中央的安全。但他无力保障自己的安全。'文革'爆发后，他被关进他下令修建的秦城监狱，在那里领教了法西斯专政的滋味——经常遭到毒打，以致肺部被打成严重内伤。"

就在杨奇清被抓走的当天，造反派把他的夫人肖彬押到食堂，让她站在桌子上进行批斗。从此，上午她在学习班被批，下午被拉到公安部大院斗。一些不明真相的工人用力将肖彬的头揪起、按下，致使肖彬的头皮连同头发被扯了下来，鲜血直流。

当时，极端分子为给杨奇清定"罪"，也给他的夫人肖彬罗织了一大堆"罪名"：什么"罗杨死党""与杨奇清一起资敌通敌的国民党特务"……尽管肖彬多次接受批斗，但是她拒不承认莫须有的罪名，信任、深爱自己的丈夫，坚信历史总有一天会宣告杨奇清无罪！

1969年3月，肖彬被下放到黑龙江笔架山公安部五七干校劳动。一年后，又被送到湖北省沙洋公安部五七干校劳动改造——冬天推煤去烧锅炉，夏天挑水、种地、打扫厕所。当年，她日夜思念不在身边的儿女们，可她哪里知道她与儿女们的全部信件都被当权者扣押了。

杨奇清的大女儿杨筱林在北京女子二中以优异的成绩考上二炮医学院，大学毕业后被分配在304医院当内科医生。可是，造反派却向该医院寄去了诬陷杨奇清和肖彬的黑材料，使该医院不得不将她下放到哈尔滨211医院当护理，每天的工作就是洗纱布。在1969年"珍宝岛事件"发生后，中苏关系十分紧张，竟然无端怀疑她会越境叛国，对她严加防范。最后还是极不放心，强令她按战士待遇复员，到北京第二毛纺厂当工人。1974年，随着父亲问题的逐步解决，杨筱林才恢复了军医职位，补发工资，重回304医院工作。日后，她在公安部下属的北京新华实业总公司工作，直至退休。

杨奇清的大儿子杨波（小名小勤）出生于1947年8月，小时候与姐姐一样在北京育英小学读书时学习成绩名列前茅；后进入重点中学北京二中读初中，继而考入北京航空学院附中念高中，还是校三好学生、学生会主席，被推荐到武汉空军某部当兵。造反派给部队寄黑材料，说他父亲是反革命，他曾"与其父一起干反革命活动"。部队派两名军人将他押回北京，可是公安部却又不予接收。那两名军人只好将他送交负责入伍的海淀区武装部，武装部迫于无奈，只好将他送到原来的学校。由于母亲被打成黑帮、受管制，杨波的生活都成了问题。迫于无奈，他与同学一起去内蒙古农村插队。1973年，杨波考入河北大学数学系，1976年大学毕业后被分配到中央电视台技术部从事播放工作，1990年被调入国家安全部。目前，已自中国国际友谊促进会退休。

小女儿杨清自小爱好学习，先后在北京东花门小学、女一中读书。1966年初中毕业时恰逢"文革"爆发。杨奇清被抓后，造反派开始轮番抄家。杨清对他们的行为非常不满意，与造反派争吵起来："我爸爸是审查，中央没有定性！"造反派呵责："你要变天？！"杨清回答："就是变成毛泽东思想的天！"造反派就将她的话篡改为"要变毛泽东思想的天"，于是杨清被当作"现行反革命"逮捕，关在少管所达半年之久。

杨清曾被插队到东北莫力达瓦自治旗，每天是种不完的地，种土豆成了她的日常生活。两年后，到湖北沙洋公安部五七干校投奔在这里"劳改"的母亲，干些杂活。可是，军代表竟不准给她上户口。经肖彬力争，才被迫同意。在1973年8月，杨清考入华中师范学院外语系俄语专业。接受采访时，杨清回忆说："当年，我填'父亲'这一栏时，怕因父亲的原因录不上就没有填，只填了'母亲'这一栏。面试时，老师问我父亲是干什么的，我答非所问，说我父亲叫杨奇清,后来他们以我为'可教育子女'录取了我。我那个时候激动得好几个晚上没睡上觉,虽然我父亲还没有解放,但是我有一个新的环境,摆脱了压抑的环境,到了美丽的桂子山学习。"

"可是,俄语在学校里只是代培专业,于是我被分到英语专业,我为这还哭了一场。"在大学里,杨清成了品学兼优的好学生,不仅学习成绩突出,而且外语讲演深得师生好评。1976年7月,杨清大学毕业后被分配到北京市工艺品进出口公司当业务员,负责北美地区业务。1978年父亲去世后,她被调到公安部一局任侦察干部。1983年公安部组建昆仑饭店,又被派到英国伦敦泰晤士大学学饭店管理,学成归来后任餐饮部经理。后来,杨清到海南打拼过4年,回到北京后进入公安部消防协会外联部工作,直至2005年退休,曾被北大青鸟公司聘为消防顾问。

杨奇清小儿子毛毛(又名杨旭),先天身患多种疾病,生活不能自理。"文革"期间的一天,毛毛见到军代表闯进家来,还误以为是来帮忙搬家的,可是军代表一挥手就打了他两个耳光,还强逼他喊口号:"打倒杨奇清!打倒肖彬!"毛毛不肯喊,造反派就使劲打他的耳光。由于家庭处境的骤变和精神肉体上遭受的折磨,毛毛病情严重恶化,万般无奈,去投奔姨妈——肖彬的妹妹。结果,造反派又追过去,将肖彬妹妹的家也查封了……

1972年6月4日,杨奇清在秦城监狱接待室见到了分别多年的亲人。他从里面的一个小门出来,小儿子毛毛一眼就看到父亲,大声叫。孩子们看到父亲的背驼了,面黄肌瘦,皱纹布满额头,走路变得蹒跚,十分辛酸。然而,杨奇清见到夫人与孩子来了,非常高兴,一一询问他们的现状。孩子们实在不忍心告诉父亲有关家庭的艰难处境,只是敷衍地告诉他一切都很好,不想让父亲的愉悦心情蒙上一层阴影。杨奇清嘱咐他们:"你们一定要相信党,相信组织,不要有抵触情绪,我的问题迟早会得到解决。"

见到杨奇清咯血,家人很紧张,为他的健康担心。杨清回忆说:"见面的时间仅一个小时。我们给父亲带来他爱吃的东西。毛毛把两块糖偷偷塞到父亲手上,被专案人员看到,大声训斥弟弟,父亲又把糖还给毛毛,说:'你替爸爸吃吧!'牢狱的迫害,能够摧残父亲的躯体,疾病可以侵蚀他的儒雅阳刚的容貌,却未能改变他爽朗乐观的性格和脸上展现的淡定笑容。"

1972年7月,杨奇清在狱中病情加重,咯血不止。这时,专案组才把他送到专门为监狱犯人看病的复兴医院住院。在周恩来总理的关心下，后被送到北京医院高干病房接受治疗。江青一伙及其在公安部的党羽对此深为恐慌，硬说是"保外就医"，继续进行监视和迫害。

杨奇清出狱后，得知儿子杨波和女儿杨清分别考上了大学，十分高兴。他仔细询问杨清所在班级学生的情况。女儿告诉他："我所在的华师7304班有25人，党员3人、团员20人，有两名英语专业辅导老师和一名专业辅导员。"听后，杨奇清教导女儿："政治上，你要积极要求进步，起骨干作用，多多与党员学生接触，关心班里同学，争取早日加入中国共产党。除此而外，还要刻苦学习专业知识，精通英语，现在外语干部极其缺乏，毕业后会大有作为的。"

杨奇清在生活上也关心孩子。杨清回忆说："父亲没有给我买新衣服，只是把以前的衣服，装入纸箱，亲自写上我的名字和地址，寄往学校。当我收到纸箱，看到上面那熟悉的笔迹，心中感到无比温暖。"在学校，杨清积极参加各种活动，克服干部子弟身上的弱点，去湖北农村开门办学，接受党组织的各种考验。1976年，她终于如愿加入了中国共产党。当杨清把这一喜讯第一时间告诉父亲时，杨奇清特别高兴，自豪地说："现在，我们不仅是父女关系，还是真正意义上的同志关系！"

杨奇清虽然出狱了，但问题一直没有解决。军代表派人在家门口24小时监视他。杨清记得，凡是来看望父亲的，要报名字，记车号。"部里的老同志就和监视的人捉迷藏，趁他们值班换岗的时候，偷偷到家里看望父亲。外地的同志纷纷打电话来问候。即使在这样艰难的情况下，父亲还是反复教育我们，不要有悲观情绪，要相信党，相信中央，他的问题，一定会解决。困难的日子，总会过去。我们就当是二度长征，咬牙坚持，光明就在前面。"

1975年，叶剑英派车将杨奇清接到他家，与杨奇清长谈。其间，杨奇清向叶帅表示相信党组织会把他的问题调查清楚；同时请求中央能够分配给他一个力所能及的工作，自己有决心用有生之年为党再做一点儿工作。叶帅叮嘱杨奇清好好养病，养好身体，才能更好地斗争。

杨清曾对父亲要求工作的决定非常不理解，一有机会，就劝说父亲"在家安心养病，况且上面对你的审查还未结束"。杨奇清只是感慨："时间不等人啊！"后来，杨清才理解父亲是想加倍工作，把"文革"带来的损失弥补回来。

1975年1月,华国锋兼任公安部部长,找杨奇清谈话,要杨奇清回公安部工作。造反派闻讯又恨又怕,极力反对,拼命阻挠,大造谣言。10月9日,经中共中央批准,任命杨奇清等人为公安部副部长。杨奇清不顾重病未愈,毅然决然返回公安部,受到广大干部的热烈欢迎和支持。

后来,当杨奇清向他人谈起"文革"往事时,爽朗地笑着说:"他们要我交代反对毛主席的反革命罪行。我回答说,我干了几十年的公安保卫工作,工作中的缺点、错误肯定是不少的。但要说我反对毛主席,说我是反革命,那是对我的诬陷和污辱,我没有一丝一毫可以交代的。"杨奇清就是这样光明磊落地批驳了林彪和"四人帮"对他的诬陷。可以说,在近半个世纪的漫长岁月里,杨奇清始终战斗在党的公安保卫战线上,为建设党的公安保卫事业,为保卫党、保卫军队、保卫人民、保卫国家献出了毕生的精力。

粉碎"四人帮"后,杨奇清真正获得了解放。他和其他领导同志一起,积极组织公安战线的拨乱反正工作和揭批林彪、江青反革命集团的斗争,重建和加强群众性的防谍和保密工作。他对"文革"期间和历史上被错误处理的同志十分关心,催促干部部门尽快予以安置处理。

1977年3月,赵苍璧调任公安部党的核心领导小组组长、公安部部长。当时杨奇清的病情已经比较严重,不少老同志劝他离开北京到上海去专心疗养一段时间,他都以"苍璧同志刚来,情况不熟,我应该帮他熟悉熟悉"为由,予以婉拒,带病坚持工作。有一次,他诙谐而又幽默地对一位去看望他的老战友说:"我快要去见马克思了,相信马克思一定会欢迎我,说我为共产主义崇高理想奋斗终生,是有功劳的!"他还用鲁迅诗句"横眉冷对千夫指,俯首甘为孺子牛"与这位同志共勉。

1978年11月24日,杨奇清由于咯血,内伤太重,带着未完成大业的遗憾在北京医院去世。12月2日下午,杨奇清追悼会在北京八宝山革命公墓礼堂隆重举行。党和国家领导人华国锋、叶剑英、邓小平、李先念、宋庆龄等送了花圈。邓小平、韦国清、邓颖超、王震、康克清等领导同志参加了追悼会。追悼会由中共中央政治局委员、国务院副总理纪登奎主持,公安部部长赵苍璧致悼词。邓小平充满激情地对杨奇清夫人肖彬说:"你们是革命的家属!杨奇清同志的一生,是革命的一生、战斗的一生。"

刘英：永远的『红色大姐』

我们走过二万五

——红小鬼的传奇人生

刘英档案盘点：

1984年，刘英（左）与康克清、帅孟奇在北戴河

刘英，原名郑杰，职业革命家，有"革命老大姐"之称。1905年10月出生于湖南长沙，1932年毕业于苏联莫斯科共产主义劳动大学。历任长沙女子师范学校党支部书记、湖南省总工会职工运动委员会秘书、干事，湖南省委候补委员兼妇女部长，瑞金少共中央组织部秘书，少共福建省委书记、福建省委常委，少共中央局宣传部长、组织部长，红军三纵队巡视员、三梯队政治部主任、中央地方工作部科长、中央队秘书长，陕北少共中央局宣传部长、组织部长，延安中央秘书处处长兼张闻天机要、政治秘书，高级干部学习组分组长、中央办公厅行政处学委会副主任，东北宁安县委副书记，合江省委常委、组织部长，哈尔滨市委常委、组织部长、妇委书记，辽东省委常委、组织部长，中国驻联合国代表团经济社会理事会副代表、中国驻苏联大使馆参赞、特委副书记、党总支书记，外交部部长助理、机关党委委员（常委）、监委书记、人事司司长，中央国家机关党委委员、常委等职；当选过全国政协委员、常委，中央纪委委员，中共七大、八大、十四大、十五大代表，第二届全国人大代表。

2002年8月26日23时45分，原中央纪委委员、第五届全国政协常委刘英，因病医治无效在北京逝世，享年97岁。这位早在1925年入党的杰出的女性，走过了一段漫长艰辛而又充满传奇色彩的历程；她的英雄业绩、高尚品格赢得全党和全国人民的尊敬，永远值得世人怀念。

（一）参加过"入校仪式"的"野姑娘"

刘英出生在湖南长沙东乡金井镇一个封建地主家庭，曾先后送两个弟弟读书，自己却到十四五岁还在念初小。后来家里开销大了，父亲便不让她再读书了。于是，刘英伤心流泪，茶饭不思，感到十分委屈。不久，母亲替她找到了衡阳女子职业学校上学，一年之后刘英又偷偷报名考上了湖南省立第一女师附小。学校离家远，中午没法回家吃饭，她不敢找父亲要钱，只得饿肚皮而坚持学习。

小学毕业后，刘英考上了著名教育家徐特立先生创办的长沙女子师范学校。在这里，她成长很快，积极参加学生运动，受到学校地下党团组织的重视而被吸收到共产主义青年团。过了些日子，刘英接到一张通知书，通知她去参加"入校仪式"。穿过弯弯曲曲的小巷，刘英来到一座破旧的木板小楼里，墙上挂着一面小小的党旗，在昏暗的灯光下显得特别醒目。原来，"入校仪式"就是入党宣誓仪式。从此，刘英把自己的一生交给了共产党。

大革命失败后，党的活动转入地下。刘英遵照秘密工作的原则和家里断了联系。这时期，她也一次又一次同地下党失去了联系，在不到一年的时间内三次面临寻找党组织的困境。一次，刘英听亲戚说父母新近从乡下搬进长沙城住家，便赶回家。父亲以冰冷的脸问："你回来做什么？""外头没饭吃，不回来怎么办？"刘英这样回答。因为她知道自己在父母眼里就像个野姑娘，在外面玩够了，饿了，才想起回家。妈妈把她拉到一边，不安地说："家里不能待的啊，有人在到处查你。我说，你死在外面了。"母亲确实以为刘英失踪了、牺牲了，她叫人偷偷地寻过，也叫人到杀人场去认过尸。"毛子（刘英乳名），做妈的知道你是铁了心的，你走吧，走得远远的，要死，也不能死在妈的面前。"

刘英理解妈妈的心，更了解情势的危急。她在家匆匆吃了顿午饭，跟放学回家的弟弟妹妹们打了个照面就离开了家。天下着雨，黄包车轮碾过泥泞发出"咕唧咕唧"的声响。刘英撩开遮雨的油布帘向后看，妈妈还跟在车后默默送行。刘英真想跳下车去，陪妈妈在雨地里走一走，她有许多话要对妈妈讲。也许，这是今生今世最后一次和妈妈见面了……

（二）新婚别竟成诀别

　　1927年5月21日夜，天很黑，下着毛毛细雨。10时许，枪声大作。刘英赶紧起床，从窗口往外看，只见长沙上空一片火光。这时，她知道情况有变，于是思想上做了最坏的打算，对身边的同志说："如果敌人来砸门，我们就触电，宁死也不让他们逮住！"这就是著名的长沙"马日事变"。在这次事变中，有百余名共产党员、国民党左派及革命群众遭到枪杀。

　　李维汉、夏曦等被迫转移，离开湖南，其他同志也都各自隐蔽起来。刘英既不能回到父母身边，也不能躲进亲戚家，因为她曾以党员身份出席过市民大会而身份被公开。血与火的考验，使得刘英迅速得到意志与品格上的铸炼，并且把她从普通的共产党员推上湖南省委候补委员、省委妇女部长的地位。为了不引起外人的注意和怀疑，刘英同王一飞（湖南省委书记）、林蔚（省委秘书长）等住在租用的老百姓的几间木板房里，装作闲散度日的"小姐"；林蔚则摇身一变为"户主"，被称为"熊少爷"。

　　刘英没想到，在革命年代，自己这位被人亲切称为"毛妹"的"小姐"同"熊少爷"林蔚结为了伴侣。林蔚曾留法勤工俭学，后又去苏联，1926年回国后任湖南省委秘书长，不久出任醴陵县委书记。刘英和他，两人亲昵而又相互敬重。一天，林蔚到郊区去，离开机关前将一封信放在刘英枕边。这是封密写的情书，蘸米汤写成的，用碘酒擦拭后即显字迹。刘英看后没有表态，她不想过早成家，固执地认为结婚生了孩子还怎么革命。不见明确表态，林蔚又追加写了一封没有加密的信："我要出门去，过些天才能回来。我将等候宣判，是'杀头'，是'斩腰'，由你的便。"写得俏皮的信，打动了刘英的心：近两年了，林蔚对自己的感情始终如初，能一起生活、工作达近两年也难得。于是，他们结合了。但是，他们在一起生活了仅仅一个星期便又分别了，而这次分别竟成了永诀。

　　1928年的 天，刘英身负省委嘱托前往上海，为她送行的是刚刚与自己结为伴侣的林蔚。第一次出远门，又是只身一人，林蔚叮嘱得细致，从路上应用的名字、身份、与人对答的方法到住店注意事项，都一一说到。临行前，他一再叮咛："毛妹，你此行身负重任，一路上要经过的省份多，路程远，凶险多，要尽量少说话，遇到可疑人更要谨慎。"新婚分别，虽有离绪，却不惆怅。刘英已打定主意，只要湖南有一线回旋的余地，她汇报完就回来。她走了，带着一颗焦虑、期待的心。

刘英无论如何也没有想到，她刚刚到上海，等待她的已经是噩耗，林蔚与王一飞等革命同志已经英勇牺牲了。刘英无法再抑制自己的感情，无穷的思念随泪水流泻——那是些枪打不散、生死与共的同志啊！失去的永远失去了；唯有无形的，如思念，如眷念，甚至如气质，如信念，却深深地潜入心底。

（三）主席赋诗闹洞房

1929年正在苏联红色教授学院学习的张闻天（洛甫），还兼着莫斯科共产主义劳动大学的一门马列主义理论课。一天，在他的讲台下面，突然出现了一位个子不高但年轻漂亮的中国女学生，张闻天的眼睛不觉一亮……

这位24岁的姑娘，就是刘英。组织上派她来莫斯科学习。她不仅长得美丽大方，而且聪颖好学，品学兼优。哪个老师不喜欢这样的学生？给刘英授课的张闻天自然也不例外，当然只是普通的师生情谊。没想到这师生缘日后倒演绎成了夫妻情。

1935年2月，红军第二次占领遵义城。一天，早饭后，部队休息。邓小平约地方工作部的刘英等人来到街上。正走着，迎面遇到了时任中共中央总负责人（习惯上称为"总书记"）的张闻天。师生相见，显得特别亲热。张闻天提议两人找个地方聊聊，于是刘英高兴地跟着他来到了中央队的驻地。

不知怎么了，坐下后两人没说几句话就冷场了。刘英预感到自己的领导可能有什么重要的事情向自己交代，就在沉默中等待。终于，张闻天沉思了半天，才说出一句含糊而意犹未尽的话："我们相识时间也不短，互相都了解，希望不仅做一般的同志……"

当时没有思想准备的刘英，很明白这话的"潜台词"。她一向敬爱张闻天，但从没往"恋爱"两个字上想，从"敬爱"到"恋爱"之间毕竟还有一段距离，于是她生硬地回答："我早有打算，五年内不结婚！"刘英的回答一下使谈话僵住。好一会儿，他们才谈起了战争、工作，气氛又恢复了常态。末了，张闻天留刘英吃饭，刘英说："罗迈（李维汉）抓得可紧了，出来久了怕不好。"

说实在的，刘英话虽然说得很绝，但内心却怎么也平静不下来，一件件往事不时涌上脑际，她觉得张闻天确实可亲可爱。但一向以革命为家，以拯救祖国这个大家为己任的刘英，很少想到组建自己的一个小家，不断警告自己把爱情的种子深深埋藏起来。所以，在35岁的张闻天第一次向自己透露爱的信息时被她弄得好不尴尬。

爱情的种子虽然深深地埋藏起来了，但它还是在长征的路上发芽了，而且那么苗壮，那么一往情深。张闻天同刘英的爱情是在共同的战斗生活中逐渐萌生和发展起来的。早在莫斯科时他俩就已相识，在刘英的心中，张闻天是一位文质彬彬、学识渊博的"红色教授"。来到瑞金，由于有过去师生一层关系，刘英同张闻天走得比较近。以后工作中接触多了，互相熟悉起来，但也仅仅是一般同志关系。长征路上，刘英常到张闻天处反映情况，张闻天对她渐渐产生了爱慕之情。战友们都觉得张闻天、刘英是合适的一对，有意成其好事。1935年4月毛泽东提议、李富春经办，将刘英调到中央队当秘书长。此后，张闻天与刘英朝夕相处，有了更深的了解。毛泽东、陈云等不时拿他们打趣。刘英默默地领受着张闻天的爱和战友的情，但打定主意，一心工作，同张闻天始终保持应有的距离。直到红军长征胜利到达陕北瓦窑堡后，张闻天征求刘英的意见说：这下有了"家"，可以了吧？刘英才同意与张闻天结为终身伴侣。长征前相识，长征中相爱，长征结束后喜结良缘——真是，革命有了"家"，他俩也成了家。

对于自己在陕北的第一个家，日后刘英回忆说：她和张闻天结婚，没有举行任何仪式，也没有请客，情投意合，环境许可，两个行李合在一起就是了。倒是毛主席随后赶来瓦窑堡，来到窑洞里闹了一闹，算是补上了"闹新房"的一课。

那天，毛泽东指挥直罗镇战役已经大获全胜，红军在陕北站稳了脚跟。他兴致很高，兴冲冲闯进了张闻天和刘英的窑洞，大声对刘英说："刘英，你结婚不请客我可不承认呀。"接下来，毛泽东信口念出一段打油诗："风流天子李三郎，不爱江山爱美人。当今洛甫作皇帝，爱江山又爱美人。"

（四）咫尺隔离心相印

在40年共同的战斗、工作、生活中，刘英和张闻天相敬如宾，互相关心，互相支持。无论是在顺利的情况下，还是在坎坷的遭遇中，他们始终互相理解，互相信任，经受了各种不幸和挫折的考验。在悠悠延河畔，在寒冷的东北大地，他们为抗日战争、解放战争的胜利而不惜牺牲地战斗，形影相随。新中国建立后，在张闻天任驻苏第一任大使时，刘英负责使馆的思想工作，热情地协助张闻天；张闻天担任外交部常务副部长，刘英任部长助理兼人事司司长。他们为共同的事业而勤奋工作，他们的家庭生活也是和谐而美满的。

不想，1959年庐山会议上的一场历史悲剧使张闻天陷入共和国第一大冤案。使他欣慰的是，在逆境中夫人刘英依然像过去那样尊重他，关心他，和他患难与共——他们的爱情在逆境中更显示其光彩。

那时期，张闻天承受着残酷的非人折磨，他每次出门，刘英的心都为他悬着，怕他被人群挤坏，怕他被揪斗致死。天黑了，刘英常常倚门而望，等待着丈夫那颤巍巍的身影归来。城门失火，殃及池鱼。张闻天闯"祸"，被株连的刘英也跟着挨整、挨斗，被定为"严重右倾"，撤销了党内外一切职务。

1968年5月16日，对他们的审查升级了，两人被分别关押在院内两间冬冷夏热的小屋里，由一个班的警卫进行"监护"。门窗用报纸糊得严严实实，门上挖了一个小方洞，警卫日夜窥望监视。最难熬的是夜深人静时，刘英只能从张闻天的咳嗽声判断他的存在，从审讯人员的吆喝声中得知他的坚定。双双不自由，失去了互相关照的机会，但他们的心却靠得很近。有一次，她上卫生间时细细察看，发现有一痰盂血，已经结了冰。后来才知张闻天被折磨得受不了，心脏病发作，鼻子淌血不止，监管的人不得不将他送医院抢救治疗。一个多月出院后，张闻天怕再出事时救不过来，提出同刘英见一面的要求，监管人员却不同意，说："时候没有到，不行！"他们就这样被分隔拘禁，长达523天。

1969年10月以后，一年半的关押生活结束了，夫妇俩被"发配"到广东肇庆。6年后又被遣送到无锡。精神上的创伤、肉体上的折磨，使得张闻天的身体每况愈下。一天，张闻天非常郑重地对刘英说："我死后，替我把补发的工资和解冻的存款全部交给党，作为我最后的一次党费。"刘英强忍着泪水，默默地点头。张闻天没有看到刘英点头，也没有听到她的回答，就要刘英拿纸来写下字据。此时的刘英止不住的泪水已夺眶而出，哽咽道："难道你还信不过我？"张闻天安然而笑。万千话语，相知不疑的心迹，全由这微微一笑表达了。

1976年7月1日，张闻天因肺气肿、心绞痛频频发作，导致心脏病猝发，跌倒在地，再也没有醒过来。40年的恩恩爱爱，画了一个沉重的句号。使刘英不能容忍的是，张闻天死了，"四人帮"也没有放弃对张闻天的迫害，不许开追悼会，不许暴露真名，就地火化。在丈夫灵前安放的花圈上，刘英只能写上"献给老张同志"！

（五）燃烧的晚霞，不灭的光辉

一场浩劫，暴露了多少灵魂，也净化了多少灵魂！在磨难中，他们不仅仅是失去，得到的比失去的更多，始终保持的是共产党员的本色。

"文革"后，刘英迎来了人生的又一个春天。当时任中央组织部部长的胡耀邦看望刘英，问她有什么要求时，她说："闻天同志的骨灰还在无锡，希望运回来；他写的文章，如果没有错误，希望能够出版。"不久，张闻天魂归八宝山，遗著《张闻天选集》得以问世。

随着张闻天的冤案得到平反昭雪，刘英也恢复了名誉。她先后担任了全国政协委员、常委、中纪委委员。1985年9月，80岁高龄的刘英离职休养。离休后，她担任了中国少年儿童基金会理事、中共党史学会顾问、中国关心下一代工作委员会顾问等职，为少儿工作和党史工作奔走忙碌，早在80年代曾将自己多年积蓄的4万元人民币捐献给中国少年儿童基金会。近年来，虽因年事已高深居简出，但刘英仍然心系祖国改革开放，特别是关心着"下一代"：她到少管所看望失足青少年；支持青少年读书活动；帮助清华大学贫困学生；参加全国青少年法制教育座谈会……同时，她对张闻天充满深深的怀念之情，并不遗余力地撰写回忆录《我和张闻天命运与共的历程》，回忆革命生涯，回忆同张闻天一起生活、战斗的日子……

2000年8月30日，张闻天100周年诞辰的纪念日。时年95岁高龄的刘英早就在关注这个日子了。在摆设朴素的客厅里，张闻天的大幅照片挂在中央，照片下是插成"心"字状的数十朵新鲜的深红色玫瑰。刘英每天都默默地注视张闻天的照片，注视张闻天那双充满了睿智的眼睛。在他们共同生活的40年中，彼此的目光就这样真诚地交融，彼此支持。张闻天早已远行，似乎仍将充满爱的目光留下，坚定地注视自己的妻子，看着自己最心爱的人走进神圣的晚霞中。

这一年，刘英前往上海、南京等地参加张闻天百年诞辰纪念活动……

据悉，刘英曾生过4个孩子，其中3个孩子都死于疾病，一个在湖南，一个在延安，一个在莫斯科。1937年11月，怀孕在身的刘英和其他几位身带伤病的同志，经西安、兰州至迪化（今乌鲁木齐）去苏联，治疗她在长征时犯下的肠胃病和肺结核。一路颠簸，几经周折，刘英真担心孩子会夭折。在新疆停留期间，刘英生下了儿子张虹生。张虹生长大后，张闻天和刘英对他要求很严，不准张虹生因为父母亲的地位沾染丝毫的纨绔之气。不幸的是，这个独生子在"文革"中同样受到不公正的待遇，被迫到新疆当"放牛郎"。"文革"后已成家立业的虹生调动到南京晓庄林场工作。而今，在南京大学工作的张虹生夫妇收集了张闻天革命经历的许多资料，逐步走进父亲的精神世界。《张闻天传记》编写组曾希望把张虹生调去参与工作，刘英不同意，她说，父亲的历史，不应该由子女来写。组织部门为照顾刘英，拟将张虹生夫妇调入北京。刘英却把调动函退了回去，她一贯严于律己，希望儿子不搞特殊，就在现有的岗位上工作。张虹生夫妇理解老人的心意，他们住在南京一栋普通的公寓楼里，像其他人一样过着平静的日子。张虹生两个女儿大学毕业后，都组成了幸福的家庭。在刘英已96岁高龄时，张虹生大女儿冬燕和她同住，照顾她安度晚年，代父尽孝心。

老一辈革命家刘英，生命的航船划过了多少惊涛骇浪，多少熟悉的人在她面前走上历史舞台又渐渐离去。历史如海，思绪如潮，往事随风而逝，飘绪织成记忆的长河。她的历史，宛若一部中共党史的缩影。在她的一生中，一个共产党员能够牺牲的，她都牺牲了；一个共产党员应该奉献的，她也都奉献了。今天，她轻轻松松地离开了我们，留下的是一片红色情怀与一部不老的历史。

李贞：从童养媳到开国将军

我们走过二万五

——红小鬼的传奇人生

李贞档案盘点：

李贞和甘泗淇上将

李贞，1908年2月出生于湖南省浏阳县，有"开国女将"之称。1926年参加革命，次年加入中国共产党，参加湘赣边界秋收起义。曾任红军第六军团政治部组织部部长、第二方面军政治部组织部副部长；抗日战争时期任八路军妇女学校校长、一二〇师直属政治处主任、晋绥军区政治部秘书长；新中国成立后，相继任西北军区政治部秘书长、中国人民志愿军政治部秘书长、防空军政治部干部部部长、解放军军事检察院副检察长、总政治部组织部顾问等职。1955年，被授予少将军衔。

1955年9月27日，新生的中华人民共和国在北京中南海举行解放军第一次授衔仪式。作为唯一的女性，李贞在那些叱咤风云的将帅之中尤为惹眼。待李贞行了一个标准的军礼后，周恩来亲手把少将军衔授予她，握住她的手说："祝贺你，李贞同志，你是新中国第一位女将军！"

一个双休日的街坊闲聊中，无意间听说一代女将李贞的故居就在笔者寓所附近。于是，开始探究这位巾帼将星的传奇。从一名童养媳成长为一名开国将军，李贞命运的巨大改变，本身就是中国革命诗史中的一首赞美诗，即使放眼古今中外的历史，也属罕见。李贞将军83年的人生轨迹书写的不仅仅是传奇，更是那个伟大时代的颂歌。

（一）激情燃烧的岁月，她铁心干革命

1926年，大革命的浪潮席卷了中国南方，工会、农会、妇女解放协会，如同雨后春笋，冲破重重阻力，迅速成长起来。

仿佛一夜之间从噩梦中惊醒，18岁的湖南妹子李贞悄悄听说了"革命"这个新词。虽然并不知道"革命"到底是什么，但凭着直觉，她意识到"革命"可能会给自己的生活带来某种改变。于是，她毫不犹豫地加入了当地的妇女解放协会，填表时，她堂堂正正地写上了"李贞"两个字。18年了，她终于有了自己的名字，而在这之前，人们都喊她"旦妹子"。

对于出身贫苦的李贞，妇女协会的大姐们格外关怀，她们详细询问了她的生活情况，有空就教她识字学文化。为了回报大姐们的关怀，遇到妇女协会有什么活动，李贞总是走在前，抢在先——随共产党员到各处去发动群众，组织工会、农会、妇女协会、儿童团。最拿手的是送文件，因为她经常上山砍柴、割草，胆子大，山路熟，当时党的许多秘密文件，就是经她的手送到了指定的地方。在火热的革命熔炉中，她天生的组织活动能力也日益显现，因为成绩出色，她先后被选为浏阳县永和乡妇女协会委员长、区妇女协会委员。

李贞入党一个多月后，以蒋介石为首的国民党反动派发动了"四·一二"政变，向共产党举起了屠刀。一天晚上，在团防局当伙夫的叔祖父趁着夜色来到李贞的住处，进门就说："快逃吧，他们的通缉令上有你的名字。"妇女协会的王兴大姐将三枚铜钱递给李贞，让她赶快逃走。

在山里躲了几天，一个深夜李贞偷偷跑回自己家里。母亲又惊又喜，抱住女儿痛哭。李贞的眼睛也湿润了，一时不知用什么话来安慰母亲，过了好大一会儿，才说："妈别哭了，你看，我不是好好的吗？"第二天上午，本镇的一个自首分子跑来劝李贞去自首。李贞断然拒绝了。

南昌起义、秋收起义打响，共产党人从血泊中站起来，对国民党进行针锋相对的武装斗争。此时正隐姓埋名在浏阳县城一个税务局职员家做女工的李贞，零星了解了一些外面发生的情况，她急于离开，但又不知道怎样去寻找，只好焦急地期盼着，耐心地等待着。

时机终于来到，毛泽东领导的秋收起义队伍攻打浏阳城。老百姓都躲在家里不敢出来，李贞却拿起一只正在纳的鞋底，冲出房门，来到浏阳河边的战斗

现场。她找到自己的队伍,把所知道的城里的情况和盘托出,并接受任务去送信,参加了攻打浏阳城的行动。

血腥的屠杀,并不能吓退真正的革命者。敌人的搜捕稍有松懈,李贞便开始外出活动,联络幸存的共产党员。1927年10月,王首道、张启龙等老党员奉中共湖南省委的指示,先后回到浏阳东乡,着手重建这里的党组织。他们与李贞取得联系后,一起组建了中共浏东特别支部。年底,他们又组建了浏东游击队。

在浏东游击队期间,李贞曾有过一次类似"狼牙山五壮士"的壮举。那时正是寒冷的冬季,在一个叫十八折的地方,游击队遭遇到敌人。战斗从黎明打到黑夜,最后子弹打光了,敌人叫嚣着逼上来。剩下的六七个游击队员最后退到狮子崖上,已经无路可退,眼看就要被敌人俘虏,身为士兵委员会委员长的李贞向同志们发出命令:"不能让敌人捉活的,往崖下跳!"说完,自己带头喊着口号跳了下去。幸运的是,她落在了一棵树上,由于树枝的遮挡才没有死。苏醒后,她觉得眼前是黑的,什么也看不见,山在转、地在旋。挣扎着,她与另外一个幸存的同志掩埋好战友的尸体,然后相互搀扶着走了六七十里,才冲出了敌人的包围圈。

1933年,湘赣省委派李贞到江西瑞金马克思主义学校学习。在那里,她学习了世界历史、社会发展史和党的建设的理论,又到会昌实习。有了革命实践的经验,加上了革命理论的指导,李贞在职业革命军人的道路上又上了一个台阶。

在战场浴血奋战多年,李贞经历了红军、八路军、解放军各个时期,走上了一条艰险但终将通向辉煌的人生道路。

(二)绝望的日子,她挑战命运的安排

有谁能相信,李贞将军是童养媳出身。

1908年深秋,湖南省浏阳县永和市镇小板桥乡的一户贫苦农家又添了一个女婴。年近40岁的父亲愁眉苦脸,唉声叹气,这已是第六个女儿了。失望的父亲连女儿的名字都没有心思取,于是,人们便都叫她"旦妹子"。谁也不会想到,这个出生后连个大名都没有的女孩,以后会成为新中国声名赫赫的

女将军。

李贞的父亲叫李光田,是个穷苦的农民,全家8口人,全靠租种地主的两亩半田和捕鱼为生,收的粮食不多,除了交租,剩下的更少;捕鱼更是靠不住,时多时少,有时干脆没有。李贞小的时候,经常听到父亲辛苦一天回到家时不住的叹息声,这时的母亲就忍气吞声,小心地劝慰父亲。

因为家境贫寒,迫不得已,李贞的几个姐姐都被送给人家当童养媳。李贞也难逃苦难命运的安排,6岁时被父母送到一户姓古的人家当童养媳。父母哄她说,那一家因为没有女孩,喜欢她才让她去的。

临走的那天清早,无奈的母亲把李贞从睡梦中唤醒,拿出一身新衣服让她换上。长这么大,李贞还是第一次穿新衣,但穿上新衣,却要给人家当"闺女"。她喜欢新衣,可要是让她在新衣与母亲之间选择,她会毫不犹豫地选择母亲,而宁愿不要新衣,可是不行,她连选择的权利都没有。

古家是医生,虽然日子过得也不宽裕,但比一般人家好得多。出于礼貌他们对李光田还是客气的,答应好好对待李贞,可李光田一离开,就完全不是那么回事了。更使小李贞想不到的是,人家有三个女儿,而且都比她大,其中的一个对她说:"你还不知道吧,你是来给我弟弟当老婆的!"

当老婆?小小年纪的李贞还不知道老婆是怎么回事,可她从对方那口气神色上猜到了,当老婆不如当闺女。她哭了,叫着喊着要回家,要找她的妈妈去。可小小的她怎能抗拒得了命运呢?她不可能回得去,只得在古家住下来,开始了她的童养媳生活。

旧社会,童养媳是底层的底层,是奴隶和下等佣人的代名词。李贞的童养媳生活就如同一场噩梦——这个6岁的小姑娘要担负起古家繁重的家务,打水、砍柴、洗衣、做饭、带孩子……大盆的水端不起,倒掉了,要挨打;砍了柴不会捆,捆了又背不起,回来迟了,也要挨打;背一个比自己还大一岁的孩子,背不起把孩子摔着了,就更要挨打……就连比她大4岁的未婚夫也常常抓住她的头发拳打脚踢,打得她鼻嘴出血,身上和脸上青一块紫一块。在古家生活的那些日子里,李贞记不清挨了多少打、受了多少骂。

光阴荏苒,李贞长到十四五岁,已出落成一个漂亮的少女,但个子却不高,沉重的生活和心理负担,压得她不长个头。人长大了,胆子也随着大了起来。一次,李贞跟几个要好的童养媳悄悄商量,想偷偷离开婆家,到城里去做女工。

李贞的这些想法，被古家人察觉了。婆婆怕她真的要走，便决定马上让她跟儿子圆房。

1924年正月，16岁的李贞与丈夫举行了旧式婚礼，正式开始了她的婚姻生活。然而，这段酝酿了整整十年的婚姻并没有给李贞带来幸福。丈夫叫古天顺，是个耿直忠厚但脾气暴躁的青年。由于长期受虐待，李贞对古家人怀有一种难以化解的敌意，对丈夫也是如此，虽然表面顺从，但内心却毫无爱情可言。古天顺对于这个从小被家里当作粗使丫鬟看待的妻子，也很难生出多少柔情蜜意。因此，婚后两人的感情并不怎么融洽。

有一次，李贞上山砍柴，碰上了倾盆大雨，待她把柴担回家时，浑身已湿得像从水里捞出来的一样。这时候，古家其他人从田里劳动回来，也被雨淋湿了。因为没有干衣服换，婆婆就责骂李贞没有把衣服洗出来。李贞生气地回嘴说："我也上山砍柴去了，哪里有工夫洗衣呢？"古天顺见她竟跟母亲顶嘴，抄起一根棍子就朝她劈头盖脸地打来。

丈夫的粗暴行为，使李贞伤心透了。她对自己的前途感到非常绝望，觉得天地虽大，却没有自己的一线生机，于是，她穿着一身湿衣服，披头散发地跑出去准备投塘自杀。左邻右舍连忙把她追了回来，邻家的刘婆婆含着眼泪劝她说："旦娃子啊，女人生来就是受苦的呀！你看我，六十多岁的人了，还要上山砍柴，还要挨丈夫的打骂，这是命啊，女人的命啊！我们女人就要认命啊……"

如果没有以后的变故，也许李贞会如刘婆婆所说的"认命"，做一个对丈夫百依百顺的"贤妻良母"。当社会变革的潮流汹涌翻滚，在李贞身边腾起巨浪时，不屈服命运的她岂会放过改变自己人生的机会？她加入共产党积极参加革命活动，思想落后的婆婆、丈夫百般刁难、威吓也丝毫不能阻挠她干革命的决心。

1928年，李贞被国民党反动政府列入黑名单，并在街上贴出了通缉她的布告，她那胆小怕事的婆家被这种场面吓坏了，反复申明这个儿媳已与婆家断绝了关系，并急急忙忙给李贞的母亲送去了一纸休书。当时的李贞正躲在娘家屋后的深山里。当送饭的母亲把这件事告诉她时，李贞欣慰地笑了，她庆幸自己终于彻底挣脱了封建婚姻的桎梏，可以完全自由自在地投身于革命斗争了。

（三）战火纷飞的年代，成就一段"双子将星"佳话

李贞一生经历了三次婚姻，在血与火交融的戎马生涯中，饱尝了爱情与婚姻的酸甜苦辣。

当童养媳是旧社会强加给她的不幸，因双方人生理想大相径庭而分道扬镳；而后参加革命，与入党介绍人张启龙结合，但在红军"肃反"时期被迫离婚；后来，任弼时夫人陈琮英做媒，李贞和甘泗淇组成了一个家庭，这段婚姻成就了一段"双子将星"的佳话。

1934年10月，贺龙领导的红二军团与任弼时领导的红六军团在贵州印江的木黄会师，两支队伍转战到湘西，开创新的根据地。当时，李贞从红六军团组织部长调任省军区组织部长，在任弼时的领导下发动群众、组建武装，开展游击战争。

一天，李贞从农村刚回来，任弼时夫人陈琮英找到她，询问了农村工作的情况。而后，陈琮英若有所指地说："女人结了婚，事情是多一些，可又不能总单身一个人啊！"李贞没反应。陈琮英挑明了："我给你介绍个人怎么样？"李贞问："谁？""甘主任，你熟悉的！"甘主任就是甘泗淇，此时已由红六军团政治部主任调任红二军团政治部主任。

对甘泗淇，李贞很熟悉。他原名姜凤威，别名姜炳坤。1903年出生于湖南省宁乡县一个贫农家庭。李贞在吉安县委任军事部长时，湘赣省委有意调她担任省委宣传部长一职，但李贞考虑到自己文化不高，坚决让贤。于是，1930年刚从苏联莫斯科中山大学回国不久的甘泗淇，即从独立一师党代表调任湘赣省委宣传部长。当时李贞恰好也调到湘赣省委工作，两人从此就认识了。

甘泗淇与李贞后来又曾一起在红六军团工作，互相接触的机会多了，相互了解也比较透彻。有几次，他俩在一起谈工作、谈理想，一直谈到了爱情，甘泗淇还帮助李贞写了一篇总结工作情况的报道。李贞见这位知识渊博的首长这么平易近人，这么关心她的工作，极为感动，特意做了一双布鞋送给他。

与甘泗淇交往的情景一幕幕在李贞头脑里闪过，她非常敬仰这位有知识有才华的战将，但要和他谈婚论嫁，却从来想都没想过。"恐怕不行吧。"李贞心有顾虑，"人家是到苏联留过学的，我可是个童养媳出身，没有文化。""那怕什么，你说他的文化高，这不正好让他帮助你学嘛！"陈琮英认真地说。见李

贞总是摇头反对，陈琮英又说："甘主任对你印象可是相当好，他说你泼辣能干，作风扎实，是个了不起的女同志……"这句话说得李贞心里一动——甘泗淇对她这样评价，而这个人又是自己所敬慕的。她的心不由得向甘泗淇靠近了。

次年元旦，由任弼时主婚，李贞和甘泗淇举行了简朴而又热烈的结婚仪式。在婚礼上，贺龙风趣地说："今天，甘泗淇和李贞结婚，完全是新式的，没有封建色彩。一不拜天地，二不拜祖宗，就是一心一意干革命，他们是很好的一对革命夫妇。"大伙全被逗乐了。

了解甘泗淇和李贞的人都知道，他们夫妻二人晚年虽然有20多个孩子，但那都是烈士遗孤，没有一个是他们亲生的。实际上，他们曾生过一个儿子，但由于长征中艰苦恶劣的环境，小生命仅存活了十几天便夭折了。

长征征途漫长而艰难，战斗频繁，供应紧张，气候多变，人地生疏。为精简机关，军团组织部只留下三个干部，人员少，工作量大，这对于已经身怀有孕的李贞来说，困难就更大了。当时，李贞有一匹马，有一顶小帐篷，但她常将这些让给伤病员。由于过分劳累，加上饥寒交迫，李贞病倒了，但她没有告诉任何人，还是艰难地跟着部队。战友们发现后，纷纷来看她。伤员流着泪将马还给她，可她坚决不要，最后大家不由分说，用一条长布带将她强行捆在了马背上。

李贞（三排右二）同部分参加过长征的女同志在一起（1949.10）

由于战斗的需要，甘泗淇和李贞并不能常在一起行动。当得知妻子病重时，他急速赶到了她的身边，把自己唯一的私产——莫斯科中山大学奖给他的一支金笔卖掉，买来了针剂，才把李贞的高烧退下来。

恰恰是在最艰难困苦的过草地途中，怀孕七个月的李贞早产了。没有充饥之粮，李贞缺乏奶水，孩子饿得啼哭不止。热心的战友们送来了破衣服、尿布，送来了自己也舍不得吃的青稞面做营养品，但这毕竟非常有限，不能解决根本问题。还没等李贞走出草地，这可怜的小生命便夭折了。

孩子的夭折，产后的虚弱，伤寒病的侵袭，这一重又一重的难关，使李贞病痛缠身，常常昏迷不醒，甘泗淇只要有机会，就想方设法来照顾她。李贞不宜骑马，甘泗淇就背着、扶着她走。战友们见这样下去不行，临时做了副担架硬要抬李贞。甘泗淇很受感动，坚持自己抬一头，尽量减少战友们的负担。就这样，夫妻二人患难与共，终于顺利地到达了陕北。贺龙高兴地称他们是"两个模范干部，一对革命夫妻"。

1955年毛泽东为唯一的女将军李贞授军衔、勋章

新中国成立后，有些老同志见到甘泗淇，非常遗憾地说："老甘啊，太遗憾了，你革命几十年，连个孩子也没有啊！"李贞也经常觉得内疚，觉得对不起丈夫。可甘泗淇对她说："我要的是爱人，不是孩子！"这句话虽然看不出半点

柔情蜜意，但谁又能说它没有完全表达甘泗淇对李贞的一腔爱意呢？

1955年9月，中国人民解放军实行军衔制。李贞、甘泗淇夫妻二人同时被授予将军军衔，丈夫是上将，妻子是少将，他们是开国将星中唯一一对"双子将星"，这在古今中外都不多见。从此，在中国光辉的革命史上，有了第一对将军夫妇。

（四）坎坷而又光荣的一生，她无怨无悔

1964年2月5日，甘泗淇61岁刚过两个月，因积劳成疾，医治无效，匆匆离开了相依为命30年的妻子。此后，李贞在很长一段时间里都沉浸在悲痛之中。然而，更大的磨难在3年后汹汹而来，因为长期在彭德怀、贺龙领导下工作，李贞被戴上"反革命分子"的帽子，林彪、"四人帮"之流为她成立专案组，把她发配到湖南长沙，专门接受审查。这期间，她4年失去自由，6年没有工作。

专案组勒令她揭发彭德怀、贺龙的"罪行"，李贞对此采取了两个办法：一是软的，共产党人最讲实事求是，你们去调查好了；二是硬的，没有什么好揭发和交代的，历史就是历史，都在那里摆着，谁也改变不了！

接连的审讯逼供，使李贞的身心受到了严重的摧残。在几十年的战斗生涯中，李贞身上本来就留下了不少后遗症。抗美援朝时期，她落下了严重的神经衰弱症，后来又得了心脏病，还做过胆切除手术。被关押在长沙的日子里，她每天都忍着病痛应付专案组的折磨。在那愤懑和压抑的生活中，李贞始终坚信真理，坚信乌云遮不住太阳的光辉，历史终有一天会恢复本来的面目。

1975年，在邓小平同志的关怀和过问下，李贞恢复了名誉。后来，经党中央、中央军委批准，李贞的级别定为大军区副职级，担任总政组织部顾问、全国人大常委、全国妇联常委等职。可是，她始终保持着艰苦朴素的作风。沈阳军区的一位老战友帮她买了一双大头棉鞋，她穿了十几年，仍不肯换新的；晚年穿的衣服，大多是60年代留下来的青布衣服，都是一个补丁挨一个补丁。平时去参加会议，她就穿一身褪了色的青布衣服；冬天外出，就是一件旧的棉布军大衣。她住在一套窄小的房子里，一到节假日，老同志和亲属们来看望她，小小的会客室就挤得坐不下。直到组织上反复要求她搬家，才搬到北京市紫竹

院附近一幢公寓的一套军职干部楼房里住。在这儿，她度过了她一生中最后的六个春秋。

李贞虽位高至将军，但她却是个不折不扣的"种菜高手"，这在全军是出了名了。早先战争年代，她打仗闲暇还抢时抢工种菜，就连后来上朝鲜作战，她还精心选了一袋菜种带到异国战场。在北京香山一所平房里住的时候，每年春天一到，李贞就坐不住了。清明节前，她带着身边的工作人员，把院子前面的土地翻了又翻，施上有机肥，然后撒下各色菜种。"五一"节后，园里的西红柿、黄瓜、辣椒等都挂果了，一派生机。家中走廊上，李贞摆上了十几个大小不一的坛坛罐罐，这都是她亲手腌的咸菜。生前，她曾风趣地对身边工作人员说，她之所以身体好，种菜有一份功劳。

1985年，在党的十二届四中全会召开前夕，李贞给中央和军委的领导写信，申请辞去最后身兼的中顾委委员和总政治部组织部顾问职务，为党和军队干部制度的改革带个好头，这一举动赢得人们发自内心的爱戴。

1990年3月22日，新华社发布了一则讣告："……鲜花与翠柏，簇拥着新中国第一位女将军李贞身着将官服的彩色遗像……"李贞的遗嘱中交代：将平时节省下来的工资，一部分交党费，一部分捐献给宋庆龄儿童福利基金会，一部分捐献给丈夫甘泗淇的家乡湖南宁乡县做办学补助。她最后一次履行了她作为一个共产党员对党的忠贞使命，作为一个无产阶级革命家对祖国下一代的殷切关怀，作为一个妻子对情深意笃的丈夫及其家乡的无尽爱意。

83岁的李贞走完了她波澜壮阔的一生，祖国和人民给了她这个英雄女儿至高的论定。几十年戎马倥偬、南征北战，为中国人民的解放事业立下战功、奉献毕生，李贞这位童养媳出身的将星已从历史天幕上陨落，但她曾经发出的光和热将永远在宇宙中回荡。

蔡畅：赤胆碧血女儿情

我们走过二万五

——红小鬼的传奇人生

蔡畅档案盘点：

1925年，李富春和蔡畅夫妇在广州

蔡畅，原名咸熙，中国妇女运动的先驱，国际进步妇女运动的著名活动家，有"巾帼领袖"之称。1900年5月出生于湖南湘乡（今双峰县），1919年赴法国勤工俭学。新中国成立后，历任全国妇联第一、二、三届主席，第四届名誉主席，中共第八、九、十、十一届中央委员，第一、二、三届全国人大常委会委员，第四、五届全国人大常委会副委员长。

中国妇女运动先驱蔡畅是党内外知名的红色大姐，她的家庭也是公认的革命家庭，哥哥蔡和森、嫂子向警予都是中共早期著名的领袖人物。蔡畅长达70年的革命生涯中，对党、对革命的绝对忠诚与对亲人的深沉爱恋交相辉映，凸显出她热烈纯真的个性特点。随手掬一捧历史长河之水，透过水之清澈，我们仿佛触摸到这位"巾帼领袖"忠贞不渝的情感世界。

（一）从"毛妹子"到"革命圣徒"

蔡畅是清代著名将领曾国藩的后裔，光绪二十六年四月十六日（1900年5

月14日）出生于湖南双峰县荷叶光甲堂，乳名毛妹子，是父母的第六个孩子。在故乡群山环绕的紫云峰下，毛妹子随兄姊割草放牛，栽花种豆，捉蝴蝶，采野果，度过了欢乐的童年。

母亲葛健豪有着刚强的个性和坚定的政见，蔡畅兄妹成为共产党人，受母亲的影响极大。1913年，接受革命思想影响的母亲变卖自己的衣服和金银首饰等妆奁，带着儿子蔡和森、女儿蔡畅及蔡畅的姐姐一起进学校求学。和母亲一起在学校读书的日子，是蔡畅一生中最美好的时光中的一段。她非常珍惜母亲为她争得的学习机会，读书异常刻苦，每天直至深夜还饱读不倦。因而她成绩十分优秀，一连跳了好几级，只用了两年时间就读完了别人四五年才能学完的功课。

葛健豪在高级小学毕业后，回到家乡办了一所学校并自任校长。为了节约开支，蔡畅转到母亲办的学校读书，兼教音乐、体育课。十三四岁的蔡畅上音乐课时，要站在板凳上讲，后排的学生才能看到她。蔡畅的女儿李特特说："外婆是一位很了不起的女人，出身清朝官吏家庭，知书达理，既有大家闺秀的风范，又具阳刚豪爽之气。她深受现代民主革命鉴湖女侠秋瑾的影响，渴望男女平权，妇女解放。我的外公一生无所作为，靠分得的一份祖产维持生计，由于不擅经营，家业逐渐衰落。外婆对外公非常失望，又不甘于自己的命运，一心要将儿女培养成材。"

正当蔡畅潜心读书之际，父亲蔡蓉峰从上海回到家乡，他素来认为女孩子应谨守"娘家做女，莫出闺门"的古训，因而对蔡畅上学读书很看不惯。这年夏天，他到一个地主家去了几次，就擅自接受人家500元光洋的聘礼，将蔡畅许配给这家做小媳妇。一心求学上进的蔡畅，得知这一消息，犹如五雷轰顶，惊呆了。

葛健豪对丈夫为了几个钱就把女儿往火坑里推的行为极为愤慨，更何况蔡畅又是这样一个好学上进的孩子。面对丈夫的疯狂举动，她表面不动声色，暗地里下决心让女儿逃走。在母亲的支持下，蔡畅逃婚长沙，考入湖南女校音乐体育专修科，改名蔡畅。1916年春毕业后留校任体育教员。

1918年4月17日，由蔡和森、毛泽东、萧子升等发起的新民学会在蔡家沟痴寄庐举行了成立大会。蔡畅对新民学会十分仰慕，旁听了成立大会的全部议程，虽然她还不是新民学会的会员，但她少女的心中已经播下了革命的火种。毛泽东主编的《湘江评论》，旗帜鲜明地宣扬反封建、反军阀、男女平等、妇女解放等新思想，对蔡畅的人生影响很大。在毛泽东、蔡和森等人的启发帮助、耳提面命下，蔡畅懂得了许多道理，决定和他们走同样的道路。

1919年，蔡和森组织留法勤工俭学，母亲葛健豪通过姻亲关系，从曾国藩的女婿家借到600块银元，准备全家一同漂洋过海。次年1月30日，蔡和森、蔡畅兄妹及母亲葛健豪、好朋友向警予成为华法教育会组织的第十二批留法勤工俭学学生，来到法国马赛。

留学生活是艰苦的，由于发放的生活费非常有限，蔡畅一家人经常以马铃薯、空心粉、黑面包、大白菜果腹度日，但蔡畅精神上是充实的。课余工余，留学生们相聚美丽的蒙达尼公园，怀着忧国忧民的思想，分析国内外时势，争论救国救民之策。蔡畅开始不大发言，常静静地在一旁倾听，细细体味人们阐述的道理。后来，在泼辣大胆的向警予的影响下，也变得慷慨陈言、直抒胸臆了。

1920年，赵世炎、周恩来、邓小平、陈毅、聂荣臻等一大批热血青年带着追寻真理、振兴中华的远大理想也来到了法国。不久，蔡畅由赵世炎、刘伯坚介绍，加入中国社会主义青年团，次年转为中共党员。为了方便党的工作，蔡畅从里昂转到巴黎，白天做工谋生养家，晚上做党的宣传工作。

邓颖超、蔡畅、陈赓和长征红军女战士在一起

在法国，葛健豪做刺绣并从头学习法文，最后也能读法文报纸。1938年，

周恩来到长沙时,在繁忙的统战工作之余,专门把蔡母接来,年过七旬的葛健豪却说不愿加重党的负担,还是回乡下,直至1943年病逝。

在艰苦卓绝的长征期间,蔡畅一直把她母亲的一张旧照片带在身边。为了鼓舞大家战胜漫漫征途,蔡畅和几位留过学的党员整天谈论他们的经历,谈论在国外的学习情况、吃过的好东西以及去过的地方。他们每天谈啊、笑啊,还开玩笑,有时还唱《马赛曲》。这样在漫长的二万五千里崎岖道路上进行宣传鼓动,以提高长征战士们的士气。康克清后来把蔡畅讲的故事和笑话称为"精神食粮"。

1935年7月,由毛儿盖过草地时,红军已濒临粮草断绝的困境,蔡畅本来身体就不好,此时更饿得浑身皮包骨头,可她仍然十分坚定乐观。没有吃的,她就沿途和大家一起摘茵茵菜充饥。

过草地那几天,气候很不好,忽而烈日当空,忽而暴雨如注,一天之中天要变好几次脸,搞得大家衣服铺盖经常处于潮湿状态。最困难的是,草地上的路变得愈加难走,又湿又滑,不小心陷到泥淖中就会有生命危险。在这样的境地,蔡畅也丝毫没有考虑自己的安危,而是处处关心着他人。她注意到警卫员曹昌因饥困交逼,常常在行军时打瞌睡,很担心他失足陷入草地,就一路上关心照顾他。一发现他瞌睡,就立即叫醒他。她还每天晚上督促曹昌烫脚、烘衣服,告诉他这样可以消除疲劳。

对于长征路上的困难,蔡畅没有任何怨言,与大家同甘共苦。那时,她身材纤瘦,但意志坚强,给她备了一匹马,但她很少骑,而是让给伤病员骑,她认为他们更需要马。《军事与泥巴》一书的作者哈里森·索尔兹伯里这样写道:"如果说长征有什么圣徒的话,那么,这个圣徒便是她(蔡畅)。"

蔡畅从1915年到长沙求学,就再也没有回过家乡,把童年的欢乐、少年的苦涩都留在了故乡。可她并没有忘记生养她的这块神奇的土地,就连湘乡中里立县双峰,都是根据她的建议确定的。家乡人民也永远怀念她,在荷叶光甲堂设了"蔡畅事迹陈列馆",并在烈士陵园塑蔡畅雕像。

(二)"大姐"与同乡牵手异域

李富春、蔡畅都是湖南人,他们同年同月生,蔡畅比李富春大一个多礼拜。认识之初,李富春便亲切地叫蔡畅"大姐",因此,周恩来、邓小平、陈毅等领导人都和李富春一样,称呼蔡畅为"大姐",连身边的工作人员、同事也这样称谓——"大姐"成了蔡畅的代名字。共同的革命志向使他们携手并肩踏上了半个多世纪的风雨人生路,为中国人民的解放事业和新中国的建设呕心沥血,付出了全部心血,他们浪漫的爱情旅途、平凡的生活细节感人至深。

一次留法学生聚会中,年轻的李富春邂逅了手捧着传单的蔡畅,蔡畅那青春焕发的神采吸引了他。他追了上去,送她回家,一路谈学习,谈生活,谈革命,还谈到了新民学会,十分投机……蔡畅的母亲葛建豪非常喜欢这个质朴活泼的湖南小伙子,热情地招待他吃家乡的辣子拌面。

1920年底,李富春到法国。当时正赶上北洋军阀政府勾结法国当局刁难迫害中国留法勤工俭学学生,所以李富春一直没有得到进学校的机会,他在巴黎一家机车厂当了4年工人,只是利用工余时间自学。起初,李富春还是信仰无政府主义的,到法国认识了蔡和森、向警予、蔡畅等马克思主义者之后,开始研读马克思主义著作,很快就抛弃了无政府主义,站到马克思主义立场上来。

蔡畅和李富春在一系列革命活动中,相互了解和喜爱。蔡畅喜欢李富春性格开朗,襟怀坦荡,思维敏捷,办事果断,斗争勇敢而坚决,待人热情而又风趣;李富春爱蔡畅举止文雅,仪表端庄,正直聪慧,性格坚强,有理想,有毅力,能吃苦,善思考。同时,李富春也爱蔡畅革命家庭中的每一个成员。蔡畅的母亲、哥哥、嫂子也很喜欢李富春。当时,李富春除做工外,还在党内和邓小平一起编辑出版中共旅欧支部的刊物《少年》(后改为《赤光》),两个人是非常要好的朋友。李富春和蔡畅谈恋爱,少不了邓小平这位"参谋长"的"策划"。

李富春和蔡畅颇带传统色彩的婚姻生活,以一个浪漫新式的婚礼而宣告开始。葛健豪做主,1923年3月的一天,李富春和蔡畅携手走进巴黎市区一个半地下的咖啡馆,想单独庆祝这个大喜日子。没有想到邓小平提前得到消息,早早地躲在咖啡馆里,当新郎新娘才坐下,邓小平突然笑着出现在他们跟前,一边道喜,一边嚷着要为大哥、大姐证婚。16岁就留法的邓小平天性活泼,操着一口浓重的四川口音,当着二人的面快言快语:"怎么样,该请我吃喜酒喽!"

婚后不久,蔡畅怀孕了,性格倔强的她宁愿放弃做母亲的权力,选择"革命家"这一危险且神圣的职业。蔡畅的生活中本来就没有预留孩子的位置,不是她不想要孩子,而是害怕他们的事业会造成孩子的不幸。考虑再三,蔡畅果断地做出了人工流产的决定。她连找了几家医院,可当时法国的法律是禁止堕胎的，蔡畅闷闷不乐地回到家里。母亲葛健豪却极为高兴，因为她极力反对蔡畅去冒险流产，说是自己放弃做工也要抚养外孙。在母亲和李富春的劝阻下，孩子终于还是生下来了。1924年春，蔡畅在巴黎剖腹生下一个女孩，葛健豪高兴地说："很像她爸爸呢。'蔡畅'两个字的法文字母开头都是特，就给她起名'特特'吧。"蔡畅两口子觉得女儿是在特殊条件下来到人世的，起名"特特"很有纪念意义，于是欣然同意。为表示自己为革命奋斗终生的决心，蔡畅在产床上便做了结扎手术。

1924年底，接受组织安排，蔡畅和李富春忍痛离开还在襁褓中的女儿，到苏联莫斯科东方大学学习。次年8月，两人回国，投入了国内的革命斗争。

（三）海棠花艳情亦浓

2000年5月22日发行的"革命终身伴侣百年诞辰"一套一枚邮票，彩霞做底图，简捷、明快的构图概括了老一辈无产阶级革命家蔡畅和李富春这对革命伴侣相濡以沫的一生，反映出两位革命者意气风发、冰清玉洁的革命风貌。这枚邮票取材于1956年他俩结婚33年的合影照。那时正值春天，晴朗的天，中南海家中院子里的海棠花开得很茂盛。不多时，便是各自的生日，一时兴起，请人在自家院子里照下了这张照片。

两鬓斑白的时候，他们之间的爱情依然焕发着青春的光彩。以往，战火纷飞的日子里，他们没有固定的家，夫妻俩时合时分，各自随工作单位行动。在分别的时候，他们都把一颗心扑在事业上，置个人生死于度外；到会面时，就像重新得到一次爱情，互相爱得更深。李富春很细心，对蔡畅总是非常体贴。他每天晚上工作到很晚才睡觉，早上起来要开会。无论多忙，他总要到房里去看看蔡畅，因为蔡畅那时身体不太好，以至于警卫工作人员都开玩笑说："主任，又来请安了？"

同样，蔡畅很关心丈夫的饮食起居。李富春吃饭吃得非常快，几口就扒完了，几碟子菜放在桌子上，他只是在他跟前的碟子里夹点菜，远一点他就不伸手了，所以蔡畅经常移动碟子。李富春患有肺气肿、气管炎等病，牙也不好，很受折磨，蔡畅就和厨师一起商量，怎么给李富春调配有营养又合胃口的饭菜。李富春最爱吃的红烧肉或红烧猪蹄，更是烧得烂熟。吃饭时，她不停地给李富春夹菜，看丈夫吃得那么香，蔡畅总是亲昵地笑丈夫是"老小孩""嘴馋"。

吃完晚饭，她就拉丈夫在中南海散步。有时周末中南海的礼堂放电影，她就邀李富春一起去观看。李富春也非常理解蔡畅的一片爱心，两人相伴出门，他总是幽默地说："走吧，公婆公婆，公不离婆。"

蔡畅夫妇表达感情的方式保持了在法国拥抱接吻的习惯。有时晚饭后她和李富春出来散步，和同样散步的邓小平夫妻遇上了，诙谐的邓小平会来上一句："大哥大姐行个洋礼怎么样？"蔡畅他们也不做作，大方地拥抱亲吻一下。这时候，大家便一起舒心地笑起来，气氛相当轻松。

1967年，北京动荡不安。李富春被林彪、"四人帮"一伙打成"二月逆流"的"黑干将"，蔡畅也受了牵连。这一对革命夫妻把个人安危置之度外，却终日忧国忧民，寝食不安。两个人都极力使自己表现平静，安慰对方，互相鼓励。他们唯一的支柱就是相伴在一起，共同度过这艰难的历史考验。

1973年，李富春和蔡畅在困境中度过了他们的"金婚"。1975年年初，李富春积劳成疾，病危住院。蔡畅探视时，因自己感冒，怕感染丈夫，在特护病房外与李富春交谈。无情的玻璃窗门将有情人分隔在两边，两人只能隔着玻璃倾诉。他们用纸和笔相互传达国家的希望和夫妻的爱意。

1月9日清早，蔡畅在中南海接到医院电话，请她火速赶到医院，说李富春病情恶化。蔡畅坐着汽车风驰电掣般赶到北京医院，上到病房楼层，邓小平已经在电梯门口等着她，他握着她的手沉重地说："大姐，节哀！"蔡畅手里的黑色纱巾无声地滑落在鲜艳的地毯上，她浑然不觉，飞快地冲进病房，在病床前猛然刹住脚步，定定地站住，眼泪哗哗地涌出眼窝。突然用力甩开扶住她的秘书，大叫一声："富春！我来迟了！"泪如泉涌，声悲音切，在场的人无不动容。

蔡畅喜欢听毛泽东诗词，听革命歌曲。在病中，她让身边的工作人员给她朗诵毛泽东的《长征》诗和反映红军精神的《长征组歌》，一遍又一遍，百听不厌，动情之时，潸然泪下。由于病魔的摧残，她的记忆力衰退得厉害，连有的亲人都记不起来了，但《东方红》这首歌，她却一直记得。直到病逝前，她还会用细弱的声音，缓慢而动情地唱道："东方红，太阳升，中国出了个毛泽东……"她用这首歌，表达一位老共产党员至死不渝的崇高信念，向党和人民作最后的告别……

　　1990年9月11日凌晨，深受人民爱戴的老一辈无产阶级革命家蔡畅，在舒缓的《东方红》乐曲声中，走完了她90年的人生历程。蔡畅为中国妇女的解放、提高妇女的社会地位、保障妇女的合法权益呕心沥血，蹈厉奋发。她的一生，与中国妇女运动紧密相连，在中国革命史上，永远闪耀着"蔡大姐"的人生辉煌。

（四）留下的是不朽的风范

　　女儿李特特出生后，外婆葛健豪把这个宝贝外孙女领走了，小女孩是跟着外婆长大的。在上海时，蔡畅、李富春从事地下工作。严酷的环境，迫使革命者时时警惕，搬家更是三天两头折腾。每次，小特特跟在妈妈身后，穿行于大街小巷。她非常奇怪，为什么老搬家？而且每搬一次家，妈妈都给改一次姓。瞅空儿，她问妈妈："妈妈，我爸爸叫李富春，我明明姓李，为什么老改姓呢？"蔡畅严肃地对女儿说："小孩子不要什么都问，叫你姓什么你就姓什么，千万不要记错了。"

　　有一段时间，蔡畅一家人隐居在贫穷的石库门小弄里。她和李富春成天在外奔走，把女儿孤零零地甩在家中。每天出门前，蔡畅在饭桌上放上一根油条、一个烧饼，告诉女儿说，午餐是油条，晚餐是烧饼，并嘱咐女儿在家里不要应答外面生人的问话，然后她从外面把门锁上。年幼的特特害怕极了，夜色来临，她站在小板凳上，悄悄地向窗户外面张望，一次又一次希望妈妈突然出现在她的视线里。偶尔老鼠的响声或什么动静，都让年幼的特特毛骨悚然，她害怕得躲进被子里伤心地流泪，哭着哭着就睡着了。

　　蔡畅回到家，总是看到女儿蜷着小小的身子睡熟了，脸上泪痕斑斑，睡梦中还一次次哆嗦着——她的眼泪忍不住夺眶而出，只能在心里默默地说：女儿，妈妈对不起你，将来革命成功了，过上了幸福的生活，妈妈再多陪陪你。为了给女儿解闷，蔡畅从外面抱来一只小狗。从此，小特特整天和小狗待在一起，和小狗说话，给它讲故事，小狗成了她最好的"朋友"。

　　战争年代，李富春、蔡畅长期和女儿分开，他们也和所有父母一样爱自己的女儿。长征途中打土豪时蔡畅分得一个花布书包，保存了几年后，她捎给了女儿。在女儿准备考大学时,她帮助女儿"参谋"报考志愿,说:"我们是农业国,需要大量农业技术人员。"本想学航空的女儿接受了母亲的建议,学了农业科学。毕业回国后,一直献身于农业科研工作。20世纪60年代在农科院原子能研究所工作,文化大革命结束以后,回到中科院工作。

1950年,他们住在北京什坊院,这是他们到了50岁才有的一个固定的家。但这里离供应点较远,公家给他们家配备了一辆供采购用的汽车。李富春和蔡畅觉得这辆车利用率不高,是个浪费,两人就同负责采购的同志商量:"目前我们国家还很困难,把这辆汽车省下来交给公家就可以派点用场,你辛苦一点,骑自行车买菜好不好啊?"这位同志同意了两位首长的意见。汽车上交后,遇到刮风下雨,李富春和蔡畅就叮嘱他乘公共汽车、带雨具。那位年轻同志感动地说:"两位首长总像对我过意不去似的,其实,他们也是为了国家,我哪还有什么意见?"

1949年,蔡畅逗趣小外孙

李富春和蔡畅外出开会、接待外宾,穿着都十分整洁合体,蔡畅更是着装入时,风度高雅。不过,那都是工作服。在家里,她和李富春都穿打补丁的裤子、袜子。负责照料他们生活的陈嫂对此最知情。陈嫂说:"蔡大姐爱整洁,她穿上带补丁的衣服，也透着考究、利落。"平时，李富春和蔡畅吃饭很简单，两个人都爱吃辣椒，吃米饭时两个人一荤一素一汤，再加一小碟辣椒，就都心满意足了。吃剩下一些菜，蔡畅就用筷子扒拉到碟心，笑眯眯地对服务员说："留起来下一餐吃吧！"

老两口特别疼爱的是大孙子李勇。可是，李勇一上小学就自己洗衣服，从不用汽车接送。有时小孩子回来故意念叨谁谁家用汽车接了，蔡畅就耐心地讲："汽车是爷爷奶奶工作用的，不能办私事，更不能接送孩子。"孩子心悦诚服。

国家给李富春和蔡畅的工资，完全用不着他们如此清苦。然而，这一对革命夫妻却一直如此省吃俭用。1975年李富春病逝后，蔡畅把老两口长期节省下来的10万元人民币拿出来，连同利息，一并交了特别党费。秘书犹豫地问她："大姐，要不要给你的孙子们留下一点？"蔡畅果断地说："不，这钱是党和人民给我们的。富春去世了，我们应当把它交还给党和人民，孩子们要靠他们自己去劳动。"

作为他们的女儿，李特特端庄高雅，举止从容不迫。然而，在同事们中间，在生活当中，甚至走在大街上，人们绝对看不出来她会有那样的家庭背景。她和两个孙女住在一幢普通的居民楼里，三室的房子，有两间临街，成天为外面汽车的噪音和污染起急发愁，"放一杯水在房间里，你能看见那水在抖"。可是，真正让她起急发愁的，却是她为之致力了十多年的一件"老也做不完的事情"——1989年中国扶贫基金会成立，李特特从此成为扶贫一员。十多年来，她不辞辛劳、不计报酬地为扶贫事业奔走着，为贫困地区争取到价值近2000万元人民币的经济援助，帮助上万人摆脱了贫困。

"目前，中国的老百姓虽然大多解决了温饱问题，时下正全面建设小康社会，但毕竟还有不少人仍然没有摆脱贫困，特别是咱们的有些农民兄弟与西部那些落后地区的人们，还需要全社会的扶贫济困。"李特特意识到，扶贫是她找到的自己这一辈子最应该干的一件事情，"我生长在这样一个家庭中，从小受到的就是革命的人生观和爱国主义教育，无论何时何地，祖国和民族的利益永远在个人私利之上。亲人们的行为和壮举一直是我人生的一面镜子。向他们学习、做像他们那样的人，这对于我来说，完全是发自内心的，是再自然不过的事情了。"

王定国：我的长征正在进行

我们走过二万五

——红小鬼的传奇人生

王定国档案盘点：

老红军王定国

王定国，原名王乙香，老红军，著名社会活动家，系"中共五老"之一谢觉哉同志的夫人。1913年出生于四川营山，1933年参加红军，1935年参加长征，两过雪山，三过草地。曾任营山县苏维埃政府内务委员、营山县妇女独立营营长、红四方面军总政治部文工团服装道具股股长、延安市妇联主任、陕甘宁边区机关党支部书记等职；新中国成立后，先后担任国家内务部机要科科长、最高人民法院办公室副主任、谢觉哉同志的秘书、最高人民法院办公室副主任等职，系全国五、六、七届政协委员，担任过中国干部管理学会及中国关心下一代工作委员会顾问、中国老龄委员会顾问、中国长城学会副会长兼秘书长等。

每一个走进老红军王定国位于北京亚运村的家的人，都会被墙上到处挂着的老人的书法、绘画作品所吸引——《记腊子口》《红军西进歌》等书法作品展示老人独创的"王体"笔锋，绘画作品《强渡嘉陵江》《雄鸡一唱天下白》及《红军不怕远征难》等,则明显是老人对红军、对长征的深情礼赞。老人曾说,她要把过去和现在能记起来的事情,用纸和笔写出来、画出来,留给后人。的确,作为现在世年纪最长的女红军,王定国的长征情结不仅蕴结于心中,更倾注于笔端,感染每一个走近她的人。

让人印象深刻的是,年已逾百岁的王定国精神饱满,气定神闲。身材不高却步伐矫健,脸上虽然有老年斑,但皮肤显得干净透亮,几乎可以看见皮肤下面的血管。一双洞察一切又包容一切的眼睛,一口地道浓郁的四川话,利落、有力地操笔运字,王定国的传奇人生便如同书案上铺开的宣纸上那水墨画般,在听者的脑海里渲染出一片火样的红花。

(一)危险、艰苦却不失快乐的漫漫长征是她顽强生命力的源泉

从 70 多岁开始,王定国练习书法和绘画。家里随处可见她的书画作品,而其中大部分都和长征有关。一幅名为《强渡嘉陵江》的水墨画,是王定国于 1996 年 10 月、长征胜利 60 周年的日子所作。约 4 米长的长方形画面上,乌云密布,山色苍茫,红旗翻卷,江水奔腾,炮火激起了数道冲天水柱。冒着枪林弹雨,红军战士们划着木船向江岸猛然攻击——气势磅礴的画面,生动地再现了红军战士英勇不屈的大无畏气概。画的下端空白处密密麻麻留着徐向前、林月琴等 20 多位长征亲历者的签名。

这幅画是王定国根据自己的记忆,画的红军战士强渡嘉陵江的场面。王定国的长征路就是从这场战役开始的。1935 年 3 月,为了策应中央红军北上,红四方面军于塔山湾主渡口打响了强渡嘉陵江的战役,几万名红军分批乘船开始渡江。当时,王定国就在其中的一条船上。在国民党部队的层层拦截和 48 架敌机的狂轰滥炸下,当时只有 22 岁的保卫局连长王定国眼看着身边的很多战士还没有战斗就已经牺牲在江中。

如今,王定国一想起那时的场景,头脑里就会响起飞机的轰鸣声——飞机来了,红军战士就地卧倒;飞机走了,红军战士一跃而起,继续前进。飞机上扔下无数炸弹,无处可藏身的红军战士倒在血泊中。在老人眼前,那些残酷的镜头如同昨天一样鲜活滴血。

强渡成功的红军在登岸后,歼敌 1 万余人,迅速摧毁了国民党 200 余里的

钢铁防线，吸引了几十万的国民党部队，为中央红军的胜利北上创造了有利的条件。嘉陵江战役是红四方面军开始长征的第一场战役，也是他们在整个长征过程中经历的最大、最艰苦的一场战役，所以至今王定国对这场战役仍然记忆犹新。强渡嘉陵江后，王定国没有想到，接连不断的危险正在前方等待着他们。

长征路上危机重重，王定国感到比敌人的枪炮更可怕的是饥饿。由于国民党的反动宣传，沿途老百姓都离家逃跑，将能吃的东西都藏了起来。走在前面的部队把沿途能吃的都吃了，后面的部队就没法找到能吃的东西。很多红军战士被饿死在路上，饥饿也使王定国骨瘦如柴，当时她的体重还不到50斤，随时可能倒下。

虽然这些危险和苦难让王定国记了一辈子，但是，几十年过去后，王定国却更乐意向人们讲述长征中令人感到快乐的事情。对此，她有一个看法，"如果说我要告诉人家这个事情非常非常难，是要付出生命代价，是要什么的，把这个事情说得很难，可能人家以后就不敢再去做这种事情了"。今天，王定国以轻松的口吻讲述着过去的经历，其中有血雨腥风，也有阳光雨露，一如她在回忆录《后乐先忧斯世事》中平静、安详但又饱含热忱情感的笔调。

曾经有电视台找到王定国要制作一期纪念长征的节目，主持人问了很多关于红军怎样艰苦、战争多么残酷的问题。王定国却答非所问，说起那时贺龙如何骑在马上从草地的水塘里钓起鱼来给大家炖汤。主持人很着急，再次提醒她讲苦难的回忆时，王定国急了。她说她和战友们之所以参加红军是因为原来生活更苦，参加革命是一种解放，得到了平等。这个电视栏目的观众大多数是青少年，如果总和孩子们强调苦难，他们对这项前人为之付出血汗甚至生命的伟大事业的理解将是片面的，体会也将只集中在战争的残酷上。作为一个历史见证人，王定国不想渲染和夸大所受的艰难，她更愿意让现在的青少年分享当年长征人的理想、意志和革命乐观主义精神。

1935年，为迎接中央红军和红四方面军的会合，部队决定扩大宣传队伍，爱唱爱跳的王定国被调到隶属于红四方面军总政治部的前进剧社，任服装道具股股长，主要负责演出的服装、道具、化妆等工作。王定国回忆，当时，剧社条件非常简陋，她想了很多办法应对。没有道具，每到一个地方演出前，她到当地老乡家里借门板、桌椅做道具；服装是有什么穿什么，譬如，演地主的时候就穿上从地方家里拿来的衣服，演老百姓的时候就借老百姓的衣服穿；而化妆则都是王定国自己设计的，先研究一下人物，再想怎么去体现人物，用墨汁画眉毛，用买的红纸等当作口红。

在艰苦的行军中，王定国和剧社的同志们每到一处，顾不上休息，就到战士们中间，教唱歌曲，排演节目。在翻山越岭的时候，他们从队头走到队尾，用激越、诙谐的快板和歌曲，鼓舞同志们克服困难。

红军第一、四方面军在懋功会合后，经两河口来到毛儿盖，作短时间休整。休整期间，两个方面军的战友互相慰问。王定国随剧社到红一方面军驻地慰问演出，演出之后，听说周恩来副主席正在生病，剧社的易维精政委和周武功队长带领王定国等剧社各股长共六七个人前去看望。虽在病中，周恩来仍和大家亲切交谈，夸奖剧社同志说："你们剧社这些女孩子又行军，又打仗，又演出宣传，真是不简单！"

随后，王定国一行又去看望了挨着周恩来副主席住的毛泽东主席，毛泽东用藏民的木头碗泡"茶膏"招待大家。当时茶树上最好的嫩尖芽做茶叶，老叶子做茶砖，剩余的筋筋络络捣碎后熬制成茶膏。在长征路上，毛泽东也就只有一点儿茶膏喝。话题转到演出上，毛泽东说："你们演的剧里，刘湘投江了（刘湘是四川军阀，剧社当时演的剧目有一出叫作'刘湘投江'），可是演戏只代表人们的心愿。别忘了，刘湘还没死。反动派，你不打，他是不倒的。刘湘也是不会去跳河自杀的。"王定国等人听了，十分钦佩。

王定国所在的红四方面军，两过雪山，三过草地。年轻的王定国当时并不明白如此艰苦的行军为什么会一次次重复，她知道的仅仅是不停地赶路，因为停下就可能意味着死亡。"剧社大多是年轻的女孩子，长途行军又累又困，在队伍暂时停止前进的片刻，站着也会睡着。有时候夜行军途中忽然命令原地休息，一坐下就睡过去，醒来一看队伍无影无踪。拼命追赶几个钟头才能跟上队伍，这时就又哭又笑。"

当时，长征的队伍中还有一个有意思的现象，让王定国至今记忆深刻。那时候，如果你走在队伍中，可以看到走在前面不少战士的背上都写着字，而且每个人的字都不一样。在参加长征的战士中，不少人出身贫穷，没有机会读书。于是，在漫长的行军途中，聪明的红军战士才想出这种怪招。当时，王定国也不识字。于是，她一边行军，一边学文化。在长达一年多的行军途中，王定国竟然认了不少字，这个收获非常出乎她的意料。一路上，同样出乎王定国意料的还有一件事,那就是她在长征路上还帮了毛主席一个小忙。

毛泽东烟瘾很大,但艰苦的长征路上怎么能找到烟叶呢?王定国和同志们就找没有毒的树叶子,背在背上晒干,然后给毛泽东当烟叶抽。在王定国的印象里,长征路上,毛泽东和大家一样,不骑马,徒步走路,一路上抽着战士们为他卷的树叶香烟,和战士们说笑着,毛泽东的乐观也同样感染了王定国,让她更加坚信脚下的征途。

长征路上,王定国一直非常幸运,她挨过了饥饿,躲过了敌人的子弹,走过了随时可能吞噬人生命的草地。但是就在1936年,红四方面军翻越雪山的时候,王定国的身上留下了永久性的创伤。当时,他们要翻越的雪山海拔都在4000米以上,空气稀薄,终年积雪,在雪山顶上,她的一根脚趾永远留在了那里。

那个晚上,王定国和战友们互相挤着睡着了,但人太多被子盖不着,王定国醒来后,发现自己的脚趾冻僵了,她拿手一摸,脚趾一下子竟然摸断了。这样的情景在现代年轻人想来,有些恐怖,但那时的女红军战士王定国却丝毫没有难过与害怕,她把伤骨磨平,包扎起来,仍跟随在长长的行军队伍中。

乐观和坚强让王定国在艰苦的长征中坚持了下来。1936年10月王定国跟随队伍到达甘肃会宁,同中央红军胜利会师,当时,她走完了长征,也走完了自己人生中最艰难、最难忘的一段路。

长征给了王定国令人难以置信的勇气和力量。在此后的人生道路上,王定国还经历了一系列的磨难。25岁时,飞机轰炸的弹片击断了她的小腿腿骨,到现在为止还有一个接骨的钉子在她那条腿里面。72岁,一起意外车祸使她脊椎受伤。75岁那年,王定国得了乳腺癌,需要动手术。医生犹豫了,可孩子们觉得母亲应该没有问题。手术结束后,大夫连连称赞"不得了":4个小时的手术,王定国的血压没有下来过,也没有输多少血。术后第二天,王定国醒了,看病房的桌上摆着很多仪器,问是什么后,就让人把那些东西都拿走,并让小儿子回家取来一些纸和笔墨。吃了几片止痛片,就把纸铺开,拿毛笔开始画画。大家都希望她能好好休养,但王定国说:"躺一个月,我伤是好了,但右手就废了,我要在运动中让伤口愈合。出院后还要做事情。"癌症切除手术在她身上留下30多厘米的疤痕,她的个人体质让人感到很惊讶,毅力和精神更让人钦佩。

（二）救助西路军幸存战友的工作跨越了近半个世纪

2006年是红军长征胜利70周年。对于两过雪山，三过草地的王定国来说，如果能够回到当年战斗过的雪山草地看看，那对自己将是一个巨大的安慰。

其实，早在2003年，小儿子谢亚旭就向母亲提起，为了纪念红军长征出发70周年，2004年让母亲"重走长征路"。这个建议令王定国非常高兴，其他儿女也一致支持。对怎样重走长征路，王定国有自己的打算，那就是"看看红军遗址，看看健在战友，看看老区百姓"。

2004年6月，王定国到达四川省天全县，这是她重走长征路的第一站。在瞻仰天全红军烈士陵园时，王定国听说县里雇了顶滑竿要抬她上山，气愤至极，她大喊："我是红军啊，我自己能上去！"说着，拔腿就走。作为老红军，王定国在感情上无法接受别人这样的"伺候"。

之后，王定国翻越了二郎山，到达泸定县。在大渡河边，面对湍急的河水和摇晃的铁索桥，王定国推开上前搀扶的人，只身在100多米的桥上走了个来回。10月21日，在四川省巴中市，王定国重温了作为红四方面军女战士开始长征并加入中国共产党的记忆。25日，王定国在通江县的一座普通居民楼里见到在巴中时的部下李玉兰，两个老太太一见面便相拥而泣，场面感人肺腑。次年4月15日，王定国又踏上西去的征程，在甘肃定西、会宁、通渭回首那些挥之不去的往事。

1936年10月，红军三个方面军终于在甘肃会宁胜利大会师。王定国没有想到的是，艰苦的征途并未结束。10月下旬，红四方面军总部及三个主力军组成西路军，奉命西渡黄河执行宁夏战役计划，打通"国际线"。王定国所在的前进剧社随部队西征，向河西走廊挺进。

12月5日，剧社奉命慰问从古浪突围出来的红九军，不料与马步芳部队遭遇。剧社战士们带有十几条枪，他们抢占了一个三层楼高的土围子，向敌人开了火。愚蠢又凶残的敌人，以为遇到了红九军的军部，立刻包抄过来，一会儿派飞机来侦察，一会儿又用火炮轰击。

苦战一天后，剧社已近弹尽粮绝的地步，剧社负责人大部分牺牲。敌人叫嚣着扑了过来，从土墙上挖的洞里爬进来。身材单薄的王定国早已忘了饥寒与伤痛，她举着刺刀向敌人冲去。涌进来的敌人越来越多，剧社余下的30多人被敌人从楼上拖了下去。这时,敌人才看清,和他们相持一整天,消耗了他们这么多兵力的对手并不是红九军军部,而是一群孩子和妇女!敌人大骂上当了。

"白天,不见太阳;夜晚,不见月亮。房阴森森,人孤零零,只有豺狼把牢房。"多年后回忆起被俘的境况,王定国写下了这样的诗句。幸运的是,疯狂屠杀、活埋红军战俘的马步芳认为"剧社有用,留着不杀",强迫红军战士为他们唱歌跳舞,并且提出扩大剧社。

趁剧社扩大的机会,王定国和战友将一些没有暴露身份的红军女干部掩护进剧社,张琴秋就是其中的一位。西征中,张琴秋任西路军总政治部组织部长,是敌人悬赏1000大洋捉拿的红军将领。被俘后,她化名苟秀英,装成烧火做饭的炊事员。得知这个重要情况,王定国同战友们商量,以剧社都是小孩不会做饭为名,提出让"苟秀英"来剧社当炊事员。敌人没有发现破绽,张琴秋顺利来到剧社掩护了身份,躲过了一劫。后来,由于叛徒告密,张琴秋被押送到南京,在周恩来营救下才返回延安。

第二年春天,王定国和剧社其他同志又被押解到张掖敌三〇〇旅旅部,由敌旅长韩起功监管。一面受到敌人的监视和奴役,一面充当临时演员。即使身陷囹圄,英勇的红军战士也从未忘记为理想与自由而斗争。在张掖敌旅司令部,王定国发现,有不少西路军被俘同志被敌人强迫在机关内当兵,还有的在电台和参谋处工作。经过多次接触,王定国取得地下党支部的信任,被选为支部组织委员。"这个支部的主要任务是团结同志、传递消息、等待时机、组织重返革命队伍。然而,河西走廊地区被马家军严密控制着,这么多失散的同志怎样才能回到革命队伍呢?"王定国说,那时大家的心情真可以用"心急如焚"来形容。

抗战爆发后,中国工农红军改编为八路军,党中央在兰州建立了八路军办事处,由与徐特立、董必武、林伯渠和吴玉章一同被誉为"中共五老"的谢觉哉出任党代表。根据毛主席和朱总司令的指示,谢觉哉一到兰州便着手进行营救西路军失散人员的工作。受谢觉哉委托,在兰州和河西走廊各县有一定的社会基础的传教士高金城医生来到张掖,立即开设一所福音医院帮助我党为营救和收容西路军失散人员做掩护。

以医院救护伤员的任务重为由,高金城医生亲自出面向敌旅长韩起功借王定国等7名红军剧社人员到医院当护士。在高金城医生的帮助下,王定国和同志们立即开展秘密接应西路军被俘人员的工作,福音堂医院也成为张掖县地下支部的秘密联络点。此后,由于营救活动引起敌人的怀疑,王定国等人的人身安全受到威胁。当年9月,在地下党支部的决定下,王定国告别了善良的高金城医生和同志们,踏上了去兰州的路途。

1983年,王定国重访甘肃,了解到一批滞留在甘肃、青海的西路军被俘和失散人员生活困难。她认为,当年西路军失败的责任及后果,不能由这些无辜的战友承担,而且,这些人都已经到了风烛残年,现在不解决,后人不了解这段历史,更难以解决。于是,她和伍修权一起,自费跑遍河西走廊,越乌鞘岭,跨湟水河,顶着戈壁烈日,迎着祁连山朔风,为的是一项几十年前没能完成的任务——营救西路军流散人员。那时,经常有素不相识的西路军红军女战士找王定国解决问题,经她过问解决历史遗留问题的人能叫出名字的就有10多人。

经过几个月的调查走访,王定国和伍修权向中央写了调查报告和建议,最终促使中央有关部门出台专门文件,妥善解决了遗留多年的西路军红军老战士的经济、医疗问题,从根本上为西路军被俘人员及离散人员讨回了公道,使西路军的幸存者能够安享晚年,先驱者能够瞑目安息。从此,那些被叫作"红军流落人员"的老人,终于得到了属于自己的称呼——红军西路军老战士。西路军战友对王定国的义举深表感激,可王定国只是说,"我做了件该做的事情"。

(三)细细的缝衣线将谢老缝进了她的人生

在王定国家的客厅里悬挂着的一幅中堂上,是一首王定国亲笔为谢觉哉七十大寿写下的贺词——谢老:自从我们在一起,不觉已过20年,互相勉励共患难,喜今共享胜利年。今逢你七旬大寿,我无限的欢欣,正当可爱的春天,正值祖国的建设年。花长好,月长圆,为建设共产主义社会,祝你万寿无疆,祝你青春长远。定国 1953年5月15日。

在这首近百字的贺词里,人们看出的是恩爱夫妻的情深意长与相濡以沫。在王定国看来,比自己年长近30岁的谢老,是爱人,更是导师。王定国与谢觉哉相识相知的历程打下重重的时代烙印,他们的婚姻本身便是曲超越世俗的革命赞歌。

　　王定国在地下党的营救下回到党的怀抱，随即来到兰州八路军办事处。当王定国在兰州"八办"见到谢觉哉的时候，突然发现自己认识他。那是1935年6月，红一、四方面军在懋功会师。王定国所在的四方面军与中央机关纵队一起住在雪山下的藏族寨子卓克基，两个方面军都在为过雪山做准备。有一天，王定国和剧社的几个战友正在山坡下休息，一位留着胡子的老同志拿着一包衣服向王定国走来。"胡子"微笑着对王定国说："小同志，请你帮帮忙，要过雪山了，请帮我把两件单衣合起来装上羊毛，缝成一件羊毛衣。"王定国答应缝好明天给他送去，"胡子"一个劲儿说谢谢："我叫谢觉哉，就住这山坡上，是一方面军干部休养连的。"第二天王定国去送衣服的时候，谢觉哉远远地招呼她，接过羊毛衣反复看着说："谢谢你，缝得很好。"告别时他还特地嘱咐王定国要多准备一些辣椒，可以御寒。

　　不承想，那一根缝衣线竟成了他们相亲相爱一生的"红线"。两年后，担任兰州"八办"党代表的谢觉哉，通过来接关系的人了解了被俘人员的情况。谢觉哉在他的日记中写道：张掖有地下党，支部里有个女委员叫王定国。再次相逢时，谢觉哉也认出了这个在长征途中替自己缝过羊毛衣的姑娘。而王定国觉得眼前这位长征中的最年长者不仅是位德高望重的上级领导，也是一位将自己从敌人魔掌中解救出来的救命恩人，更是一位可以生死相托、胜过兄长的亲人。

　　回忆与谢觉哉的结合，王定国只说"同志们关心，组织上安排"，没有更多的细腻语言。一个是学富五车、年过半百的革命家，一个是没有文化、风华正茂的红军女战士，两个看起来差距太大的人却成为紧紧相依的革命伴侣。其实，关于谢觉哉和王定国的革命姻缘，还是时任"八办"处长的彭加伦当的"月老"。

　　王定国到兰州"八办"，一是向"八办"汇报营救工作，二是请"八办"介绍她去延安。可是"八办"的领导们说什么也不让她走。西路军失散人员正陆续返回，需要熟悉情况的同志搞接待工作，再说开展统一战线工作，接触社会各方面的人，"八办"没有一个女干部也不行。

　　那时，办事处的工作紧张繁忙，为了争取各界人士团结抗日，谢觉哉日夜奔波操劳，身边也需要一位好帮手。在彭加伦的一再劝说下，王定国也觉得自己是革命队伍中的人,能从生活上照顾好这位受人尊重的革命长者也是对革命事业的贡献,于是欣然服从组织安排。1937年10月,他俩就在同志们的热心张罗下,在兰州"八办"简陋狭小的平房里,幸福地结成了一个革命家庭。从此,从兰州、延安到北京,王定国几乎一直在谢觉哉身边工作。

新中国成立后,谢觉哉相继任内务部部长、最高人民法院院长和政协第四届全国委员会副主席。王定国协助谢觉哉做了大量的工作,深受人民的爱戴。1959年谢老76岁接任最高人民法院院长职务时,感到自己年龄大了,恐怕力不从心。他曾对王定国说:两种人不能当法院院长,一是红领巾,二是白胡子太长的人。中央还是考虑由谢觉哉担任最合适。王定国同时也调到法院,任党委办公室副主任兼司法行政处副处长,并仍兼谢觉哉秘书。

王定国和谢觉哉

谢觉哉审案慎之又慎。他上任后推荐《十五贯》《胭脂》两出戏,让大家从中吸取营养。他曾开玩笑地对工作人员说,判死刑的那个章子是要慎之又慎的,搞错了,假若有鬼的话是要来找我谢觉哉的啊!

"好学深思老不疲"是谢觉哉60岁生日时,同为中共五老之一的董必武对他的赞颂,这是谢老一生中最宝贵的品质之一。从1963年右半身瘫痪到去世前的8年里,谢觉哉的工作和生活都很艰难。即使这样,他仍旧手不释卷,右手不听使唤,就用左手一页一页地翻阅。王定国劝他说:"你年纪大了,读那么多书,以后也用不上。"谢觉哉执着地说:"怎么用不上呢?有人来问,我还可以讲嘛，自己看得深一点，给别人讲得就透一些。更何况看书主要是武装自己，只要活着，就要读书。"

结婚后，王定国发现谢觉哉每天都坚持写日记，而且知道他14岁就开始记日记。有时工作太忙，夜深了谢觉哉仍然在灯下写日记，王定国劝他早点休息，谢觉哉说："写不完当天的日记就睡不着觉。"然后习惯性地抓一把煮蚕豆和几只鸡爪子，边吃边记下当天的事情。王定国受谢觉哉的影响，也一直写日记至今。

谢觉哉的日记记录了从戊戌变法到新中国社会主义建设——跨越70多年的大事要事，其中有谢老同毛主席几十封来往书信、与党中央来往电函的要点以及老一辈革命家的言论与行踪，还记下了自己的工作情况和心得等。谢觉哉的日记是中国近代史中一部不可多得的真实记录，是研究中国共产党历史的珍贵资料。

谢觉哉不但坚持写日记，而且把日记视作宝贝。在长征途中，尽管环境条件十分恶劣，谢老仍然坚持写日记。为减轻负担，他把字写得很小，密密麻麻的。长征途中几次要求轻装，他连防寒的毛毯都扔掉了，但总不舍得丢掉日记本。为了使行军方便，他把日记本捆在腰间，扎得紧紧的。夜间露宿时，这些日记本便成了他最好的枕头。

1947年3月，胡宗南进犯延安。谢觉哉奉命向山西、河北转移。撤离前，组织要求把不能带走的物品全部"坚壁"起来。谢觉哉留下了所有的物品，唯一把日记本带在身边。他嘱咐王定国在转移中无论遇到什么危险，一是不能丢掉日记，二是不能丢掉孩子。一路上，不论是敌机轰炸，还是蹚水过河，谢觉哉总是首先保住这些日记本。这些日记已经成为谢觉哉生命中重要的一部分。

十年动乱期间，王定国担心这些日记本被造反派抢走，把几十个日记本装了三个手提包，几经转移，都不放心。最后，她将自己房间里的一张长沙发打开，秘密地把日记本一本一本地垫放在里边，然后钉好。谢觉哉满意地说："把我的被褥铺上去，我就睡在上面了！"这些饱蘸谢老70年心血的珍贵日记，竟是用谢觉哉残存的生命保护下来的。

往事不堪回首。1963年谢老80岁时，终于积劳成疾患脑血栓躺倒了。从此连续8年谢老在与病魔的痛苦抗争中度过。"文革"开始后，王定国的7个孩子因受父母的牵连全部被送出北京。而王定国白天要到机关接受审查，晚上赶回家照顾生活不能自理的谢老。1969年2月6日，在机关的一次会议上，王定国因西路军被俘问题，被宣布为"叛徒"，关进私设的囚牢。个人所受的凌辱和生活的艰苦都能忍受，唯一让她牵肠挂肚的就是独自在家的身体虚弱的老伴儿和那几个不知去向的孩子。

王定国被监禁后，家里的炊事员也被撤走了，谢觉哉不能按时吃饭，连喝水都困难。过去有人扶着他已经能在庭院里慢慢散步，这会儿连站都站不起来了。他日夜躺在王定国房间里的一张长沙发上，几乎寸步不离。跟随他几十年的警卫秘书高世文，也常被叫去"学习""开会""交代问题"。他考虑王定国的屋子好久不住人了，太阴凉，劝谢老换个房间。谢觉哉却固执地说："正因为定国不在，我才要住在这儿！"在周总理的关怀和敦促下，王定国经过40多天的囚禁生活后被解除隔离。当她在昏暗的夜色中忧心忡忡地推开房门时，只见谢觉哉孤独地躺在长沙发上。一见王定国，谢老的嘴唇颤抖着，脸上露出微笑，喃喃地说："在……在……"王定国那颗悬着的心才算落了下来。

这对老夫妻又在一起多生活了两年零三个月，这两年零三个月，对王定国、对谢觉哉是何等的珍贵。1971年6月15日，谢觉哉与世长辞了。王定国为失去良师、战友、丈夫而痛不欲生。1978年，即谢老去世7年之后，按照胡耀邦"你最主要的任务是将谢老的遗著收集整理发表，这将是对党的重大贡献"的要求，王定国开始清理谢老留下的手稿、日记。6年里，王定国花费了巨大的劳动，先后整理、撰写、出版了《谢觉哉传》《谢觉哉书信集》《谢觉哉日记》《谢觉哉评传》《谢觉哉文集》等多部历史文献。能把谢觉哉一生心血的结晶奉献给党和国家，王定国感到莫大的欣慰。

（四）叛逆童养媳剪下长辫闹革命

自从参加长征走后，王定国有50多年没有回过老家。改革开放后的1988年秋天，王定国打点行装要回老家看看，这时她已进入古稀之年。从北京到成都，接着从成都到营山，再从县城坐车到乡里，然后走路翻过一座山到了家乡，王定国的返乡之路已经走过了漫长的半个世纪。

几十年风雨飘摇，王定国与家人曾居住的房屋已不复存在，她头脑里存留的故乡旧貌也已换了新颜。幸好还有旧人可访，王定国专门到与自家相隔不远的邻居家看看,还在这个小时候的玩伴家吃了一顿午餐。她一到屋就和女主人拥抱了足足有5分钟,激动,加上欣喜,两位老人都泪流满面。

在自家旧居的位置,王定国看了很久,还不时地向乡亲们提问。和乡亲们合影留念后,王定国与家乡依依道别。回到北京后,思乡心切的她也经常给家乡的乡亲写信问候,有时还寄去一些物品。一次,听说家乡受灾了,她又把平时省吃俭用节省下来的5000元钱捐献了。令王定国感到骄傲的是,她的家乡营山县安化乡是革命老区,也是早期共产党领导的川东游击队活动的重要地方。

1913年冬天,安化乡一个姓王的贫苦佃农家庭迎来一个女孩,取名乙香。据说,王家祖上是从湖北挑担子过来的脚夫,送了货却没有盘缠回家,只得在这儿搭间茅棚安身,传下王氏一脉。

20世纪20年代末的四川,军阀混战,民不聊生。小乙香一家处在社会最底层,没有田地,没有房子。唯一的栖身之所,是一个借别人的一面山墙搭起的茅棚。穷人的孩子早当家,小乙香六七岁时便不得不像个小大人一样替父母分担生活的重担。那时候,她跟随父母外出给人家干活,推磨、养蚕、洗衣服,什么活都干。在卖担担面的面食馆推磨时,小乙香抱着和自己一样高的磨棍,从天黑推到月照东墙。说是推磨,实际上是把磨上的横棍捆在肚子上,用整个身子推着磨盘转,同时也防止困倦了摔倒。主人家有时候给几文铜板,有时盛点麦麸子。麦麸子拌着切碎了的红苕叶子,便是小乙香一家人的"美味"。

贫苦生活却锻造了小乙香倔强的性格和刚直的本性。被军阀抓了壮丁的三叔从兵营里偷偷逃跑了,拉兵的头目和当地的土豪便用铁链子锁走了小乙香的父亲,并要王家请客摆平此事。平地起风云,这件事对本来就没有根底的王家不亚于一场地震,小小年纪的乙香毫不胆怯,她冲来人说:"人是你们拉走的,跑不跑我们又不知道,凭什么抓人要钱?"一个小小的黄毛丫头竟敢顶撞,恼羞成怒的恶棍们把小乙香狠狠地揍了一顿。为了平息此事,王家只得把栖身的茅棚卖了两吊钱,给当官的送礼。一家人只能在街上赁了半间草房,惝悃度日。

即使一家人倾尽全力去"讨生活",仍摆脱不了家破人亡的悲惨遭遇。因为贫穷,乙香的一个妹妹活活饿死了;后来,父亲一病身亡,家里没钱安葬,三岁半的二弟被卖掉,换回四块做棺材的木板和两升麻豌豆。

15岁的乙香也被送给一个李姓人家做童养媳。缠着小脚的她每天在田里一身泥一身水地干活，婆婆生气时就揪着辫子打她。童养媳的命真比黄连还要苦啊！每每被打后，乙香都会跑回自己家，在母亲那儿寻求一点安慰。

那时，川东地下党来到营山秘密发动群众、组织农会。乙香有两个舅舅，都是耿直刚强的农民，他们与地下党员杨克明、张静波等人成了好朋友。乙香家租住的房子靠山的一边地下有个门，如果有人从前门进来，屋里的人可以从后门出去，靠着大山的掩护就能避开追捕。因此，两个舅舅常常带一些朋友来乙香家里开会，谈论一些穷人翻身、男女平等的事儿。

因为这个房子在街上，可以搭几个桌子以卖酒做掩护。每天，乙香和母亲在前面卖酒，看到有可疑的人，就通知杨克明、张静波他们从后门离开。负责放哨的乙香并不知道他们的真实身份，只知道"他们是好人"，同样不知情的母亲只是对外称这些人都是自家的亲戚。那个简陋的家成了农会活动的秘密联络点。后来乙香到了延安，看到油印机，知道它在宣传方面具有很大的作用，这才知道当时杨克明、张静波他们藏在家中地窖里的就是印刷革命传单的油印机。

以卖布做掩护的地下党员杨克明给乙香讲了不少外面的新鲜事儿：山那边小孩子上学不要钱，重庆的女娃儿不包脚，等等。乙香当时是个聪明能干、性格开朗、能说会讲的姑娘，她很快就接受了革命思想，懂得了一些革命知识，后来就到处去向农民宣传。

渐渐地，乙香不回婆家去了，她帮着送信、放哨。在杨克明的鼓励下，乙香剪了长发，放开了刚裹不久的双足。"放了脚走路安稳，走山路快，干活有劲。剪了辫子，大人想揪着辫子来抓我走也不容易了。"就是这么朴素的想法，让乙香迈出了妇女解放的第一步。李家族长知道后，派来几个人，要抓乙香回去。舅舅和朋友们凑了40多块银元，终于结束了她和李家的婚姻关系。

让乙香至今难过的是，那些从"剪发""放脚"开始为她启蒙的引路人，大多英年早逝。西路军战斗中，任红五军政治部主任的杨克明，同军长董振堂和3000将士一起，战死于高台一役。杨、董二人的头颅，被敌人砍下邀功。1983年，到高台烈士陵园凭吊良师益友的她挥毫写下："烈士陵园物候新，巍峨遗像见成仁。将军虽死山河在，留取丹心照后人。"

在地下党员肖德兴、杨克明、张静波等人的帮助下，获得自由的乙香联络了10多个志同道合的年轻人，配合农民协会四处宣传放脚、剪发、男女平等三件事，在穷困僻远的地方奔走，向贫苦农民宣讲反对苛捐杂税，让妇女劝男人不吸鸦片，动员妇女参加农民协会。在上级的领导下，乙香和同志们向老百姓做了迎接红军的宣传工作。土豪劣绅全逃跑了，穷苦百姓欢天喜地迎接红军到来。

1933年10月，许世友率领红九军打到营山，解放了乙香的家乡，成立了营山县苏维埃政府，乙香在其中担任内务委员。她此前并没有听说过"许世友"这个名字，但善战的将军给她留下很深的印象，"能打仗，走路速度很快"。经肖德兴等人介绍，乙香加入了中国共产党。这时起，代表过去的"乙香"不见了，"王定国"这个名字伴随她的一生。

由于四川军阀杨森的反扑，为了保卫年轻的苏维埃，支援红军作战，400多人的营山县妇女独立营成立，王定国任营长。她带领妇女营的同志们手持梭镖大刀，和男同志一起冲入敌人阵地，杀顽敌，抓俘虏，英姿飒爽。

1934年年初，由于当时妇女独立营很多队员都牺牲了，没有牺牲的人就被分到了部队的各个部门。党派王定国到巴中苏维埃学校学习，当时条件非常艰苦，没有纸和笔，王定国和同学们就相互在别人的背上学写字；而且，全凭记忆认真学习了马克思主义的理论和党的方针、政策，当时苏维埃颁布的《劳动法》《土地法》就是他们的教程。虽然学习时间不到3个月，但之前不识字的王定国学会了一些简单的字，如"人""风"等。

在苏维埃学校学习时，王定国参加了学校组织的工作队，奔赴红江县。在这儿，她结识了著名的红军女将领张琴秋，"那时她很年轻，皮带上别着一把小枪"。张琴秋是中国共产党第一代女党员，留学莫斯科五年回国后，先后成为红军中唯一的方面军女政治部主任、唯一的女师长，新中国成立后又是共和国第一代女部长。王定国把张琴秋称为"没有授衔的将军"。

在张琴秋的领导下，王定国与同志们一起向贫苦农民做宣传工作，扩大红军，平分土地，组织民工给前方作战的红军送粮米、做军鞋，还拿起武器勇敢作战，保卫革命政权。

当时，国民党军阀对川陕根据地进行经济封锁，盐非常紧缺。为了解决根据地军民吃盐的问题，王定国还在通江当过卢森堡经济公社的社长，把卤水提上来在江边熬盐。当时卢森堡经济公社有很多船队，抽鸦片的船员很多，王定国就规定不戒烟的不给盐吃。前些年，王定国去当年的川陕根据地，寻访昔日卢森堡经济公社的旧址，但遗憾的是房子已经不在了。

（五）向谢老学习总结出"对儿女一概不管"的教子真经

王定国的红色家庭里，有五个儿子、两个女儿。一个家庭就如一条船，作为家庭的长辈，一个重要责任就是把这条船引到平稳安全的航道上。王定国的小儿子、担任她的秘书的谢亚旭说，"我觉得我的父母做到了。我们这一大家人，兄弟姐妹7个，那么多亲戚，这个家的整体方向没有发生变化，大家的生活都很安稳平和。父母启发开导我们如何生活好，这个'好'的概念，其实就是那句老话'平平淡淡才是真'"。

一家人难得凑在一起

作为党的高级领导干部，谢觉哉在家里提倡艰苦朴素，公私分明。谢亚旭总记得，"小时候，我觉得最开心的就是新学期，能去买几支新铅笔，买两本新的本子，看我小时候的照片，穿很多花衣服，那都是我姐姐的衣服"。他还清楚地记得，1970年参军后他突然发现部队的伙食比自己家的还好。

新中国成立后，斯大林给中国送了10辆吉斯车，其中一辆白色的陈毅专用，剩下的分给了党内和一些民主党派中几位有威望的老同志，谢觉哉家里也安排了一辆。车子很大，一家人都能挤在一个车里。但孩子包括王定国都不能私用这辆车，只可以搭谢觉哉的便车。特殊情况需要私用，必须交钱。车属于国务院管理局，司机也是国务院管理局派来的。用了就得记账，从谢觉哉或者王定国的工资里扣。那时候，王定国的工资是100多元。

谢觉哉平常不多言语，却用自己的一言一行无声地感染着王定国和孩子们。王定国说，谢觉哉喜欢孩子，定定、飘飘、飞飞、列列、七七、亚霞、亚旭，他个个喜欢，但从不娇惯，从小就培养他们刻苦敬业、勤俭节约、尊敬师长、关心他人的品质。

对待孩子，王定国和谢觉哉的原则是一碗水端平，绝对不会特别溺爱哪个孩子。谢觉哉在世的时候，全家人住在北京前圆恩寺的胡同里。谢家的孩子虽多，但全都在外锻炼发展。谢亚旭回忆说，"大姐作为国家机关工作人员，支援边疆；二哥在部队，因为是特种兵，在全国各地跑；谢飞是老三，拍电影的，文化大革命的时候就下放农村了；老四学的是朝鲜语，毕业以后，父亲鼓励他到中朝边境上，在一个边境车站待了很多年；老五在重庆的一个通信工程学院；六姐到广州军区了。我16岁的时候也去了南京军区"。

王定国非常佩服谢老的教子之道。与天下所有的严父一样，谢觉哉对子女要求非常严格，但他的严格却不是在小孩子的屁股上动文章。王定国从来没有看见过谢老生气或发火，家里气氛非常民主。"他始终在跟孩子讲道理，很细致的，用他的方式告诉孩子这个事是怎样的来龙去脉，而且让他能心悦诚服地接受。"

在谢家，开家务会是例行的仪式。谢觉哉在世时，每逢家务会他都会将孩子们召集过来，拿出一个问题放在桌面上，让大家发表意见，说出道理来。有时候王定国会让小儿子亚旭也发表意见，但他当时年龄太小说不出来什么。

谢亚旭记得，那时父亲每天让自己在他身边，读当天的《人民日报》《参考消息》等报纸。那时候谢亚旭还没有认多少字，经常念错别字，谢老就说："当你不认识一个字的时候，凭空瞎念是很不负责的行为。不认识字，你一定要查字典。你如果要养成这种学习不严肃的习惯，进步就很难了。"

那时小亚旭天天念报纸，有时候也念《毛泽东选集》。潜移默化中，喜欢上诗歌，一次他写了一首诗，用了大量的排比，自觉得意就读给父亲听，谢觉哉听着听着就闭起眼睛来。亚旭知道父亲一定不满意自己的作品。对谢老的性格，王定国很明白，"他不会用激烈的言辞批评，也不会直接告诉你应该怎么去做，而是通过一些暗示表明自己对事情的肯定与否，并一直鼓励孩子多读书，多练习。他对孩子们是一种潜移默化的教育"。

老三谢飞1942年8月生于延安，小名叫"延河"。1962年，谢觉哉的杂文集《不惑集》问世时，谢飞已经20岁了，正在北京电影学院导演系读书，已经能够品味父亲文章中崇高的精神境界和深邃的内涵。谢觉哉在赠给儿子的《不惑集》的扉页上欣然提笔："小小的，圆圆的！／拾这个，丢那个，最后捡块长方石。／做啥用呢？／他说：'可以写字，还可以打核桃吃！'／否定之否定，好看不如有用。 一九四五年十月看飞飞（时年三岁）在延河水边拾石子作的。今写以勉励飞飞。父 一九六二年十月。"

父亲的语言虽然平实，但充满哲理，字里行间浸透着对儿子的厚爱与期望。日后，谢飞执导的《希望的田野》《湘女潇潇》《本命年》《香魂女》《黑骏马》等多部影片曾荣获金鸡奖、百花奖和多项国际大奖。他是20世纪90年代以来中国第四代电影导演中最有成就和最有国际影响的一位。与谢飞一样，他的兄弟姐妹们虽然工作各不相同，能力各有高低，但作为谢觉哉的儿女，他们始终是认认真真地学习，踏踏实实地工作，本本分分地做人。

与谢老潜移默化的教子方法相比，王定国教育儿女的方式更极端，她的态度是"一概不操心"。谢觉哉过世后，王定国曾对所有的孩子说："我带大你们几个，还照顾你们的父亲。现在我要自己做事情了。以后你们的事情我一个不管，你们的下一代我一个都不带。"对此，王定国的解释是："国家是一只鼎，家庭也是一只鼎，鼎就是炒勺，好不好，看你怎么炒。经营家庭很不容易，年轻人应该自己安排生活，我着什么急？高兴就好！"

谢亚旭16岁参军在南京军区锻炼了14年，多次获得嘉奖，但是王定国却很少去看望他。直到王定国72岁时，有关部门为了照顾好她，在征求全家人和谢亚旭本人的意见后，安排他当母亲的秘书。

2003年，非典偷袭北京城，其时王定国恰好在杭州度假。谢飞不幸身染非典，正在生死线上搏命。这一噩耗立即被陪伴母亲度假的谢亚旭封锁起来，毕竟母亲已经是90多岁的老人了，怎么经得起这样大的打击呢！可是，保密工作没能做好，这个秘密最终被王定国自己揭开了。一天清晨，王定国看到一张报纸,顺手翻阅,突然看到电影导演谢飞患非典正在医院治疗的消息,她说:"这不是谢飞吗?谢飞没有去拍电影啊?"身边人忙解释说这个"谢飞"不是她儿子"谢飞",王定国认真地说,"我不会弄错人的,我的儿子我还不知道。还有哪个谢飞呀?报纸上明明写着是谢飞嘛!中国只有一个导演叫谢飞!谢飞他没有事儿,都放心!好了!"

让大家都没想到,王定国对疾病的态度如此开通。倒是看到大家都如此为谢飞担忧,王定国反过来安慰大家:"谢飞得了非典,他会好的,他不会有事儿的,他没问题,我的儿子,我知道他。"她还讲起谢飞小时候得过一场大病的事,"人家都说这个孩子没救了,但我知道他没事儿……后来就好了呗。谢飞活得好好的!谢飞他还要拍电影呢!"老人的话,既是对大家的安慰,也是对儿子的祝福,在场的人听了无不觉得鼻子酸酸的。

不久,传来谢飞痊愈出院的好消息。王定国闻讯哈哈大笑:"我说没事就没事吧!谢飞早就好啦!人已经出院喽,没事儿了,不怕!"爱子未必要怜子,到底是经历过人生的风风雨雨,老人的心胸之宽广超出常人,面对突发事情时自然也就不会自乱方寸,徒增忧伤。

(六)粗枝大叶的生活习惯歪打正着成就她的养生之道

凡和王定国有过接触的人都知道她"念旧",所以她的家像客栈,老乡亲、老战友有的来京看病住这儿,有的来京办事也住这儿。一直以来,在王定国家里,不时都会有来拜访的客人,家里最多时候一天能来七八十人,王定国都亲自热情接待。谢亚旭说:"别看这么大岁数,我母亲处理问题,从来都是不急不躁,思考得很深入。我们家不像别人家待客泾渭分明,既招待过慕名而来的农村夫妇,也接待过夸夸其谈的企业家。形形色色,基本上来者不拒,来的人,她都见,而心里也全有数。当碰到另有所图的人,她也不会当面揭穿。"儿子问王定国为什么这样做,王定国说:"我们并不是执法机关,只要他没有犯原则性的问题,就不必追究。在外面真有问题,相应机关也自会找他较真儿。如果我们老是严格苛刻地审视对待周围的人,就没有人敢上门了,不仅是这样的人,就连有正经事情的人也不会来了。"

密切联系群众,是王定国一直以来所坚持的。20世纪60年代,国家处在困难时期，物资都是凭票限量供应，王定国一家人多，总不够吃。谢觉哉和王定国商议决定像在延安那样自力更生。王定国在院子里种粮食和水果，一年光玉米就收四五百斤。此外，她还养了40来只鸡，20只鸭子，20只兔子，1头猪。她经常安排孩子们到菜场去，1分钱买一堆人家扒下来不要的菜叶。然后，把菜叶子择择，好的人吃，烂的喂猪。猪养肥后，就在院子里杀了，让警卫员把肉切成一小块一小块，给胡同里同样挨饿的邻居们挨家挨户送去。

在20世纪40年代初期延安开展的大生产运动中，王定国还几次获得边区劳动模范和劳动英雄的光荣称号。当时已年近六十的谢老任边区参议会副议长，工作繁忙，王定国在参议会秘书处做党务工作，同时又做收发工作。王定国把谢老身边的几个工作人员组成一个生产小组。"在我们小组种的地里，收获的茄子像小盆一样大，大白菜一棵就16斤重，喂的几头猪滚瓜溜圆，又宽又厚的猪背可以平平稳稳地放个脸盆。猪和蔬菜都在边区生产展览会上获了奖。"王定国尤其自豪的是，毛主席看了展览非常赞赏，称赞王定国等人是边区妇女中的豪杰，是边区机关工作人员的典范，还亲自给王定国题写了"再接再厉"四个字作为嘉奖。

王定国还记得，那时每当收获新鲜蔬菜，谢觉哉总要自己动手摘收第一茬时鲜送给毛主席。毛主席对谢觉哉所赠从来照收不误，有时还让杨家岭的管理员到谢家来拿。1988年，王定国去西柏坡展览馆参观时，见到了当年延安杨家岭的那位管理员，他对往事也历历在目，记得那时毛泽东常常风趣地说，"谢老好哇，堂客（即妻子）又勤劳又贤惠"，"谢老有福，有个贤内助"。

在延安给毛泽东做家乡风味的"茶食"，也是王定国记忆里一件难忘的往事。可是，王定国是四川人，毛泽东要的湖南风味"茶食"，王定国既没有做过，也没吃过。出身大家族又是前清秀才的谢觉哉以往是不下厨的，但为了毛主席，谢觉哉忙手忙脚地亲自动手，又碍手碍脚地在厨间手把手教王定国来料理。给毛泽东送去了他要的"茶菜子"后，毛泽东说："味道好得很！地道的家乡味，10多年没吃过了！"王定国说，那时毛主席最爱吃自己做的"酸茄子""霉豆腐"和"泡辣椒"，做这几样菜是很费事的，而谢觉哉知道毛主席爱吃，就不厌其烦地教王定国做这几道菜。

2002年，王定国搬到位于亚运村的新家。老人很留恋原来住的老居室，也舍不得离开老街坊们，对组织给她安排的宽大明亮的新楼公寓总感觉不适应。

"还是想回去住,原来住的房子挨着地,有地气,这房子是好,也舒服,但我就是睡不着!"但随遇而安是身为老红军的王定国的本色,如今老人也适应了新居的环境,每日写字绘画,生活得很有情趣。写字作画在书房,读书看报喜欢在客厅。"客厅也是书房。"南面临阳台的写字台桌上桌下,堆满了书籍、画册、照片、贺卡,五颜六色,很是抢眼。老人的照片、书画作品、友人的书画作品挂满整面墙。

从旧社会的水深火热中走过来,到了和平时期,有些人为了职务高低、待遇差别而争。王定国从不为这些身外小事钩心斗角,一切都能看开,所以她没有烦心的事情,才能身体健康地生活到现在。知足常乐是王定国经常挂在嘴边的一句话。什么房子、工资待遇一概不问,组织上安排什么就是什么。她常对子女说:房宽不如心宽,高薪不如高寿,高寿不如高兴。2003年王定国在医院体检时,内脏器官没有发现任何病变,血压、血脂、血糖都没有大问题。医生当年曾开玩笑说:"王老是90岁的年龄,70岁的身体,想赚她点儿医药费都很难。"

对养生,王定国的态度是"随心所欲"。前半辈子,一直生活在缺吃少穿、战争动荡的年代,王定国在生活起居上、饮食上形成了粗枝大叶的习惯。"生活无规律,吃饭没钟点,饮食不讲究",就是她多年来生活的真实写照。通常,只要有事情做,王定国中午肯定不休息,连饭也不按时叫,一定要把事情干完才去吃饭、睡觉。如果没事情做,她随时都可以睡觉。这也许是在长期部队行军中养成的习惯。在饮食上则是喜欢吃什么就吃什么,王定国最喜欢吃的是东坡肉、甜食和油炸食品,正是流行养生之道的老年人最忌讳的。对于生命,王定国的态度从来都是积极进取,然而对生活,她的态度从来都是难得糊涂,不违背自然规律。

每逢红军长征胜利纪念活动,都有很多机构邀请王定国外出参加各种活动,有时一个星期总有两三次睡不了午觉。因为去参加活动她常常兴奋得睡不着觉,所以很多活动都被家人谢绝了。但只要被她知道了,总要批评大家,说人家请的是老红军,不是我个人,没理由不去的。所以只要身体无大碍,家里人不得不让她去。

"能让大家高兴我也很高兴。我一个老红军,很多国事活动都来接我参加,还图什么呢?每天看看新闻、听听广播,天气好时出去走走。既然笑着愁着都是过,为什么不让自己的晚年在微笑中度过?"王定国脸上的皱纹似乎舒展了许多。这位老人健康长寿的秘诀,就是她自己总结的:"对生命要积极进取,不能消极防御,对生活就该难得糊涂,不违背自然。"

(七)往日的"不识字秘书",如今的著名社会活动家

王定国酷爱书画。客厅、书房和储藏室里,放满了几十年来创作的书画作品,有上千幅。老人却谦虚地说:"垃圾堆似的。"她最爱画的是梅花。花瓣是画上去的,枝干则是用嘴巴吹出来的,"吹画"梅花栩栩如生。她最爱写的字是"红军万岁"。

实际上,王定国没有上过一天正规学校。小时候家里太穷,只能看见富家子弟背着书包上学。她第一次走进学校大门是在80多年前。1934年1月,王定国和区苏维埃政府的16名女同志被送到巴中苏维埃学校学习,要求学员能记住、能讲,最后要进行实习演讲才算通过考试。"我们大多数人都不识字啊,只能用脑子硬记下来。考试的时候我向全班宣讲土地法,还得了第2名!"

和谢觉哉结婚的时候,王定国还是个只认识一些简单汉字的准文盲。而谢觉哉是清末秀才,古文底子深厚。他投身革命半个多世纪,主编过党的许多报刊,并在中央苏区当过毛泽东的秘书,他留下日记、诗词、书信、散文、杂文、政论等大量著作。

结婚那年冬天,在兰州八路军办事处,晚上,谢老急着赶写一篇文章,要王定国到外屋把《民国日报》《西北日报》找给他。就是这简简单单的几份报纸,王定国来回竟拿了4次都不对。最后,他站起身来,自己到外屋找到那两份报纸,并且略带嗔怪地说:"定国,今天是怎么啦,怎么连拿两份报纸都拿不对?!"王定国低着头,又委屈又不好意思地说:"我不认识字,认不出哪个是哪个。"

于是,从那天起,无论多忙,谢觉哉每天都挤时间教妻子识字、学文化……王定国结合工作实际,从记账学起,学打算盘,每天坚持不断,她还向伍修权学习俄文。政治上、文化水平上都迅速提高的王定国,不仅在办事处负责行政事务和生活管理工作,还根据谢觉哉指示,积极参加对外的统战工作和营救失散西路军红军战士的工作。

抗战期间，苏联援助八路军的抗战物资都要经由新疆、甘肃转运到各地，工作量很大。我党来往苏联的人员多要在兰州"八办"中转，办事处迎来送往的接待任务也很繁重。负责行政工作的王定国料理同志们的衣食住行，整天忙得团团转，常常到深夜12点还不能休息。

按照分工，她还主要联系妇女界，特别是与国民党上层人士的家属进行联系。作为一个农村出身的红军女战士，王定国很快学会了一套同妇女界名流以至国民党、官僚的太太、小姐们打交道的本事……不少妇女名流和太太、小姐被她说动了心，有的还把她当作可靠的朋友和引路人。

从兰州到延安，从延安到北京，王定国除了做党的支部工作，组织上一直安排她做谢觉哉的秘书。面对繁重的工作任务，她更感到提高文化知识的重要。在延安，她曾上过中央党校、延安女子大学和延安大学，但每次学习都是短期培训，很希望能有机会进学校好好学习一段时间，可工作实在离不开，又要带孩子，谢觉哉也需要她照顾，只好边干边学。王定国自称是"不识字"的秘书。

直到新中国成立后，王定国仍然每天坚持补习两小时文化课。不论谢觉哉职务多高，王定国总是虚心地请谢觉哉身边的同志帮她补习文化；不管工作多么繁忙，家务事多么劳累，学习从不间断。久而久之，王定国不仅能读书看报，还能作诗写文章。从照顾谢觉哉的生活到收发文件，建立、管理机要文书档案，到帮助谢觉哉审案卷，参与编辑出版谢觉哉的各类著作，王定国一步一个脚印，无论干哪一行，都能干出成绩来。

新中国成立后，谢觉哉出任内务部部长。王定国既是谢老的秘书，又兼文书科科长。面对国民党留下的烂摊子和接连不断的自然灾害，内务部每天都收到大量发自全国各地的灾情报告。为了科学地管理文书档案，王定国根据多年来帮助谢觉哉收发、整理文件的经验，制定出一整套切实可行的办法和制度，很快提高了工作效率，很少出现差错，受到政务院的表扬。周总理还让政务院其他部门的同志到内务部参观，学习王定国他们的经验。

在王定国家那约2平方米的小储藏室内，满满当当地放置着已裱好的约有1000多幅、摞6层高的字和画。这些标有编号并被编辑成册的丹青精品，都是王定国积数十年工夫的精心之作。《和平鸽》《狗》《熊猫》《屈原问天》等画作栩栩如生，从中也可体悟到老人那丰富的精神世界。

"我是半路出家,没有正式拜过师,纯粹是瞎画,找点事干心里就不慌了。画了几十年了,没什么进步。这几年精力不够了,水平也退步了。"写字和画画是王定国社会活动中重要的一部分,"画画和写字只是喜欢而已,能不能搞出名堂并不重要,重要的是高兴"。

　　王定国非常喜欢动笔,没事就要润润笔。在采访时,记者发现,王定国那宽大的画案上堆满了宣纸,周围放着许多写好、画好的作品,也了解到凡是有人向她求字,她无不答应。她的书法充满智慧和灵气,一点儿不显苍老。

　　前些年,王定国还出版了一本装帧精美的绘画作品集,里面是一只只栩栩如生千姿百态的猫狗、一个个身着民族服饰的妙龄少女、一幅幅令人赏心悦目的山水。作为"中华寿星完美荣誉奖"的获得者,王定国的书法绘画作品很受好评。"事情太多了,不能保证每天都画,只能有时间画一画。"

　　1994年,王定国写作出版了一本约十几万字的纪实性自传,书名叫《后乐先忧斯世事》。她注释说,这本书之所以要叫这个名字,完全是为了纪念谢老。1963年,王定国50岁生日时,谢觉哉曾作诗一首赠她,内中就有这样一句话,意在让她"先天下之忧而忧,后天下之乐而乐"。从无数平仄有致的诗句到自传《后乐先忧斯世事》的出版,从别有韵味的"王体"书法到一树一木皆可入景的水墨画,王定国几十年如一日的自学,让人看到坚持的力量。

　　多年来,王定国没有辜负谢老的一片心,确确实实是在"后乐先忧斯世事"。她除了对学习执着不懈外,还参加了许多的社会组织,将自己的所有精力,都用于做对社会、对人民有益的事儿上。已年过耄耋的王定国,在战争年代是我党的优秀战士,在新中国的建设中是谢觉哉称职的秘书,在她忙碌的晚年生活中则是一位卓越的社会活动家。

　　在网上搜索有关王定国的信息,发现她的名字总是和各种社会活动联系在一起。很难想象她这样的高龄老人还如此繁忙。每天有什么人来访,有什么事情,王定国都要家人记在本子上,生怕瞒着她谢绝什么人、什么事。熟悉王定国的人都说,她真是名副其实的"社会活动家"。看到被帮助的人脸上露出笑容是王定国最大的欣慰。她常说,能被他人、被社会需要,是她存在的价值。

　　王定国曾与曾志及陈云同志的夫人于若木等几个老大姐发起"挽救失足青少年"的活动,并到全国各地视察监狱、劳教所,足迹遍布大半个中国,发起组建了中国关心下一代工作委员会。老人坚持参加社会公益活动，特别是对儿童福利事业关心百倍。她以她的影响和人格魅力组织动员社会各界支持少年儿童福利事业。她还关心中国已经开始老龄社会的问题，与一些老同志共同发起组建了中国老龄委员会。此外，王定国参与发起的"中国老年文物学会"，促成了《国家文物保护法》的颁布。

　　后来，从报纸上看到很多人把长城砖拿走修猪圈，王定国觉得长城是中华民族的象征，需要保护，心疼不已的她出面组织人烧了两窑砖，把长城砖换了回来。又发起组织了"中国长城学会"，后来还请邓小平同志题词：爱我中华，修我长城。并带领几个年轻人，拍摄了37集的电视片《万里长城》和28集的电视片《长城风情录》，还牵头组织了慕田峪长城越野赛。

　　王定国真是个闲不住的老人，正像昔日她在长征路上无论多苦多累都紧跟队伍往前走。或许，她的人生就是另一条长征路，她的人生长征正在进行！

王新兰：箫声杳杳心若兰

我们走过二万五

—— 红小鬼的传奇人生

王新兰档案盘点:

王新兰,原名心兰,肖华将军夫人,长征路上最小的女红军。1924年6月出生于四川宣汉,5岁送过情报,9岁参加红军,11岁随红四方面军长征。曾任红四方面军红四军政治部宣传员、红四军政治部宣传队分队长、中央军委三局五十五分队报务员、八路军一一五师政治部新闻电台台长、一一五师政治部秘书处机要秘书、东北南满司令部秘书兼电台台长、第四野战军特种司令部秘书处秘书、总政治部机要科副科长、总政治部专家工作室主任、交通部干部局干部科科长、交通部外事处处长、总政治部秘书处副处长、总政治部主任办公室副主任、军委副秘书长办公室副主任、兰州军区后勤部副政委、兰州军区后勤部顾问等职;1955年被授予上校军衔;1985年12月离休(正军职)。

她从小受到革命熏陶,5岁送过情报,9岁参加红军,11岁随红四方面军长征,两次翻雪山三次过草地,在昏迷中曾走到死亡边缘,愣是用稚嫩的双脚走完了长征路,随同大部队胜利到达陕北。

她这位长征路上最小的女红军的传奇人生,还因她和肖华的动人爱情而更加传奇,罗荣桓热心为他们搭鹊桥,毛泽东拍电报让她"约会",战地成亲,相濡以沫几十载,在"文革"时期历经磨难。

王新兰接受采访

历史迷雾重重。中国工农红军那场"不可思议"的大迁徙与文化大革命的苦涩浩劫，给后人留下许多回味、考证的"谜团"。王新兰作为那段历史的见证人，她的所见所闻为我们对那段历史的"阅读"提供了佐证。

（一）总理弥留之际还在哼唱的经典组歌诞生的前前后后

"雪皑皑，野茫茫，高原寒，炊断粮。红军都是钢铁汉，千锤百炼不怕难。……"每每听到这熟悉的歌词和旋律，王新兰的眼前就闪现出丈夫肖华创作《长征组歌》的情景。自己一唱起丈夫写的这首歌，当年走过草地雪山的王新兰总是心潮起伏，她对长征记忆太深刻了。

关于长征，美国记者斯诺曾说："总有一天，会有人把这部激动人心的远征史全部写出来的。"在长征胜利30年后的1965年，12首"三七句、四八开"的系列组诗横空出世，这就是《长征组诗》。其中10首被谱曲传唱，一唱就是40余年，这就是《长征组歌——红军不怕远征难》。组诗的作者就是王新兰的丈夫、时任解放军总政治部主任的肖华。

1965年7月19日，天津人民会堂，肖华第一次审看《长征组歌》排演。当时，天气炎热，排演现场连电扇都没有。就在这样的闷热中，肖华和王新兰却看得十分投入。演完后，肖华和王新兰走上舞台。有人搬来一把椅子请肖华坐下，他看了看演员们被汗水湿透的演出服，转头对文工团团长晨耕说："你让演员们把演出服脱了，也都坐下吧。"

肖华说，作为长征的亲历者、战斗员和指挥员，他觉得有一种巨大的历史责任感在推动着他写《长征组诗》。所以，他一定要写出来让战士们演唱，让所有的人了解长征的故事，牢记长征精神。他对演员们说："你们唱得不错，但是如果你们了解了长征就会唱得更好！"肖华随后说："长征这段历史是十分感人的。我在写《长征组诗》的时候，泪水经常打湿手稿。每每我写到最艰苦的地方，就回想起那些与我一起长征过的战友，他们有的已经牺牲了。"说到这里肖华哽咽了，王新兰和演员也都掉下了眼泪。

王新兰回忆说：1934年，时年18岁的肖华跟随红军主力开始了举世闻名的长征。二万五千里的长征路，他亲身经历了一场场生死考验。他忘不了当年长征路上的每一个场景，忘不了和自己一起战斗生活过的战友。面对长征，肖华有太多的话要说,太多的情要诉。

1964年2月,全国肝炎流行,肖华下连队时染上了严重的肝炎,待在北京公务繁忙,不利于治病康复,周恩来总理指示肖华离开北京,到外地休养一段时间,并特别关照要王新兰一同前往,以便陪同照看。这一年4月,肖华和王新兰来到杭州西子湖畔。此时,全军各部队正准备庆祝红军长征30周年纪念活动,不少文艺单位多次向亲历过长征的肖华约稿,这成了肖华创作《长征组歌》的直接动因。

其实,讴歌长征,肖华早有想法。自从走完了长征路,长征便成为肖华生命的一部分。那场震惊世界的远征,那场使红军从濒于灭亡之中再生的大迁徙,那场红军向难以承载的生存极限挑战的英雄壮举,肖华视之为中国共产党最珍贵的精神遗产,因而值得大书特书。

早在1958年夏,肖华得到一本描绘长征的画册,如获至宝。当时,他与有关方面负责人谈话说,除了画册,应该用多种艺术形式表现长征。他还对王新兰说,如果有一个整块的时间,一定要写一写长征。遗憾的是,繁忙的工作使他一直无法拿起笔来。到杭州治病疗养,终于有了创作的机会。

创作首先遇到的是艺术表现形式问题。肖华考虑到身体状况欠佳,不便写长篇大论,于是采用诗歌的形式。肖华长于诗词,在杭州又集中阅读了唐诗、宋词中的一些名家之作。中国古诗词凝练含蓄、韵律优美,极富表现力和形式美。经过思考,他很快确定了用组诗的形式表现作品的内容。考虑舞台演出的通俗性,他在借鉴古诗词的基础上,采取了"三七句、四八开"的格式,即每段诗词用4个三字句、8个七字句、共12行68个字组成,一诗一韵。这种形式,既有统一的格律,便于记忆朗诵、谱曲歌唱,又较旧格律自由,不受平仄、对仗的限制。

创作的真正难度在于对作品内容的整体把握。肖华虽亲历长征,但他当年只有18岁,先是少共国际师政委,过草地前是红二师政委,只熟悉红一方面军的长征。对于红二、红四方面军和红二十五军的长征则知之不多。因此,要把红军三大主力艰苦卓绝的长征准确地概括到一部诗歌中,是十分困难的。为此,他阅读了有关长征的大量资料和老同志写的回忆录,反复重温了毛泽东的《论反对日本帝国主义的策略》《中国革命战争的战略问题》以及《关于若干历史问题的决议》等著作,用其中关于长征的精辟论述,作为创作的指导思想。

同时，认真研读了毛泽东关于长征的诗词。

掌握丰富的史料后，肖华按照长征的历史进程，从极其复杂的斗争生活中，选取了长征中 12 个"关节点"，安排了组诗的整体结构，即：告别、突破封锁线、进遵义、入云南、飞越大渡河、过雪山草地、到吴起镇、祝捷、报喜、大会师、会师献礼、誓师抗日。

于是，肖华忘记了自己病人的身份，进入忘我的创作境界。屋里的灯光常常亮到午夜。王新兰此刻也无法劝阻丈夫休息。夜深人静时，她会悄悄地在丈夫身边站一会儿，她看到的是一页页被泪水模糊的稿纸。王新兰说，为了不影响肖华的身体健康，在创作前，她就曾与肖华有许多"约法"和"规定"，但是肖华一进入创作状态，就什么也不顾了，甚至通宵达旦，而且常常是一边流泪一边写。

长征途中没流过一滴泪的肖华，将感情的闸门向逝去的历史打开了。王新兰说，写得很是辛苦，人都瘦了十几斤——那真的是"呕心沥血"。

写就后，肖华用毛泽东的七律诗《长征》中的首句"红军不怕远征难"为题，分别呈送给周总理和在京的许多老帅传阅。老帅们都说，用 12 首诗来概括长征全过程，这在过去是从来没有过的，组诗高度概括了中国工农红军举世无双的二万五千里长征的历程，歌颂了无产阶级革命战士不怕任何艰难困苦和坚韧不拔的革命意志，抒发了无产阶级革命战士的英雄气概和革命乐观主义、革命英雄主义的崇高精神。周总理更是非常高兴，也非常喜欢，尤其是对"四渡赤水出奇兵，毛主席用兵真如神"特别赞赏，说这是"神来之笔"。当时正在搞音乐舞蹈史诗《东方红》，中间唯独没有长征的内容，周总理说，这下好了，先把《飞越大渡河》放进去，于是"组诗"开始变为"组歌"。

曲谱初稿成形后，肖华在杭州的病房里接见了北京军区战友文工团的晨耕、生茂、唐诃、遇秋四位曲作者，让他们一首一首地为他哼唱，并提出修改意见。

其实，当初为组歌谱曲的除了北京军区战友文工团的晨耕、生茂、唐诃、遇秋四个人外，总政文工团时乐蒙也同时写了一稿，他这个版本气势宏大，技巧很高。周总理反复听了两个版本后，觉得各有千秋。考虑到北京军区战友文工团的好唱好记，便于传唱，基本倾向于这个版本。王新兰印象深刻的是：一次周总理审查战友文工团的"组歌"时，她和肖华带着 5 个孩子也去了，周总理问萧家五兄妹："两个《长征组歌》，你们都听过吗？"他们回答说，听过。

周总理又问:"你们说,两个组歌,哪个好?"四个大一点的孩子不好意思说,13岁的肖霞却夺口而出:"北京军区的好。"周总理又问:"好在什么地方?"肖霞说:"好听好唱。"周总理笑着说:"看来咱们意见是一致的。"当时,在旁的王新兰笑了笑。

战友文工团排练期间,周总理亲自去作动员,要他们去部队参观、学习,了解情况,不但要形似,穿上军服、穿上草鞋、打上绑腿,更要神似。王新兰依稀记得,当年在天津审看排演时,肖华含着眼泪讲了很多,几次都哽咽着讲不下去了。那天,肖华对全体演员说:"是30年来一直撞击我心灵的东西让我写出这组诗来。这组诗是有剧情的,必须带着真情实感来唱,才能更好地表现它。"

周恩来总理还曾这样评价肖华和他的组诗:"只有经过了长征的人才会写出《长征组歌》;只有有激情的人才会写出《长征组歌》。你为党和人民做了件好事,为子孙后代做了件好事,我感谢你。"王新兰也认为,《长征组歌》是一部饱蘸着血泪和激情的经典之作。

"总理在病重期间,我们都很想去看他,但肖华刚从狱中出来,我们无法进去。总理生前,曾先后17次观看组歌演出,他能唱出组歌的全部歌词。总理在弥留之际,最后唱的一句是'官兵一致同甘苦,革命理想高于天'……"说到这里,王新兰声泪俱下,哽咽难言。

据悉,"文革"期间,《长征组歌》有8年没有正式演出。1975年,邓小平主持军委工作后,指示复排《长征组歌》。同年10月,复排后的《长征组歌》在北京展览馆剧场连演一个月,场场爆满。反响的热烈程度远远超乎演员们的想象。很多观众看完演出后都不坐车了,而是手挽着手一路哼唱着《长征组歌》回家。

《长征组歌》这部脍炙人口的音乐史诗,用血与火谱写的旋律,穿透上一世纪的回音壁,响彻新世纪的天空。而由组歌述说、重现的长征画面,一次次令人们感慨万千,一幅幅定格为永恒的记忆……

(二)小小通信员的红色启蒙教育和红星情结

"哥哥当红军,弟弟要同行。莫说我年纪小,当个通讯兵……"当年红军打下四川宣汉城时,一个小女孩一脸稚气,挤在看热闹的人群里,第一次看见穿着军装、腰上别着盒子枪的女兵,十分羡慕。看到女兵们向群众领唱这些革命歌谣的场面,这个小女孩十分激动:女兵好威武、好漂亮,我能成为其中的一员该多好。

当年这个小女孩就是王新兰。王新兰原名心兰,参加革命后改为"新兰"。1926年6月,她出生在四川省宣化县王家坝的一个知识分子家里。父亲王天保是前清贡生。6岁那年,王新兰的父亲去世。在王新兰的印象中,父亲常年穿件青布长袍,举止儒雅。父亲看重读书,王新兰记事起就常听父亲说:"耕,养命;读,达理。二者废一不可。"

王新兰的叔叔王维舟是个地下党员,在家乡创办了一所新式学校——宏文小学。5岁那年,父亲送王新兰到这里读书。在这里,王新兰不仅读书习字,还接受了最初的革命启蒙。

当时,王维舟秘密发动群众,建立了川东游击军,领导了著名的川东起义。于是,军阀刘存厚把王维舟视为眼中钉,悬赏捉拿他。王维舟和王新兰的两个哥哥躲在一个阁楼上。5岁的王新兰已懂些事,慢慢有些觉察,先是发现她的哥哥姐姐时不时地往楼上钻,后来又发现只要哥哥姐姐上楼,叔叔也准在楼上。王新兰发现他们的行动有些神秘,神情都很庄重,她想他们一定在干什么大事情。

不久,刘存厚派一个连进驻王家坝,连长就住在王新兰家。国民党连长经常指挥他的手下四处活动,搜山、抓人,给地下党和游击军的联络造成很大困难。地下党看王新兰年纪小,不易被怀疑,就经常派她去送信。有些文章曾说王新兰9岁参加革命,看来,早在5岁那年王新兰就提着脑袋给共产党送信了,当然是革命活动。今天,王新兰对此笑了笑,说:"能活下来就不错了。9岁参加革命,江青还说是假的,她说什么——长征死了那么多人,一个八九岁的小丫头还能活下来吗?"

王维舟离开那个阁楼后,王新兰的两个哥哥也跟着他走了。他们奔波在宣汉、开江、梁山一带的广大农村,发动群众。沉寂了几个月的川东大地又沸腾起来了。他们走过的地方,红红火火地建立起了农民协会、妇女会和游击队。这时,王新兰心里明白,这些都和小阁楼上那些秘密活动有关。

1932年底,为配合从鄂豫皖根据地撤出的红四方面军入川,川东游击军加紧了对敌斗争，努力扩大游击根据地。到1933年10月，在红四方面军发动的宣（汉）达（县）战役中，王维舟配合红军主力前后夹击军阀刘存厚，使其溃不成军。

11月2日，在宣汉县城西门操场隆重举行了庆祝大会。庆祝大会上，川东游击军正式改编为红四方面军第三十三军，任命王维舟为军长。大会盛况空前，大街小巷被挤得水泄不通。几十年后的今日，王新兰回忆起那天的盛况还十分高兴。她说："那天，姐姐心国带着我，半夜就起了床。我们一人举着一面小旗，跟在队伍里，向会场走去。离宣汉城还有好几里路，就听到了从那里传来的锣鼓声和鞭炮声。一进城，就被满眼的标语、红旗和此起彼伏的口号声包围了。"

此前，王新兰还没有看见过那么多的人聚会，十分兴奋。她远远地看见站在操场土台子上的叔叔王维舟第一次穿上了正规的军装，刮了脸，显得很精神。

几天后，王新兰的姐姐王心国也参加了红军，分配到红四方面军宣传委员会。看到姐姐戴上了缀着红五星的八角帽，王新兰又高兴又羡慕，整天蹦蹦跳跳跟在姐姐她们后面，一会儿跟着学歌谣，一会儿帮着刷标语。

这时，王新兰也找队伍上的人要求当红军，队伍上的人说她太小不行。王新兰又到另一个征兵点去问，还是不行。于是，王新兰闷闷不乐。姐姐知道她的心思，答应她到了12岁，一定能帮她当上兵，因为红四军有一个12岁的宣传员。这时，王新兰认真地对姐姐说，那我谎报年龄，就说是12岁。姐姐说，你长得那么小，说12岁哪个相信？王新兰照了照镜子，一副无可奈何的样子。

此时，西北革命军事委员会决定，宣、达一线的红军和地方机关撤至川陕苏区的中心地域通（江）南（江）巴（中）一带。姐姐担心母亲和妹妹，专门从红四军赶回家，将母亲托付给村苏维埃主席，让她随苏维埃一起转移。母亲走后，家里只剩下王新兰孤零零的一个人了。于是，王新兰一头扎进姐姐怀里哭了起来，说一定要跟着她去当红军。姐姐没有办法，只好带着王新兰一起来到了红四军军部。

姐姐把王新兰领到红四军政治部主任徐立清跟前，说她的妹妹要参军。徐立清笑着打量了一下这个眼巴巴看着自己的小女孩：剪裁合身的小旗袍，透着生气的短头发，白里透红的圆脸蛋，可爱极了。不过，他还是叹了口气："孩子，你太小了——个头还没有步枪高，还是找个亲戚家避一段时间吧。"王新兰一听,眼泪扑簌簌地流。

忽然,王新兰停止哭泣,大着嗓门说:"你别把我看小了,我什么都能干!"徐立清见她率真的样子,哈哈大笑:"哦?什么都能干?那就说说你能干些什么。"

"好!"听首长话有松口,王新兰的劲头更足了:"我会写字,会跳舞,会吹奏,还会唱歌!"说着她还用手在地下写了几个字让徐立清看。这时,姐姐王心国也在旁边帮腔:"首长,你就收下我妹妹吧!你别看她年龄小,可她已经为党工作好几年了。"她如数家珍般把王新兰几年来为党传递情报的事讲给徐立清。

徐立清一边听,一边连连点头:"嗯,不错,不错。"专心听王心国说完,徐立清转而对王新兰说:"小妹妹,不是红军不要你,只是你的年龄太小了……"一听又没希望了,王新兰耍起了小孩脾气:"小?小怎么了?哪个天生会打仗,还不是一点点学起来的?我虽然年龄小,可学东西还快呢!"

在一旁的王心国替妹妹求情说:"白匪来了,和红军沾边的都得杀,留下来不是等着让白匪杀吗?就让她跟着红军走吧,我晓得她太小,没办法,能活下来就活,活不下来就……"王心国说着,眼泪也流了出来,"她小是小,却懂事,不会给队伍添麻烦的。"

徐立清想了一阵,击一下掌,说:"你,红军收下了!"王新兰破涕为笑,兴奋得跳了起来。这一年,王新兰9岁。如今,王新兰还庆幸当年红军接收了她。

很快,王新兰被分到红四军宣传委员会,和姐姐住在一起。王新兰回忆说:"穿上专门为我做的一套小军装,戴上红五星八角帽,别提心里多高兴了。"

后来,红四军成立宣传队,王新兰就成了一名小宣传员,"天天跟着老同志学识简谱、吹笛子、吹箫、打洋鼓",成了宣传队里的多面手,经常参加演出自编的戏剧或舞蹈,给部队鼓劲。

一天,王新兰返回宿舍没有看见姐姐,就四处找,却在床板上发现了一个字迹清秀的纸条:"小妹,组织调我到省委工作,来不及和你告别,以后就靠你自己管理自己了。"拿着小纸条,王新兰哭了起来。

原来,中共四川省委要在红四军里找一个文化程度高的人,去给省委书记兼保卫局长周纯全当秘书,选来选去,最后选中了王新兰的姐姐王心国。王新兰没有想到,从此以后她再也没有见到过自己的这个姐姐,也再也没有见到过自己两个同样在红军队伍里的哥哥及六姐夫（让王新兰痛心的是，这四位亲人不是牺牲在战场上，而是死在张国焘"肃反"的祭坛上）。

1934年秋，红四军开到了四川北部的苍旺坝。一天，有人捎信给王新兰说，她的母亲就在附近，病得很厉害。王新兰心急火燎地赶了30多里路，在一间四面透风的破房子里见到了病危的母亲。一见面，母女俩哭成一团。母亲抚摸着女儿说："新兰，陪妈几天吧。"王新兰只是哭，不说话——部队行踪不定，她来时领导交代过必须当天返回。王新兰无法开口把这话告诉病势垂危的母亲。

晚年，王新兰对子女回忆说："离开妈妈、走出那间破房子的时候，我没有回头，也不敢回头，怕妈妈在绝望的目光中再也迈不动脚步。"这次，王新兰心里清楚，这次相见，是她们母女的永诀……

（三）红军娃"跑"在长征路上挑战生存极限

"同志们，加劲走，赶快穿过大风口。莫歇劲，莫逗留，'三不准'要求记心头。……"当年在寒冷的风口上，王新兰打着小竹板，向路过的部队一遍又一遍地说着烂熟的顺口溜。那段历史越来越远，亲历者越来越少，记者有幸采访到王新兰这位铁流小巾帼，她以一名参与者的特殊身份和女人特有的细腻，对长征这影响中国革命深远的行动有自己客观的而不失翔实的描述。

1935年春，红四方面军西渡嘉陵江，开始长征。这年3月30日晚，在这望不到头的队伍里，不到11岁的"红军娃"王新兰迈着稚嫩的小腿，被宣传队的大姐姐们搀扶着，登上了渡江的木船。

王新兰不知道这条船会把自己带到哪里去，她只知道自己必须跟着这支队伍走，因为除了这支队伍，她什么也没有了。说到对长征的感觉，王新兰说："最深的感觉就是走路，没完没了地走路，整天整天地走，整夜整夜地走。"

部队打仗时，王新兰她们就和群众一起抢救伤员，有时一天要抬几百个伤员。王新兰年纪小，抬不动重伤员，就扶着轻伤员走。长征路上，有爱讲笑话的王新兰的地方，总有许多笑声。可是过江半个多月，有人发现听不到她的笑声了。原来，王新兰染上了重伤寒，吃不下饭，身体一天比一天虚弱。这时，还清醒的王新兰不断地提醒自己，无论如何，千万不能掉队——在这种时候掉队，等着自己的只有死亡。

一天早晨，王新兰挣扎着刚走十来里地，眼前一黑，就一头栽倒在地。战友们用树枝扎了担架抬着她继续往前走。部队走到川西时，她已牙关紧闭，不省人事了。没过多久，头发眉毛全都脱落了。宣传队的一位大姐抱着一线希望，天天把饭嚼烂，掰开她的嘴，一点点喂她。渐渐地，王新兰又奇迹般地睁开了眼睛。

宣传队抬着重病的王新兰行军，行动十分艰难，特别是有敌人尾追的时候。一天，在一个村子宿营，有人建议给房东一些大洋，把王新兰留下来。红四军政治部主任洪学智得知后，赶忙来到宣传队，说："这孩子表演技术不错，一台好的演出，对部队是一股巨大的精神力量。"他给宣传队下了一道命令："再难也要把她带上，谁把她丢了，我找谁算账！"

王新兰躺在担架上，被战友们抬着走了个把月。渐渐地，王新兰开始进食了，脸色也好了起来，部队到达理番时，她已能勉强坐起来了。死神最终与王新兰擦肩而过。

当王新兰能下地以后，又拄根棍子，拖着红肿的双腿，紧紧地跟着队伍，走那永远也走不到头的路。王新兰人小腿短，别人走一步，她得走两步，她一边走一边在心里告诫自己："千万不能掉队，千万不能掉队！"就这样，王新兰跟着队伍跋涉在铁流之中。

病终于好了，王新兰又开始参加宣传队的工作，每天跑前跑后地忙碌，进行宣传。

在翻越夹金山时，她们衣衫单薄，身上冻得像刀割。当时大部队定在凌晨5点动身上山，宣传队必须提前到险要处搭宣传棚。王新兰她们刚走到山脚，就感到雪山的厉害，地下的雪冻得硬邦邦的，木棍着地，发出"咯咯"的响声。越往上爬，空气越稀薄，呼吸十分困难。看到王新兰这样小的孩子站在风口上宣传鼓动，红军战士都很感动，用力向上爬。十一师过去了，十二师过去了……宣传队员们都快冻僵了，陈锡联带队走上去，爱怜地摸着王新兰的头说："部队快过完了，你们宣传队快些走，这里不能待得过久。"

6月，部队到达懋功，一、四两个方面军胜利会师。十万大军聚集在一起，两个方面军的同志相互倾诉、相互慰问，互赠草鞋、羊毛什么的。王新兰回忆说，当时到处热气腾腾，空气中充满了歌声和笑声。那些日子，王新兰每天都有演出，唱歌、跳舞、吹口琴。

部队在懋功停留了一段时间，但没有筹到多少粮食。8月上旬，部队在毛泽东的直接率领下，从毛儿盖出发进入草地。

茫茫草地，已经多少个世纪没有踩过人的足迹。一群红军战士走进来，一曲人类求生存的颂歌在无垠的草地上奏响了。王新兰背着一条线毯、一双草鞋、一根横笛，拄着根小棍紧跟着前边的同志，走进了草地。

到了草地，王新兰和其他红军战士一样，白天吃野草，晚上没觉睡。"因为都是水，一块干地没有，不过每个人都有一个小背包，里头有双草鞋，或者还有一个床单什么的，就把它垫在屁股下面坐着，大家背靠背坐着，晚上冷啊，冷得要命。"

草地的夜似乎很长，王新兰她们又冷又饿。指导员到附近找来些枯草，生起一把火，领着她们搓手、跺脚、唱歌。歌声驱散了寒夜，迎来了黎明。王新兰回忆说："当时，整天饿得发慌，有时挪动一步，浑身摇晃，眼前直冒金星。"

一天、两天、三天……她们在草地上走啊走啊，前方终于出现了树木，草地走到了尽头。王新兰抑制不住泪水，与同伴们紧紧地拥抱在一起。回望草地，已经有不知多少战友倒下了，留在了草地上。如今，王新兰说："过雪山草地，印象最深，永远也忘不了，因为那是在整个长征的两年历程当中最艰难最苦的，可以说是挑战极限——那真是，每一个战士都在向极限挑战，什么极限，死亡极限、生存极限。"

刚走出草地，张国焘公开和党中央搞分裂，下令红四方面军过草地南下。9月中旬，王新兰跟着部队二过草地。时值深秋，无衣无食，加上刚过一次草地，部队已经疲惫不堪了。茫茫草地，似乎没有尽头，路旁不断增添新隆起的坟头。王新兰和几个小队员谁也不说话，她们闷闷不乐地跟着部队走，心里的疑问越来越大："为什么不跟中央北上，为什么又要过草地南下？"

倒下的人越来越多，走到草地边缘时，战士们已经耗尽了最后一点力气。终于又走出了草地……

11月中旬，红四方面军在百丈地区与国民党军十数旅激战，毙伤其1.5万余人，但因自身伤亡过重，众寡悬殊，撤出百丈，被迫转入守势。而今，王新兰说，上边叫怎么走就怎么走，直到南下碰壁，清算张国焘的分裂主义时，才真正知道是路线上出了问题。参加了百丈之役战场救护的王新兰说，此前，她还没有看见过那么惨烈的战斗：红军和川军相互扭结在一起，用手撕、用嘴咬，到处是死人，尸体摞在一起，纵横错列，触目惊心。王新兰和宣传队的同志一次次冲进硝烟里，把一批又一批伤员抬下来，"在百丈激战的7天7夜里，宣传队的工作特别艰难。经过百丈这一战，我觉得自己一下子长大了"。

百丈一役是张国焘南下碰壁的开始。当时，红四方面军大部集中在夹金山以南的天全、宝兴、芦山一带休整、集训。由于王新兰在火线救护和宣传中的突出表现，这年11月，她光荣加入了共青团，成为宣传队中年龄最小的团员。

王新兰参加的集训还没有结束，国民党薛岳部纠集10个团配合川军向天全压来，王新兰她们奉命连夜赶回部队。敌人进攻暂时被击退后，红军被迫撤出了川西，由丹巴西进。

1936年2月下旬，红军翻越折多山等大雪山，于3月中旬到达道孚、炉霍、瞻化、甘孜一带。此时，全军已从南下时的8万人锐减到4万人。对张国焘的不满情绪在官兵中蔓延……

7月2日，红四方面军主力与红二、六军团齐集甘孜。会师那天，洪学智组织宣传队敲锣打鼓列队欢迎，王新兰第一次看到了闻名已久的贺龙、任弼时、关向应等。由于朱德、任弼时、贺龙、关向应等的努力，南下走到绝路的张国焘不得不同意北上与中央会合。

就这样，王新兰随红四方面军第三次走了草地。王新兰说："第三次过草地是最艰苦的一次，走到草地时，部队带的粮食都快吃光了。经过前两次草地行军，草地上能吃的野菜、草根也都挖光了。进入草地不久，不少人已饿得上气不接下气，有时走着走着就看到前边一个同志倒下了……"

10月9日，走过万水千山的一、四两个方面军在甘肃会宁胜利会师。至此，震惊中外的长征宣告结束。采访时，当记者说"您是徒步走完长征全程的年龄最小的红军"时，王新兰笑了笑："当时我的年龄小，步子小，别人走一步，我得跑两三步，一天到晚总在不停地跑。别人走完了长征，我是跑完了长征。"

（四）传奇而浪漫的"红色恋歌"

1937年春，由于王新兰的出色表现，她由团员直接转为中共党员。这时，在艰苦环境中成长起来的王新兰长高了，长成一个美丽的大姑娘。

7月，组织上送王新兰去延安红军大学学习。她来到驻陕西三原的云阳镇八路军总部，换过介绍信后就准备由此去延安了。不巧的是，由于暴雨冲垮了通往延安的道路，王新兰只好住在云阳镇等道路修好再去延安。当时，村子里住着即将改编的红军，肖华也住在这里。

1937年，王新兰（中）与战友在陕西三原镇

第二天，王新兰和两个一同要去延安学习的女友到村外散步。村外清新的空气、勃勃的生机勾起了姑娘们的舞兴。三个曾当过宣传队员的姑娘以草地为舞台跳起了欢快的苏联马刀舞。沉浸在舞兴中的姑娘们的优美舞姿，吸引了许多红军战士围观。一曲跳定，一声叫好声传来，同时传来给王新兰的打招呼声。王新兰一看，原来是陈赓。接下来，陈赓向王新兰介绍起身边的战友来：李天佑、杨勇、肖华……

介绍完，肖华提议让姑娘们再跳一曲，再唱一曲。大方的姑娘们高兴地同意了这个倡议，几乎演了一台小晚会。鼓掌最热烈的要数肖华。就这样，王新兰认识了肖华。

往后的一些日子，王新兰几乎每天傍晚来这里散步，都会遇见肖华，并进行交谈，总觉得他处处微笑待人，虽脸庞瘦削，却英气逼人。13岁的王新兰对21岁的肖华怀有好感，心中总把他当作可亲的兄长。日子一久，已对王新兰燃起爱慕之情的肖华，只感觉到年纪还小的王新兰压根没听懂自己表达感情的特有方式。

一个多月的时间，一晃就过去了。肖华知道去延安的公路快通车了。这个新被任命的年轻的师政治部副主任再也坐不住了！他已经被王新兰点燃了爱情之火，可他马上要率部出师抗日，王新兰要去延安"红大"（"抗大"前身）学习，如果再不向王新兰表白自己的感情，那可能就会遗憾终生了。就此分别，不知何时才能相见。肖华有些心急，深深叹了口气：看来，不借助外力，他只能永远是她心目中可亲的大哥哥了！

一天上午，王新兰被召到八路军一一五师政治部主任罗荣桓的房间。王新兰心里直嘀咕，我不认识他，他找我干什么呢？看着拘谨的姑娘，罗荣桓先从拉家常开始，逐渐打消了王新兰的拘谨，然后说："我找你问个事，你喜欢肖华吗？"王新兰没迟疑，爽快地回答："喜欢啊！"

"那你爱他吗？"罗荣桓听到回答后又追问道。王新兰一怔，白皙的脸"刷"地一下子红了。她一直觉得肖华可亲、可敬，从心里喜欢这位兄长般的"首长"，说到爱不爱的问题，她一时不知该如何回答才好——自己还小，哪想过"爱"呢？屋子里出现了短暂的沉默，空气显得紧张起来。

看王新兰愣住了，罗荣桓接着说："肖华说他爱你。"王新兰的脸变得更红了，低着头，只觉得心里热乎乎的，依旧不知说什么好。

罗荣桓趁热打铁，又说："肖华年纪不大，本事不小，在一方面军可是个名气不小的人物。他说他爱你，不知你爱不爱他。你可以再考虑考虑。要是爱，你们之间的关系就确定下来。要是不爱他，你就直接告诉我，我去同肖华谈，让他死了这份心……"

"别，我觉得他人挺好的，我们也谈得来，我也愿意和他谈。我不知道这是不是爱。"一听罗荣桓那样说，王新兰急了。她确实没想过"爱"字，但也不想出现"不爱"这两个字。说完这些话，王新兰感到挺难为情，忙用手捂住了自己的脸。

罗荣桓听到这里，笑着说："那好，你认为肖华挺好，那我就要给你提个要求啰！你到延安后，不能再找别的男朋友了！"王新兰回答得干干脆脆："那当然！"接着，罗荣桓又强调："不过，我们还要有个君子协定：你学习结束了，前线也允许有女同志了时，你要回我们一一五师工作。""没问题！"王新兰满口答应道。

听到这儿,罗荣桓高兴地让管理科长去点菜,说,我有个客人,招待她吃顿饭。这时,肖华推门进来,罗荣桓对他说:"你也有坐不住的时候?好了,我帮你们把台搭起来了,戏怎么唱,就看你们的了。"

一位是年轻有为的将领,一位是漂亮活泼的姑娘,人们称赞他们是"郎才女貌,天生一对"。两人关系确定的当天,肖华就以一一五师政治部副主任身份奔赴抗战前线。临别之际,肖华送给王新兰一床丝绵被,嘱咐她:"新兰,见物思人呵,你可不要忘了我!"王新兰有些心酸:"嗯,你放心吧,我永远会想着你!"王新兰捧着肖华送的红底子碎花绿棉被,立在村口,目送着肖华飞马离去的身影,一股以往从未体验过的柔情在心中涌动……

抗大毕业后,王新兰又被安排进军委通讯学校学习。这是一所为红军和地下党培训无线电技术人才的通讯学校。学习内容主要是发报知识、机械原理和英语。在通讯学校,王新兰半年就学完了需要一年才能完成的学业,而且理论、操作都名列前茅。

1939年,王新兰从通讯学校结业后,被分配到延安红色中华社(新华社前身)新闻台当报务员。一天傍晚,王新兰和女伴们在延河边游玩谈笑,她兴致勃勃地唱起了刚刚学会的陕北民歌《信天游》,甜美的歌声被前来散步的毛泽东听到了。毛泽东问这个"女高音"是谁,有人回答说,是新闻台的报务员,而且是肖华的对象哩!

毛泽东早在江西苏区就认识小有名气的肖华,就微笑着向她打招呼:"唱歌的小同志,你过来,你是肖华的女朋友吧?你知道肖华现在何地吗?你想见他吗?"王新兰一看,啊!是毛泽东。顿时激动得无法言状,红着脸轻轻地说:"我想写信给他,可是不清楚他的部队现在转战到哪里了。"毛泽东对王新兰说:"这样吧,你实在想见肖华,我马上拍个电报,让肖华等几天,我设法把你送过去。"可是后来肖华回电说:"主席,来电尽悉,国难时期,一切以民族利益为重,个人问题,无暇顾及。"

直到1939年底,王新兰才在党组织的安排下到达一一五师师部。接着由罗荣桓亲自安排,将王新兰送往肖华的挺进纵队。

不巧,肖华下部队去了,王新兰只好在纵队部等待。一个身挎盒子枪的小战士向秘书耳语,冲她一笑,王新兰问:"为何笑我?"秘书说:"他认识你!""奇怪,我在延安,他怎么会认识我?""我们萧司令员经常看你的照片,司令部的同志都知道你。""哎哟,真想不到他还如此痴情!"王新兰心里欣喜万分。

这年11月21日,成了王新兰和肖华心中最甜蜜的纪念日。从那天起,他们便携起手,不再分开,共同去迎接未来生活中的风风雨雨。

有趣的是,王新兰婚后在敌电台里获悉一条新闻:"延安最近给匪首肖华送来一个美人,此人经过特种谍报训练,能飞身上马,双枪百发百中。"肖华得知,连声笑骂:"一群无能之辈!妻子明明是我爱上的,怎么说成是送来的?他们哪里懂得我们共产党人的革命情怀。"

(五)夫君近8年神秘"失踪"期间真情守望

肖华对毛泽东十分崇敬,但对他身边的江青一直保持着距离。原来,战争年代肖华在江青的家乡工作时,就了解到江青品行不好。"文革"前,江青一直想到总政兼职,并找肖华谈过,肖华没有答应。20世纪50年代,一位中央领导人的夫人向肖华反映叶群的男女作风问题。从那时起,肖华成了叶群的一块心病。"文革"开始后,林彪的权力急剧膨胀,叶群以"左"派面貌频频亮相。那些可能对自己政治生命构成"威胁"的人,成了她报复的对象。于是,在对待肖华的态度上,江青和叶群有了共同语言。两个女人议论肖华时,曾恶狠狠地说:"人家欺负咱们,咱俩联合起来,你的仇我报,我的仇你报。"

1967年1月19日下午,中央军委召集各大军区负责人在京西宾馆开"碰头会"。几位老帅和三总部、各大军区的主要负责人参加了会议。由于会议主要研究部队如何进行"文化大革命"的问题,中央文革小组的几位头头儿也来了。会上,陈伯达、江青突然将矛头指向了肖华。

江青说:"肖华是刘志坚的黑后台,部队执行中央文化革命指示不彻底,是肖华在打马虎眼。"陈伯达紧接着说:"肖华已经把人民解放军拖到资产阶级军队的边缘了。其实他本人就像个绅士,而不像个战士。"陈伯达发言之后,江青、叶群等人的火力猛了起来。

江青说:"肖华是总政主任,发文件,把总政与军委并列,是什么意思?"叶群从口袋里拿出事先准备好的稿子,当着几位老帅的面念起来,说肖华反对林副主席，破坏"文化大革命"，并将一项"三反分子"的帽子甩给了肖华。肖华几次要求发言，都被陈伯达、江青粗暴地制止了。

晚上，肖华回到家里，脸色很难看，显得很疲惫。王新兰很快就察觉到了，关切地问："不舒服吗？"肖华摇了摇头。

王新兰心里紧张，问："会上有什么事吗？"肖华用手扶着王新兰的腰，把她带进了里间屋子，脸色沉重地说："我和你说几句话，今天的会是冲着我来的，说我是资产阶级军队的代表，说我把军队带到资产阶级的道路上去了，还让我今晚去工人体育场参加批斗会。"

王新兰说："谁开的会？"肖华说："江青。"王新兰担心地问："你打算去吗？""去。"肖华说，看了王新兰一阵，又说，"我估计回不来了，万一出了什么事，你要坚强些，几个孩子都还小。不管出了什么事，你都要相信党中央、毛主席。"王新兰握着肖华的手，含着眼泪说："你放心，不管遇到什么情况，我一定把孩子带大。"

王新兰回忆说：当晚，周恩来总理给陈伯达、江青分别打了电话，传达了毛主席的有关指示，说体育场批判肖华的会不能开。然而，陈伯达、江青一伙并不甘心，当晚12点刚过，又挑动一些造反派冲击肖华所住山东街附近的寓所。所幸的是，肖华立即转移到了西山叶剑英的家里。

造反派没有找到肖华，于是围攻王新兰，质问："肖华在哪里？"王新兰故意说："他不是到工人体育场参加你们的大会去了吗？"最后，造反派抄家也没找到肖华，折腾到凌晨两三点钟，只好把王新兰抓起来，推上汽车，关在一间小房子里，连夜轮番审问。很快，周总理知道了，对造反派头头儿进行了严厉批评，并要求立即放人。

7月，毛泽东在天安门接见红卫兵，要肖华参加。林彪一伙得知后，布置人截住肖华的车，致使肖华未能参加。7月25日，林彪在天安门城楼上接见了他们操纵的人，指示说：要彻底砸烂总政阎王殿。肖华又被连续批斗。8月，一大批造反派疯狂地冲进总政大院，把标语贴满墙壁。其中一则标语尤令人注意："毛主席说，肖华是扶不起的天子。"（粉碎"四人帮"后，王新兰曾向毛泽东身边的工作人员了解主席是否说过此话，工作人员都未听说。）

12月20日，在林彪、江青一伙操纵下，造反派炮制了一份《关于反革命修正主义分子肖华的罪行和处理意见的报告》，分别上报毛泽东、林彪、中共中央、中央军委、中央文革小组。在这份充满诬陷不实之词的报告中，他们罗列了肖华的"六大罪状"，对于"总政阎王殿"的问题，他们是这样说的："总政治部长期被彭德怀、黄克诚、谭政、罗瑞卿、肖华所把持，经过他们苦心经营，变成了水泼不进、针插不进的资产阶级独立王国，一个刘邓设在我军的黑分店。"

1968年初的一天，当时被软禁在京西宾馆的肖华刚起床，就有四五个军人走进屋子，其中一个30多岁的军官对肖华说："你跟我们走一趟，有些问题要问问你。"肖华已经习惯了这种"提审"，他像往常一样，戴上帽子，便跟着那个人走出了屋子。肖华这一走，再没有回来。从此，肖华在北京"失踪"了。

其实，肖华并没有走远。他被造反派带到了一个极其秘密的地方，关了起来。

在一个小院里，肖华被关押在一间只有5平方米的小屋里。小屋的窗户被铁板钉死了，屋里吊着一只日夜通明的100瓦大灯泡，一个枪口还从门上的小孔里伸进来。造反派规定肖华睡觉脸必须朝外迎着灯光和枪口，他的一举一动都受到严密的监视。

7年之间，天天如此。肖华获释时，全身浮肿，毛孔出血，望之令人怆然。

林彪、江青也没有放过肖华的夫人王新兰。当肖华被软禁到京西宾馆时，江青就在群众大会上公开点王新兰的名，说："肖华是军内最大的走资派，他的老婆也不是个好东西。她自称是干部子弟、将军夫人、长征干部。她算什么长征干部？是让人背过来的，你们应该触及一下她的灵魂。王新兰傲得很，要杀杀她的威风！"

王新兰被关在黄寺的那间小屋里，没完没了的审讯和批斗是日复一日的"功课"。除了逼王新兰交代自己和肖华的问题外，还要她交代罗瑞卿等人的问题。王新兰说自己和丈夫有缺点有错误，但没有"三反"问题；对于其他人，她一概说不知道。最后，经江青授意，造反派给王新兰加了一顶"假党员"帽子。他们气势汹汹地说："13岁就没有入党的。"王新兰对他们的无知感到好笑，说："你们就不懂共产党的历史。"造反派恼羞成怒，将王新兰拳打脚踢了一顿。

林彪、江青成立了8个人的专案组，不分昼夜对王新兰进行监视。如今，王新兰回忆这段苦涩的岁月时，感慨地说："那时候，死去要比活着容易得多，痛快得多。我在死亡边缘徘徊过好几次，但最后还是选择了活下去。我还有一个下落不明的丈夫和5个需要我呵护的孩子。我要等着他们。"王新兰在黄寺被关了3年，未做任何结论，又被莫名其妙地放了。

她出狱后就开始打听肖华的下落。因为当时社会上传言肖华已不在人世了，有的说被秘密处决了，有的说自杀了，有的说病死了。后来王新兰在一张小报上看到一条消息——张春桥说："林副统帅说过，肖华三反分子这个案子，什么人也翻不了。"王新兰由此判断，丈夫还活着，而且还在抗拒着强加在他头上的罪名。

为了丈夫，王新兰给毛泽东写了一封长信，为丈夫申诉。她找到王震，王震通过叶剑英把信交给了毛泽东。毛泽东批示："王新兰说肖华不是三反分子，请中央政治局讨论。"但由于当时林彪、江青两个反革命集团的干扰，这封信也不了了之，王新兰陷入漫长的等待之中。

1971年春，总政的一个老水暖工轻轻地敲开了王新兰的门，把他在松树胡同修管道时见到当时在这里被拘禁的肖华一事告诉王新兰。他还活着！王新兰心中的一块石头落了地。

9月13日，林彪折戟温都尔汗，使王新兰看到了一线希望。她觉得该是丈夫回来的时候了。可是，肖华依旧没有消息。

1973年，心力交瘁的王新兰心脏病突然发作，经过抢救后病情才稳定。病床上的王新兰对围在病床边的孩子们说："我活下去的可能性不大，你们也大了，要自己照顾自己。现在，我要给周总理写一封信，我口授，你们记下来。"王新兰在给周恩来总理的信中这样写道："在我死之前，我只有一个愿望，见肖华一面，问一问他到底是不是反革命。"

儿子肖云想方设法，将信交给了周恩来的秘书。5月的一天，专案组的人找到王新兰，说："你的信上面批了，能见面，让孩子们都回来吧。"

王新兰和孩子们被带进了一间会议室。面容疲倦的肖华坐在一张椅子上，神情有些呆滞。看到王新兰和孩子们，他的目光中微微闪过了一丝惊异，但又立即恢复了原先的样子。几个女孩子看到活泼开朗的父亲成了这副模样，忍不住哭了起来。

临来之前，王新兰和孩子们商量好了，一定要将林彪摔死的消息告诉丈夫。

考虑到专案组的"约法三章",肖云事先在自己手心写上了"林彪死了"四个字。

会见时间在一秒秒地过去,但什么话也还没有说。由于一直处于专案组的严密监视之下,肖云也无法把写在手心的字拿给父亲看。忽然,肖云急中生智,对父亲说:"爸爸,你该上厕所了。"

没想到肖华漠然地看着儿子,没有任何反应。这位当年红军中最聪明、最年轻的师政委,这位新中国成立后驭繁若简的总政治部主任,此刻,却连儿子一个简单的暗示也理解不了了。肖云强忍住涌上眼眶的泪水,又对父亲说了一遍:"爸爸,你该上厕所了。"这次肖华似乎明白了些什么,点了点头。

肖云搀着父亲走出了屋子。他长得比父亲都高了,搀着父亲,觉得父亲又瘦又轻。专案组的人紧紧跟着他们,快进厕所了,专案组的人说:"快点,不能谈社会上的事!"

在厕所里,还是不能说话。肖云伸开自己的掌心,让父亲看了写在掌心的"林彪死了"那四个字。肖华一怔,目光亮了一下——显然,对于这些已经成为历史的消息,肖华一点都不知道。肖云又使劲地握了握父亲的手。然后,搀扶着父亲,走出了厕所。

一个半钟头的会见结束了。在王新兰和孩子们正要出门的时候,肖华忽然喊了一声:"新兰,你自己要多保重……"肖华一句话没有说完,王新兰的眼泪又像断了线的珠子流了下来……

在中国政治舞台上"失踪"了7年多的肖华,终于引起了暮年的毛泽东主席的注意。

1974年9月,在中华人民共和国成立25周年纪念日的前夕,北京派专人将出席天安门国庆观礼的人员名单送往长沙,请住在那里的毛泽东审定。毛泽东看了半天,亲手添上了肖华、刘志坚两个人的名字。此时,离国庆节仅有两天。

江青一伙慌了,指示专案组立即把肖华放了,并通知为他赶制军装。当通知肖华说要放他出去时,肖华摇摇头:"我不出去!我一个总政主任,你们说抓就抓,说放就放,哪有这么容易,我要一个文字结论。"

国庆观礼在即,专案组担心毛泽东过问,于是慌了手脚。无奈之中,他们开车接来了王新兰。

王新兰是第一次来到肖华的拘所。她进屋时,肖华正面朝外躺在一张窄木板床上,见到王新兰,他坐了起来。一套穿了8年的军装已经烂成了一条一条的。王新兰走过去,扶着丈夫的肩膀,落泪了。肖华用一只手揽着王新兰的腰,低声说:"不要哭,不要哭……"

9月30日,肖华出现在人民大会堂国庆招待会现场。在近8年之后见到肖华,周恩来感慨万分,走过来,拉着肖华的手,摇了半天,没有说出一句话。

10月1日,"失踪"了近8年的肖华出现在天安门城楼上……

这一切如梦,王新兰和她的孩子不堪回首!

(六)强装笑颜的日子让人心碎

1985年4月11日,政协六届三次会议刚结束,肖华就住进了三〇一医院。第二天,被确诊为晚期胃癌。

早在这年春,肖华在山东、广东、湖南等地作经济体制改革调查的时候,病魔就已在悄悄吞噬着他的生命。起先的感觉是胃部不适,吃不下东西,常伴有隐痛。肖华一向不注意身体,只要不发烧,他就不会躺下休息。3月,肖华从外地回到北京,准备参加全国政协会议。王新兰看他脸色不好,明显消瘦了,劝他赶快住院检查治疗。肖华却不在意地说:"没事,不急,等开完会再说。"

一纸"癌症晚期,癌细胞已从胃扩散到肝"的诊断书,犹如一个无情的判决,将王新兰和子女震蒙了。王新兰一听就昏了过去,醒过来之后,她把自己关在屋子里,失声痛哭起来。痛定思痛,王新兰和子女们商定,为了稳定肖华的情绪,争取一线生机,暂时向他隐瞒真实病情。

次日一大早,擦去泪痕的王新兰收拾得干干净净,带着一副笑脸出现在肖华的病榻前。有时在家里哭肿了眼睛,怕肖华看见引起怀疑,王新兰就戴个大口罩去医院。

一次,肖华见王新兰戴个大口罩,觉得奇怪,问:"这么热的天,你戴口罩做什么?"王新兰说:"我得了感冒,怕传染给你。"肖华说:"不要紧,我在医院里,不怕传染。"王新兰只好把口罩摘掉。

肖华看到王新兰的红眼圈,故意笑着问:"你的眼睛怎么红了?哭鼻子了?"王新兰想哭,却努力笑着,说:"谁哭了,感冒,流眼泪流的。"王新兰坐在肖华床头，肖华抓着她的手说："新兰，近来你也瘦多了。"王新兰强装笑颜，说："不瘦，我昨天才称过，比两个月前少两三斤，不过那时候穿得多。"王新兰撒了一个真诚的谎。

肖华安慰王新兰说："你别为我担心，我不要紧，等我病好了，咱们找个空气好点的地方、僻静的地方，住下来，做两件事。一是把咱们这一生好好总结一下，写点回忆录；二是把总政的是是非非清理一下。"王新兰答应着，说："对，你快点病好，咱们到山东、东北，还有你们老家江西和陕西三原都再走一走……"王新兰觉得鼻子发酸，赶紧跑进卫生间，甩落了两行眼泪。

晚年，王新兰说，眼看着丈夫在一天天走向死亡，她却要强装笑颜和他一起煞有介事地计划未来，她觉得那滋味很难受。直到肖华去世，关于他的病，在他与家人之间一直隔着一张纸，没有被捅破。王新兰的儿子肖云说："父亲不会不知道自己得了什么病——很快消瘦下去的身体，不能进食的疼痛的肠胃，母亲强装的笑容，孩子们故作的轻松，医生护士的窃窃私语，还有中央领导人的不断探视、久违了的昔日战友的问候和远道而来的年轻部下的探望……破译这些，并不复杂。但对进入病房的每一个人，父亲还是一遍又一遍地重复着同一句话——我的病不要紧，只是胃溃疡。"

8月11日上午，时任中共中央总书记的胡耀邦得知肖华病危的消息后，于9时左右赶到三〇一医院肖华的病房。胡耀邦望着这个为党、为人民奋斗几十年的老党员，心情沉重而又庄重地俯身在肖华的耳边说："你为党、为人民奋斗了几十年，党和人民是不会忘记你的。"肖华用微弱的声音说："谢谢总书记……谢谢你……"王新兰在旁边只是偷偷地抹泪。

1985年8月12日，是一个没有阳光的日子，对王新兰是一个最痛苦最难以承受的日子。这天上午8时15分，陪伴她已46年的肖华离她而去。在王新兰守护中逝去的肖华安详、平静，犹如长途跋涉之后的沉睡。

在肖华刚刚去世的那段日子里，王新兰一个人住在西山的小楼里，小楼处处都有丈夫的痕迹，使她再度沉浸在巨大的悲痛之中。考虑到她的情况，1985年12月中央军委按正军职待遇安排她离休，于是王新兰开始了自己的晚年生活。

丈夫走后，王新兰开始一本本地阅读他留下的日记、信件，阅读那些与他们命运紧密相连的中国革命战争，阅读在历次运动中的风风雨雨，阅读共同经历的人事纠葛中的是是非非和恩恩怨怨……

　　肖华病重期间，悄悄地写下了一个条幅："永葆青春。题赠新兰，肖华。"怕王新兰知道他的心情，他把这个条幅偷偷放在抽屉中压了起来，直到整理遗物时，王新兰才发现并挂了出来。每当看到这个条幅，王新兰就会回忆同肖华在一起的日日夜夜……

　　渐渐地，孩子们发现母亲一个人在西山生活永远走不出悲伤，因为那所房子里有太多肖华的影子。在子女们的要求下，中央给王新兰在北京东城区育群胡同里找了一个小四合院。于是，王新兰搬离了西山，在一个陌生的院子里开始了生活。尽管这里没有肖华生活的痕迹，但在王新兰的生命中，肖华是永恒的存在。在这里，王新兰的心境慢慢平静，她开始勇敢地面对一个人的日子。

　　人不能选择时代，总是成长于特定的社会背景下。王新兰一生经历了战争、新中国成立初社会主义建设、十年浩劫及改革开放等不同时期。在每一阶段，她眼前都有不同的道路等着她选择，都有相互冲突的价值观念等着她取舍。是追求富贵、显赫，还是坚持自己的追求和做人的准则？王新兰这些年的经历对"信仰"二字做出了最好的诠释。

张文：铁流巾帼的红色之旅

我们走过二万五

——红小鬼的传奇人生

张文档案盘点：

张文与刘伯承夫人汪荣华在一起

张文，原名张熙泽，红军长征老战士。1919年6月出生于四川通江，1933年参加中国工农红军，1936年加入中国共产党。历任红四方面军第四军供给部被服厂战士、班长，抗日军政大学第四大队医务所护士，第六纵队后勤部政治指导员、家属学校副校长，第十五兵团子弟学校附属幼儿园主任，中国人民志愿军留守处幼儿园主任，总后勤部机关家属委员会主任，中央广播事业局机要秘书，长春市橡胶第八厂副厂长，长春市轻工业专科学校副校长，吉林工学院组织部长、党委办公室主任，解放军304医院顾问、总后勤部管理局顾问；现任解放军总后勤部老干部合唱团名誉主任、总后勤部机关幼儿园保教委员会名誉主任、中国少年儿童基金会理事。1957年曾荣获三级八一勋章、三级独立自由勋章、三级解放勋章，1988年荣获二级红星功勋荣誉章。

中国人民革命军事博物馆。《伟大壮举 光辉历程》——纪念中国工农红军长征的大型展览在这里隆重开幕。

展厅里的展柜前，人群流水般向前流动。然而，一个以半圆式在展柜前集体向前流动的人群总会引起人们的疑惑。待疑惑者挤到人群中央，才发现这些人正聚精会神地听一位老红军讲述自己亲身经历的长征。只见这位鹤发童颜的老奶奶时而笑声朗朗,时而深情讲述,时而泪光闪烁……这位老人就是洪学智将军的夫人、曾三过草地的老红军张文。年近九旬的张文是现在健在的数得过来的参加过红军长征的老战士之一。

一天午后,记者应约走进北京市海淀区一个院落,拜访革命前辈张文老人。一跨进院门,青翠的树木、应时而开的鲜花、菜地里的各色青蔬及各种果树上累累的硕果,使人油然而起一种收获的喜悦。这些不禁让人联想到,走过艰苦的战争岁月,红军战士张文在自己的人生长征中走入收获的季节。

(一)红军队伍从此就是小佣工的"家"

80年前,心中揣着"让阳光照遍中国"的理想,给地主家看孩子的小佣工张熙泽义无反顾地踏上红军长征之路。走过漫漫人生征途,早已改名为张文的她不顾年迈,踩着灿烂的阳光,走进军事博物馆纪念长征展览的展厅,走进她记忆的深处,走进她亲历的历史。

本书作者余玮在早年采访老红军张文

走在文物、图片和仿真布景连起的长征路上,每一件展品都能触发她当年的记忆,张文仿佛重回血火青春,她几度落泪,为牺牲的战友,为那段红色的历史。一幅幅红军石刻标语的照片和展品,呈现在人们面前。当年,红军在长征路上留下了无数石刻、木刻、手写标语,成为当年红军宣传革命、鼓舞斗志、瓦解敌军的重要武器。

一幅"赤化全川"的石刻标语前的资料显示,这幅字刻在四川通江县沙溪乡景塬红云崖上,高5.5米、宽4.7米,笔画宽0.7米、深0.35米,字距7.1米,10多里外清晰可见。它与雕刻在四川通江县至诚乡佛耳岩上字高5.7米、宽4.6米的"平分土地"一起,被称誉为红军的"标语之王"。

张文停下脚步,细细端详"赤化全川"四个遒劲大字。这幅石刻所在的四川通江正是她的家乡,而这幅字也是她所在的红军队伍所刻。看着这久未晤面的家乡石刻,张文的思绪不禁摇曳起来,忆起了许多故人和往事……

1919年6月,张文出生在四川省通江县洪口镇一个贫苦农民家庭,此前家里已有三个男孩。父亲名叫张玉鼎,读过私塾,在当地算是个"文化人",靠在山村教几个学生支撑一家人的生计。张玉鼎给刚出生的女儿取名叫"张熙泽",那时的张玉鼎无法预料到后来在战争年代"张文"取代"张熙泽",成为伴随女儿一生的名字。母亲张郭氏勤俭持家,每天从早到晚,耕种地主家的3亩薄地。一家人辛苦一年,也不过是勉强维持"糠菜半年粮"的生活,遇上年景不好,地租交不上,一家人也只能眼睁睁挨饿。

张文刚满9岁那年,父亲患眼疾无钱医治,不久就双目失明,丢了教书的差事,也断了全家人的主要生活来源。从此,一家人的生活重担,都压在了母亲张郭氏的肩上。为了让孩子们有口饱饭吃,张郭氏先把儿子送到地主家做工,后又把张文也送到本村一户地主家去当小佣人。

从此,每天大清早,还在睡梦中的张文被母亲拉起来,睡眼惺忪地跑到地主家,点火烧水,伺候地主婆起床,然后把地主崽收拾好,用布带驮到背上。一背就是一整天,张文的后背和裤子,被小孩尿得湿了干、干了又湿。张文用布带背大了地主家两个小孩,却还是免不了被地主婆责骂。

此后,张文又到另一户地主家带孩子。这家的地主婆心肠更坏,下手更狠。一天,张文做好饭,给地主婆端洗脸水,地主婆无端发起火来,她伸腿踢翻张文手中的盆,水洒到床前的炭火盆里,灰尘腾地扬起来。"死鬼!死鬼!一天到晚就会吃,什么也不能干!"地主婆一边骂,一边举起长烟袋锅使劲打张文的头,鲜红的血顿时顺着张文捂着头的手流下来。这次流血事件在张文的心里种下仇恨,小小的她想不明白:为什么富人要对穷人那么狠?

1932年12月，张文的苦难日子终于熬到了头。中国工农红军第四方面军来到川北，创建以通（江）南（江）巴（中）为中心的川陕革命根据地。张文惊奇地发现，洪口街上那些平日里作威作福的地主老财跑得无影无踪，红旗第一次飘扬在大巴山上。

当时，驻扎在洪口镇街上的是红四方面军第十师，二十八团团部住进了张文家。大个子团长模样很威武，一开口说话却非常和蔼可亲，他有空就给张玉鼎夫妇讲革命道理，张文有时也凑近去听，感到那些道理虽然陌生却很亲切。后来接触红军多了，张文懂的革命道理也越来越多，她渐渐明白穷人为什么受穷，地主老财为什么压迫剥削百姓。

这些革命真理像巴山夜雨，滋润张文求知若渴的心田，"参加红军、参加革命"的念头开始盘桓在张文的脑海，挥之不去，反而越来越清晰，越来越迫切。这个小秘密在张文的心里翻腾了好几个月，终于在1933年2月成为现实，张文和二哥张熙汉先后背着家人参加了红军，兄妹俩都分配在红四方面军第四军供给部的被服厂工作。

被服厂设在街上的一座大庙里，全厂有男女红军战士二三百人，每12个人编为一个班，生产、生活、管理全部军事化。厂里只有四五台不同牌子的缝纫机，男的使用机器，女的都靠手工。每人每天都有定额产量，比如做1套军装、缝10条子弹袋、上10双布鞋底、做10顶八角军帽，等等，每人任选一种。别看那时张文年纪小，身材单薄，但她做针线活心灵手巧，又不怕吃苦，每天做完自己的定额，就去帮助手慢的战友。

随着部队不断壮大，被服厂的生产任务也越来越重。春夏忙冬装，秋冬赶夏装，从早忙到晚，有时一天要工作十六七个小时。有一天，红四军政委周纯全来到车间，张文正在用小土布上衣袖口，因为整天加班，困得迷迷糊糊，一不小心把袖口上反了。周政委发现后，俯下身子轻声对她说："小鬼，你把袖口上反了。"张文一惊，看着上反的袖口，很不好意思。政委笑着拍了拍她的肩膀说："没关系，没关系，你拆掉重上就是了。"

红军生活的确苦，可张文觉得部队官兵平等，团结、紧张、严肃、活泼，红军生活再苦也没有受地主婆的打骂苦。清晨天刚蒙蒙亮，张文就与战友们打着火把去跑步。有时，部队还组织爬山比赛，女兵里总是张文最先爬上去。那时的张文连行军走路也爱哼着家乡民歌，战友们一提张文总爱说"那个爱唱歌的姑娘"。工间休息时,张文最高兴的事就是老战士教她和别的新兵唱《小放牛》《当红军》等歌曲,班组之间还组织拉歌比赛。晚上在皎洁的月光下,张文和战友们在空地上围成圆圈,玩"丢沙包"的游戏。

在革命的大家庭里,张文生活得十分充实、愉快。由于工作积极,表现出色,张文当上了女兵班长。革命激情在心中涌动,张文在革命队伍里成长。1936年2月,张文光荣地加入了中国共产党,成为党的一名忠诚战士。

(二) 几次遇险,真实、残酷而传奇的长征

虽已是耄耋高龄,张文老人仍然保持着良好的精神和语言表达能力。她说,"我永远也忘不了长征路上的大哥大姐们,他们中许多人在行军、战斗中倒下了!"1935年1月,红四方面军开始西撤,3月下旬在连续进行了广(元)昭(化)、陕南和强渡嘉陵江战役后,开始万里长征。

回忆当年的长征情形,张文说,那已经不是一个"苦"字可以形容。在军博的展厅里,张文看到一顶很旧的牛皮帽子,她说其实当年她们大多数人用的都是竹子编的帽子。展品中还有麻绳编成的小包,张文倍感亲切,因为现在她家里还保存有这样的小包。

张文感到遗憾的是现在反映战争年代的影片太少了,"我是从革命年代过来的,就喜欢看打仗的电影,像《董存瑞》什么的,现在战争片太少了"。站在光电效应做成的雪山复原场景前,张文说实际比这苦得多,"雪很深,倒下去就起不来"。"敌人的炮火离我们只有5里路。我们没有前方后方,那时肚子是空的,没有吃没有穿,但是精神上非常乐观,走到哪里就把歌声带到哪里。"张文说。

在长征途中,张文几次遇险,又几次奇迹般地脱险。她的传奇经历令人闻之惊心,却也是千千万万红军将士长征路上的真实生活写照。

长征开始后的一天夜晚,下着毛毛细雨,红军被服厂的战士们背着设备、物资,从通江向巴中清江渡行军。张文背了一篓山西晋军生产的马尾手榴弹,50多斤的重量把她的肩膀压得又红又肿。山上的羊肠小道又窄又滑,加上天黑飘雨,人又困乏,行军更为艰难,稍不留神便会掉下山涧粉身碎骨。

张文和战友们一边在山路上小心行军,一边互相提醒:"当心路滑!""尽

量靠山梁走！"一不提防，张文左脚踏在一块石头上，"扑通"一声连人带篓滚下山坡，一下子摔得晕了过去。排长刘文芝带着两名女战士，拉着树枝小心翼翼地爬下山坡，边爬边呼喊张文的名字。迷迷糊糊中听到呼喊自己的声音，张文慢慢苏醒过来，只觉得脸上火辣辣的，浑身上下疼痛起来。仔细打量周围，张文不由得倒吸了一口冷气，自己恰好躺在一棵大树上，下面就是黑黝黝的万丈深渊。如果没有那棵大树，张文就滚到深涧里去了，战友们都说她的命大。

红军强渡嘉陵江后，由于连续长途行军，饥寒交迫，张文患了肺病，身体极度虚弱，脚肿得穿不上鞋子，每迈一步都疼痛难忍，但行军的脚步却不能停止。战友们争相为她背背包、背线团，她肩上只剩下一个盛水用的铁桶。

一天，张文和战友们行军到一个小山坡，不远处的几间破草房里，竟隐蔽着一股国民党军的散兵。敌人一边朝红军开枪射击，一边分两路包抄，还狂叫"投降吧，你们跑不了啦！"张文和战友们手中没有武器，不能与敌人硬拼，唯一避开伤亡的办法就是利用地形地物，冲出敌人的包围圈。尽管大家身上都背着几十斤、上百斤的负重，还是勇敢地冲杀出一条血路。

当时，张文跑得上气不接下气，只觉得天旋地转，两眼直冒金星，敌人的子弹"嗖、嗖"地从她身边掠过，可她脑海里只有一个念头：宁死也不当俘虏！她一个劲地拼命奔跑，竟奇迹般地赶上了大部队。一到宿营地，张文就瘫倒了，趴在地上大口大口地喘粗气。战友们都围了上来，帮她卸下还背在身上的那只铁桶。"好险啊！"一个战友惊叫起来，大家马上都围了过来。原来，张文背的铁桶上被敌人的子弹打了5个窟窿。张文不禁在心里暗暗庆幸，是这只铁桶救了自己的命啊。

穿越松潘草地的时候，张文遭遇第三次险情。由于张国焘的错误路线，张文所在部队已经往返两次过草地，现在准备第三次过草地。经过几天准备，张文和战友们扔下沉重的机器，每人背着布匹和线捆、15斤青稞和一捆干柴，第三次进入了草地。在一望无垠的草地沼泽，饥饿与寒冷像两个恶魔紧紧纠缠着长途行军的红军将士。很快，张文和战友们随身带的粮食吃完了，勒紧裤腰带也不顶事，许多同志吃不饱肚子而病倒累垮。

有一天，张文从草丛里捡到一个生牛蹄子，可是草地上湿漉漉的，可以取火的燃料实在稀少，饿得不行的张文将生牛蹄用茶缸煮煮就吃了。没煮熟抑或早已变质的生牛蹄在张文肚子里"大闹革命"，害得她发烧、拉肚子。红军队伍中药品奇缺，没有药医治，腹泻使张文几乎虚脱。即使这样也不能不行军，张文只能一边忍着腹痛，一边拖着两条像灌了铅的腿向前走。

当时，部队有要求，不能丢下一个伤病员！战友们每天一到宿营地，就先把水烧好，等张文一到就帮她洗脚除乏。凭借红军战士的坚强信念和毅力及战友的搀扶相助，张文紧紧跟着部队，终于走出了神秘莫测的草地。

追忆往昔，张文激动地说，"长征路上，红军战士们团结一致、生死与共，表现出革命理想高于天的坚定信念和不畏艰难困苦的革命乐观主义精神。这种精神是我们中华民族的宝贵财富，应该教育子孙后代永远学习和继承这种精神"。

（三）简单的"终身大事"与一言难尽的硝烟岁月

在纪念红军长征胜利展览开幕当日，一群前来参观的海军女战士纷纷与张文老人合影。看着眼前年轻潇洒的女兵们，遥想当年自己和战友们的青年时代，张文不禁感慨同样的年纪不一样的青春，但"革命人永远是年轻"，经过战火洗礼的青春无怨无悔。

作为女战士，张文和姐妹们在长征路上尝过任何文字都无法描述的艰辛。回忆长征路途，张文动情地说："当时，我们既没有前方支援，也没有后勤保障，就靠着坚定的革命信念——不前进就没有出路，我们女同志空着肚子跟在男同志后边走过草地，硬是没有掉队。"

在红军的三大主力中，红四方面军的女红军人数最多，达到1800名之多，在四方面军的队伍里，女兵成团成营地组织起来，抬担架运输，生产，修炮造枪治安保卫，上前线作战，前方后方到处都有女红军的身影。女兵的贡献功不可没。长征中，张文所在的红四方面军第四军供给部被服厂女战士共有6个班、100多人，走到八里铺时，只剩下了两个班，很多女红军牺牲时连名字都没有留下。

"女同志随部队行军作战要克服比常人更多的困难，"张文说，"但在吃苦耐劳方面，女同志绝不亚于男同志。"她告诉记者，女红军行军途中什么都干，背粮食、抬担架，给伤病员喂水喂饭、洗衣服……

张文描绘了女红军当年行军的情景：那时候，我们往天全、芦山转移，一个女同志要背 5 支七九步枪，加上自己的干粮袋，山高路陡，天又下雨，没有到宿营地不能停下，马有马掌，我们女同志的脚上也有类似的东西，不戴上走不了。

男大当婚，女大当嫁，军营女儿的情感更加坚定，更加纯洁。长征路上，张文和洪学智喜结良缘。1936 年 5 月 30 日，红四军在雅砻江畔召开了运动会，主持人搞突然袭击，点名叫供给部女兵班唱歌，班长张文带着女兵列队走上主席台，领唱了《打骑兵歌》和《捉活牛歌》。她不知道这时自己已经被时任红四军政治部主任的洪学智"盯"上了。第二天在洪学智的办公室，洪学智与张文第一次谈话后他们就定下了"终身大事"。6 月 1 日晚上，张文和洪学智在军政治部办公室举办了简朴热闹的婚礼。婚前的恋爱过程省略了，婚礼也是简之又简，但战争年代结下的姻缘经过血与火的考验，坚不可摧，历久弥深。

行军作战中，生育孩子是女兵结婚后最害怕的事情。张文先后生育了 8 个儿女，其中有 4 个是出生在战争年代，最让她难忘的是当年迫不得已将大女儿送人的情景。

1939 年 7 月，张文与洪学智的大女儿醒华出生了。不久，张文抱着女儿，随洪学智所在的延安抗日军政大学第四大队到华北地区开办抗大分校。转移途中必须穿越日军封锁线，带着孩子行军非常不方便，时任抗大校长的罗瑞卿以及洪学智都多次给张文做工作，劝她把女儿送给老百姓。可是，看着女儿胖乎乎的脸蛋，两只大眼睛忽闪忽闪地看着自己，张文心中升腾起强烈的母爱，她怎么舍得扔下自己的女儿呢？洪学智见张文态度坚决，也不好再说什么。

穿越日军的封锁线前，罗瑞卿动员所有带孩子的女同志要绝对保证孩子不哭不闹，不暴露目标。离封锁线越近，张文的心缩得越紧，她背着女儿，几乎是一溜小跑地跟随部队急行军。突然，奔跑中的张文被一块石头绊了一个趔趄，女儿"哇"的一声哭了。紧张的张文一边哄女儿，一边向前跑。正拿着指挥旗命令部队前进的洪学智，听到孩子哭声后找到张文，严肃地说："把孩子留下吧！"张文一愣，继而着急地对丈夫说："你……你怎么忍心？"洪学智没有吭声，但沉默同时也是一种无声的解释与劝慰。

张文知道丈夫是个很重感情的人，可此时此地，把女儿留下也是万不得已的事。含着泪，张文慢慢把背上的女儿解下，交给丈夫。她紧紧跟在丈夫身后，找到附近一户农家，女儿连同 5 块银元一起交给了老乡。黑暗中，张文努力回忆女儿身上的特征，细细辨认周围的地貌地形，并问清了地名。

第二天清晨，部队顺利穿过日军封锁线，在老乡家休息时，张文忽然发现，女儿的一块尿布还搭在丈夫所骑马匹的马背上，睹物伤情，她不禁又哭了。党支部一个外号叫"马克思"的老红军给张文做思想工作，"别难过了，以后全国解放了，再回来找孩子吧"。果然，直到新中国成立后，这个离散了12年的女儿才回到张文的身边。

1961年三八节，参加长征的部分女红军在北京人民大会堂一起合影，张文也在其中。后来，张文将这张珍贵合影照片捐给中国革命军事博物馆。在军博此次举行的纪念红军长征的展览上，这张照片也作为展品展出。站在照片前，神情黯然的张文仔细辨认，"邓大姐（邓颖超）、康大姐（康克清）、蔡大姐（蔡畅）……我在前排右边第二个，我旁边是徐海东的爱人"。从当年合影至今，一晃又过去了半个世纪，照片上的人如今大都已离开了人世。张文深情地说："我非常想念她们。比起牺牲在长征路上的战友，我们能看到新中国、看到今天的新时代，已经足够幸运。"

（四）老战士的新长征之路就在脚下

从少年时代参加革命至今，张文从未后悔，"我当兵没有白当，如果我不革命，不跟党走或者半途而废，都没有今天"。"中国的老百姓为什么支持红军？因为红军为人民服务，为穷人打天下。"张文希望人们不要把她的话仅仅当作宣传口号，"我讲的不是故事，我是在说我的亲身经历和感受"。

她觉得现在的孩子条件简直太好了，吃的、穿的、用的什么都不缺，但又有些让人担忧，"电视什么都看，好的吸收不了，坏的接受最快"。张文觉得现在的孩子应该多学长征精神，学会艰苦奋斗，在精神上意志上不怕苦不怕累。为了教育后人不要忘记历史，不要忘记今天的幸福生活是无数革命先烈流血牺牲换来的，张文将自己保存收藏多年的战争纪念品，如红军在四川的布票、钱币、共青团员的团章等捐给了国家。

在管教孩子方面，张文是出了名的严格。大儿子洪虎小时候很淘气，张文没少批评，并曾动手打过他。因为打孩子，张文所在的党小组还专门开会，批评她打孩子不对，让她多注重说服教育。不光是管教自己的孩子认真负责，张文是全军较早的幼教工作者之一，曾长期担任幼儿教育工作，她把自己的全部心血都倾注在幼教事业上。

1950年初，洪学智在叶剑英领导下，参与接管广东省和广州市的工作。不久，张文也奉命在广州筹建第十五兵团幼儿园。当年6月，朝鲜战争爆发；10月，毛泽东签署组建中国人民志愿军入朝作战的命令，洪学智被任命为中国人民志愿军副司令员。张文随之从广州北上东北，任中国人民志愿军留守处幼儿园主任。

幼儿园的孩子小的只有1岁、大的4岁，可是他们的父母却为了祖国的和平安宁，正在朝鲜战场浴血奋战。为了带好孩子，让他们的父母在前线放心，张文一心扑在工作上。幼教工作刚刚起步，没有经验借鉴，她就边摸索边干。她还经常给前方的同志捎信，让他们多打胜仗，别挂念孩子。

那时，大女儿醒华刚从山西找回来，对家里人还有些陌生。看到妈妈每天早早起床，匆匆上班，忙得没时间和自己多说几句话，醒华感到自己不被妈妈重视，"早知道这样，还不如不回到这个家呢！"对于大女儿的埋怨和渴望，张文不是不知道，可是她是个要强的人，工作干不好就愧对前方的将士。直到成年后，自己也做了母亲，大女儿醒华才真正理解了妈妈，感情上才和妈妈亲密无间起来。

1960年4月18日，是张文永远不会忘记的日子。这一天，洪学智蒙冤而被下放到吉林省任农业机械厅厅长，张文也随之到吉林省工作。那时，大儿子洪虎已考取北京工业学院（现北京理工大学），大女儿醒华在医院进行抗结核治疗，三个孩子在念初中。担心转学会影响孩子的学业，思来想去，张文带走三个年龄小的孩子，留在北京的孩子成了张文最大的牵挂。让她欣慰的是，孩子们在家庭遭遇噩运时都没有被击倒，一个个更加成熟起来。直到1977年8月，张文和老伴才被解放回到北京，使孩子们有了一个温暖而安全的家。

自1982年起，一直关心下一代成长事业的张文被聘任为中国少年儿童基金会理事。她笑言，"穷理事全凭一张嘴"。多年来，张文为基金会募集了大量资金，为促进中国关心爱护少年儿童事业发展作出了突出的贡献。如今，与张文同时代的一些老理事都退了，年老体弱、力不从心的她也想从这个岗位上退下来。"可是，他们一直不让我退，还给我发聘书，寄资料"，接受采访时，张文指着办公桌上少儿基金会寄来的信件，有些无奈又有些欣慰地说。

对于张文来说,对下一代的关爱没有工作范围以内以外的区别。离休后,一直特别关注老区建设的张文,将视线投向贫困学子这个人群。1995年1月,张文从报纸上看到一则报道,文中提到一位来自革命老区的北京大学学生品学兼优,但生活特别困难。当时,张文心里很难过,继而萌发了资助特困大学生的想法。

在一次全家人的聚会上,张文的想法得到了孩子们的热烈响应。张文知道,孩子们分别在军队、国家机关和学校工作,收入多的1000多元,少的才几百元,经济并不宽裕。但大家当场分工,在京的六个子女一人负责一个。老伴儿洪学智知道了家人的决定后,非常支持。

参加总后老干部合唱团演出

很快,北大给张文送来了来自湖北、四川、山东等革命老区的8名特困生的资料,供她挑选。洪学智看了这8名特困生的情况介绍后说:我看这8名同学都应该资助。于是,张文和老伴资助了2名,孩子们资助6名,并商定每人每月资助100元,一直供到他们大学毕业。1997年春节,张文和老伴儿还把这8名特困生请到家里吃饭,鼓励他们继承传统、努力学习、立志成才。

现在，这些大学生早已走上了工作岗位，他们有的读了研究生，有的当了工程师，还有的出国留学深造。但是，不管他们走到哪里，都一直与张文保持联系，经常来信、来电，问候她和家人。

离休后，一下子脱离了紧张有序的工作环境，张文有些不适应。由此她想到，把其他退下来的老同志、老战友组织起来，成立老战士歌咏队，丰富大家的晚年生活。张文有军人特有的说干就干的干脆，经过她和一些老同志的组织，机关有关部门的大力支持，总后勤部第一支老战士歌咏队诞生了。张文是普通队员，更是顾问。两年后，歌咏队扩成了合唱团，不仅有自己的乐队，队员也增加到70多人，开始走出部队大院，为社会各界演出。

回首走过的艰辛又光荣的人生历程，张文自豪而又乐观。她十分风趣地说："人就是要乐观，要有一种精神，有了好的心情和强大精神动力，干啥事都成。你看我现在不用拐杖都还能走，都说我身体挺结实呢。"在接受采访时，记者也觉察到，老人虽已进入高龄，但神清气爽，言语干脆利落，步履轻松，不由得真诚地祝福她健康长寿，而老人则回报爽朗一笑。老人可能没有意识到，她的笑声、笑貌非常有感染力，已刻录进记者的大脑，随时鼓舞前行的勇气。

康克清：与红司令携手穿越风雨

我们走过二万五

——红小鬼的传奇人生

康克清档案盘点：

康克清，1911年9月出生于江西万安，1928年9月参加中国工农红军，1931年加入中国共产党。历任红军总司令部女子义勇队队长，中华苏维埃共和国临时中央政府执行委员会候补委员，红军总司令部直属队指导员，红四方面军党校总支书记，八路军总司令部直属队组织股长、政治部主任、党总支书记，晋东南妇女救国会名誉主任，中共中央妇女委员会委员，解放区战时儿童保育会代主任，全国妇联第一届至第五届常委、第三届副主席、第四届主席、第六届名誉主席，中国人民保卫儿童全国委员会主席，第五、六、七届全国政协副主席，中国福利会名誉主席，宋庆龄基金会主席，中国儿童少年基金会会长等职；系中共七大至十三大代表，第十一、十二届中央委员。

从1976年朱德病逝，每个清明节，康克清都带领儿孙到八宝山去祭扫，即使在外地，她也要赶回来。1992年的清明节，病重的康克清更加思念自己的亲密战友和伴侣朱德，可是她实在去不了八宝山祭扫，儿孙们带着她的嘱托和对朱德的一片深情来到了八宝山。朱德逝世16年来，康克清未能亲自去扫墓，这是第一次，也成了最后一次——1992年4月22日，康克清永远离开了人世。

20世纪60年代，朱德与康克清合影

康克清和红司令朱德是在井冈山斗争的艰苦岁月中相识的。无论是在反围剿作战中，还是在长征、抗日战争和解放战争中，朱德与康克清始终患难与共，生死相依，相敬如宾。他们一起穿越了战火纷飞的战争年代，携手走过了和平岁月，共同度过了非常岁月的风风雨雨……

（一）近半个世纪的情缘自一个微微点头开始

1928年2月，湖南省耒阳县苏维埃政府成立，伍若兰当选为妇女界联合会主席。伍若兰泼辣的工作作风、出色的组织能力、广博的知识，深受朱德的赞赏和喜爱，经耒阳县委同志介绍，同朱德结为夫妻，并随红军上了井冈山。参加红军后，伍若兰不仅细心照顾朱德的日常生活，而且积极地协助朱德做红军政治工作。调到军部政治部任宣传队长后，伍若兰不辞辛劳，带着宣传队深入到宁冈新城的塘南村开展分田运动。

朱德与康克清

1929年1月14日，毛泽东、朱德率领红四军军部直属部队和第二十八团、三十一团3600多人，从井冈山的茨坪和小行洲出发，向赣南出击，正式拉开了创建中央革命根据地的战幕。

2月1日，部队途经江西寻邬县吉潭，遭国民党军刘士毅的一个团包围。朱德率警卫排同敌人展开了激战。伍若兰为保护朱德和毛泽东等军部首长的安全，率一部分战士从敌人侧翼进行突击，将火力引向自己。朱德和毛泽东等军部领导脱离了危险，而她却陷入敌军重围之中，因弹尽负伤被俘，押往赣州。敌人诱其同朱德脱离关系，自首投降，伍若兰威武不屈，被惨杀于赣州。更令人发指的是，敌人还将她的头颅押送湖南长沙城示众。

几天后的一个晚上，朱德正独自坐在油灯下默默思考着什么。突然，毛泽东来到房间，拿着一张报纸走过来，沉默地递给朱德。只见报纸上赫然印着"伍若兰英勇就义于赣州"的消息，一时朱德的眼窝溢满了泪珠，似乎他早就预料到了这个结果。

毛泽东点燃一支烟，沉重地说："若兰同志是党的好战士、人民的好儿女。她就像井冈山上的兰花一样，坚韧不拔。"朱德紧紧握住报纸，遥望着溶溶月色下山岩上盛开着的兰花，情不自禁地喊了一声："若兰，我的好妻子！……"

朱德一生酷爱兰花，也许其中就包含着对品格高洁、英勇就义的伍若兰的思念。

红军脱离险境后，立刻冒着大雪向闽西进军。

3月11日深夜，红四军进入福建长汀县境内。为了便于开展游击战争，前委对红四军进行了整编，将原来的团改为纵队。

一个傍晚，太阳已经落山，正在升起的暮霭渐渐笼罩了长汀城。朱德像往常一样走出住所，到近处散步。微风吹来，送上缕缕凉意，他伸手扣上颈下的扣子。这时，走来一位红军女战士，她就是曾志。

曾志看到朱德在踱步沉思，猜测他可能还在为失去妻子伍若兰而难过，心里不由得同情起来，走上前说："朱军长，您在散步啊？"

曾志是伍若兰在湖南第三女师低两级的校友，而今是红四军的民运股长，所以同朱德很熟悉。听到有人打招呼，朱德转过脸，一看是曾志，便问："你到哪里去？"曾志答："刚吃过饭，随便走走。"

"今天宣传怎么样？"朱德想转移自己的思路，赶忙换了个话题。曾志似乎也意识到了这点，回答道："群众的情绪很高，不少青年人都要求参加红军哩！"

"好啊！"一说到青年人参军，朱德的语调顿时变得兴奋起来，"我们是人民的军队，只要替群众办了好事，他们是会拥护和支持的。"曾志凝思了一会儿，说："朱军长，到我们那里去坐一会儿吧。"这个邀请出乎朱德的意料，他猛地一愣，很快又镇静下来，点了点头："好吧，到你们那里去看看。"

曾志和一些女战士住在一间装饰很好、但并不宽敞的房间。当朱德在曾志的引领下走进房间时，女战士们都站了起来，欢迎自己尊敬的朱军长。朱德忙说："都坐吧，各人照干各人的事情，是曾志让我来坐坐的。"

女兵们都坐在各人的床边，显得有些拘谨。"怎么都不讲话了？"朱德扫视一遍后，说："刚才进门时还听到你们在这里蛮热闹的嘛，我一来都变成了哑巴！"

"你是军长，她们有点怕你。"曾志说。朱德扬了扬浓眉，说："敌人怕我，你们怕我干什么？还不是两个眼睛一张嘴巴。"幽默的话语，逗得女战士们咪咪地笑起来。其中，一个女战士笑着说："朱军长，你真有意思。"

朱德边听边用目光扫了一下坐在中间的这个高大健壮的女战士。她没有绰约动人的风姿，但她那黑里透红的脸蛋闪耀着青春的光彩，特别是那双在长睫毛覆盖下带着泼辣神情的大眼睛，像黑宝石，闪闪发光；如清澈的泉水，莹莹透明。朱德不禁问："你是哪里人？"这位女战士说："江西万安县罗塘湾。"朱德接着问："叫什么名字啊？"曾志抢答："康桂秀。"朱德又问："今年多大了？"这位女战士害羞地答："17岁。"

朱德这才知道，坐在他面前的这个叫康桂秀的女兵，原来是个地地道道的红小鬼，便问她怕不怕流血牺牲之类的话，康桂秀用浑厚稔熟的江西万安口音斩钉截铁地回答："报告军长，怕死就不出来当红军了！"朱德夸奖道："好，回答得很好嘛。"

接着，女战士们同朱德谈开了，无拘无束。过了一会儿，曾志犹豫了一下，谨慎地说："朱军长，若兰大姐牺牲了，再给您介绍个女战士吧？"

一提到伍若兰，朱德的心头猛地一紧，仿佛在他未愈的伤口上又撒了一把盐，痛得发抖。但他知道这是对他的关心，随便说了一声："好嘛。"

曾志先是看到朱德沉默，以为自己的话刺痛了他，有点儿内疚，接着听到朱德没有反对，就用目光悄悄地扫了一遍在座的女战士们，在康桂秀的身上停留的时间最长。

17年前生于江西万安县罗塘湾塘下村的康桂秀，是一个善良贫苦渔民的女儿，因打鱼生活漂泊不定，当她出生才40天时，就被父亲康定辉送给大禾场村罗奇圭家做望郎媳（即童养媳）。在当地，先找个媳妇，以便这望郎媳能望来个儿子，是千百年来传下的风俗。然而，这个望郎媳没有给罗家望来"郎"。后来，养父养母逼迫她出嫁。那时，康桂秀已经见过一些世面，懂得一些道理。她对养父母果断地说过："我的婚事不要你们操心，我自己的事我自己做主！"不久，康桂秀远走高飞当了红军。这件事，在她的家乡传为佳话，广为流传。1926年，康桂秀参加共产主义青年团（后来转党），并在妇女协会工作，1927年参加万安暴动，1928年参加红军上井冈山。

凭着少女的敏感，康桂秀发觉了曾志的目光，脸上有些发烧，心跳也加快了。她站起身来，悄悄地走出了房间。除了曾志，其他人并没有发现康桂秀的异常表现。

朱德不愿在这些女战士们面前谈论这个问题，又与大家寒暄了几句，就回到了他的住所。

一天晚饭后，康桂秀刚回到住处坐下，曾志就走了进来，坐到了她身边，还亲切地拉着她的手，仔细地打量着她，康桂秀被看得怪不好意思的，她暗自寻思：这位曾大姐，过去总是说说笑笑的，今天这是怎么了？

"有事吗？曾大姐。"康桂秀小声地问。曾志没有回答，依旧打量着她，过了一会儿才问："桂秀，你看朱军长这人怎么样？"康桂秀不假思索地回答："军长，人很好的。他带领部队打仗，英勇善战，不怕牺牲，对士兵还特别和蔼可亲。"

"我是说，我是说……"曾志仍打量着康桂秀，"你个人对朱军长的印象如何？"康桂秀说："军长就是军长，个人可不能随便瞎议论。"曾志说："不，不。我们红军讲究官兵一致，民主平等，对谁都可以讲讲的。你只管说，没什么关系。"

康桂秀说："他这样的军长可真少见。我们家乡的那些挨户团团长，一出门就地动山摇，前后的保镖、随从一大帮子人，可够威风的。而我们的朱军长，虽是个那么大的官，能打仗，又留过洋，有学问，可一点官架子都没有，每次见着我们这些小兵都有说有笑的。"曾志问："如果要你同他结婚，你愿意吗？"

康桂秀马上惊住了，变得很严肃："你又在瞎凑合，前几天我没有怪你用异样的眼光看着我，今天你怎么又……"

曾志亲切、温和地说："你放心，朱军长是个好人。这几个月你也看到了，他对若兰大姐多好，感情多深啊。若兰大姐牺牲后，朱军长精神上很痛苦的。你和他结婚后，可以从生活上帮助他，给他很大的安慰。"

康桂秀起先是低着头，摆弄着自己的衣角，过了好久才说："可我不像伍大姐。人家伍大姐能打仗，又有文化，字写得那么漂亮，还能讲那么多道理。我……"

"你也可以学，可以进步啊，"曾志最后说，"当然，这事还得你自己拿主意，我现在有些事先出去一下，你再认真考虑考虑我的意见吧。"

曾志走后，康桂秀的心里怎么也平静不下来，当晚，她翻来覆去睡不着。

结婚，对一个女孩子来说，是重大的终身大事。康桂秀随红军上井冈山前，养父养母曾逼迫她出嫁，她曾说过："我自己的事我自己做主！"如今，自己的这件终身大事真要她自己做主了。可这个"主"怎么做呀？

不错，朱军长是个好军长、好领导。可好军长、好领导与好丈夫是两码事。自己与他的差距实在太大了——论年龄，我还不满17岁，他已是43岁的中年人；论水平，我思想幼稚，理论、文化知识都很差，现在也才粗通文字，他早已是个成熟的军事家；论地位，他是军长，我不过是个红军女战士。这样大的差距……

康桂秀几乎一夜没有睡着，但第二天早晨起来吃过饭，她照样去做宣传群众、组织群众的工作。

尽管康桂秀拒绝了曾志的建议，但是，当朱德亲自找她进行了一次深入的交谈之后，她被朱德的经历深深地打动了，也被朱德的人品所吸引。朱德说："虽说我们彼此有些差距，但如果能走在一起，我会好好帮助你，你也可以给我许多帮助。我们会成为很好的革命伴侣，你能答应我吗？"

康桂秀被朱德十分真诚、十分恳切的话所感动。她抬起头，只见朱军长正两眼紧紧盯着自己，样子是那样赤诚，那样憨厚，那样朴实，她的心开始动了，红着脸，低头坐着。

朱德像讲故事一样平静地叙说着自己的经历，康桂秀静静地倾听着。康桂秀的心底渐渐涌上了一股暖流，但她毕竟还是个少女，少女的矜持使她不愿说什么。

朱德说："看来你是不好意思回答。能不能这样，只要你不表示反对，不摇头，就表示同意，可以吗？"康桂秀一动也不动，没有任何表示。

"那么，我再问一遍，你能答应同我结婚吗？"朱德问后，康桂秀仍然一动也不动，没有任何表示。朱德的脸上露出了喜色："那么，你答应了。"康桂秀脸颊绯红，终于微微地点了点头。

就是这微微的一个点头，决定了她一生的命运；就是这微微的一个点头，开始了她与朱德长达近半个世纪的相随相伴的情缘。

后来，康克清回忆说："我同朱老总在结婚前，没有谈情说爱。我们相互间的真正了解、相互体贴和爱情是在结婚以后发展起来的。他在思想、政治、理论、文化和工作上给了我多方面的帮助，我以后的许多进步，都同他的帮助和熏陶分不开。我能给予他的却很有限，多半也只是生活上的照料和帮助。在结婚的当天晚上，我对他说：'我有自己的工作，还要抓紧时间学习，希望你在生活上不要指望我很多。'他不但支持我，还说：'干革命就不能当官太太，当官太太的人就不能革命。我有警卫员照顾，许多事我自己都能干，生活上的事不用你操心，你只管努力工作、学习吧！'"

攻克吉安的第二天，吉安周围成千上万的工农群众手举红旗，兴高采烈地涌进城内。城内的工人和贫苦群众也纷纷走上街头，欢迎红军入城。这时，身为第一方面军总部特务团三连指导员的康桂秀为自己改了一个名字。其实，早在参加红军后，她一直觉得"桂秀"这个名字太女孩子气。如今，当了连指导员而领导着一个连的男兵，仍然叫这个名字，更觉得不合适。在吉安遇到当年万安游击队的负责人、带领她投奔井冈山参加红军的刘光万，就对他讲了自己的想法。

刘光万一听，说："好！这名字改一改好！"他想了一会儿就说："那你就改名叫康克勤吧。勤俭的勤，意思就是要克勤克俭，既勤劳又节俭。"康桂秀想了想，说："这个名字不错，好听，只是勤字笔画多，写起来费事。我又觉得一个人光勤快还不够，还应当对自己要求更高一点。这样吧，把勤字改做清字，写起来比较省事，而且表示我在清清白白地做人，沿着一条清清楚楚的正确道路前进。你看怎样？"刘光万连连点头："太好了。那你改名叫康克清吧！"

当晚，她与朱德讲起改名的事，朱德表示同意，而且笑着说："好嘛，这名字的改动，说明你思想上又成熟一些了嘛。"

第二天，她就按照规定的手续，把改名字一事向组织上打了一个报告，组织上同意了。从此，她就不再叫康桂秀。也正是康克清这个名字，伴随着她行进在漫长的革命道路上，伴随她一直走到人生的终点……

（二）走在长征路上的"女司令"

1931年元旦刚过的一天，康克清走在回家的路上，精神特别振奋，脚步轻盈，嘴里还哼着一支自己即兴编的无名小曲。原来，这一天，她在总部副官处长杨立三的介绍下加入了中国共产党。

回到住处时，正好朱德也在。他看到妻子满脸喜色，就问："克清呀，今天你这样高兴，有么子喜事？"康克清有意不说："你猜猜！"朱德摇了摇头。

"告诉你吧，我入党了！"朱德一听，也高兴得跳了起来："真的吗？值得庆贺！"说完，在桌旁坐下来，看着康克清高兴的样子，心头漾起隐隐的羡慕之情。心想：比起我来，她要幸运得多——为了参加中国共产党，我经过多少曲折和艰难啊！这时，当年拜会孙中山、婉拒杨森、拜访陈独秀、留学欧洲、敲开周恩来的房门等一幕幕往事涌入脑海。

朱德在寻找共产党的路上所经过的波折，当时的康克清并不清楚，但她看到丈夫深思的面孔，猜测他一定想到了什么事情，先是静静地看着，过了好长时间，才问道："你在想些什么呢？"这句话使朱德猛醒过来："哦！没想什么。"

"入党后，我应该怎么样做呢？"康克清问。朱德伸出粗大的手，摸了摸剪得很短的头发，说："一句话，凡是对党有利的，就要不怕牺牲自己。也就是，做任何事情，都不能使党受损失。"康克清听着这简短而又沉甸甸的话，看着面前这位朴实的人，心想，他自己不就是这样做的吗？

一天，康克清看到桌子上放着最新出版的《战斗》第3期，便轻轻地拿了起来。只见上面刊发的文章《怎样创造铁的红军》下赫然署着朱德的名字。于是，认真读了起来。遗憾的是，文章前一部分在前一期上就开始发表了，这第3期上登载的是后一部分。康克清不满足，在桌子上寻找，很快找到第2期。

随后,康克清从头到尾地读起来。

文章开头就写道:"创建铁的红军是目前党的最迫切最重要的任务之一。铁的红军必须具备以下6个基本条件。"康克清先看了6个条件:第一,确定红军的阶级性;第二,无条件地在共产党领导之下;第三,政治训练的重要;第四,军事技术的提高;第五,自觉地遵守铁的纪律;第六,要有集中的指挥和统一的训练。

看过几个条件后,康克清又挨着往下读。尽管文中的道理她还不能完全理解,甚至个别的字也不认识,但康克清读懂了这篇文章。她是从自己的亲身经历和体会中理解红军是工农的队伍,是劳苦群众的队伍以及党的领导、训练、纪律和集中指挥等道理的。从字里行间,她看到了井冈山的斗争,赣南的战斗,闽西的枪声和第一次、第二次反"围剿"的胜利。这篇文章是过去的总结,也是以后反"围剿"的指针吧?康克清这样想。

正在这时,朱德回来了,看到康克清在聚精会神地看《战斗》,轻轻地走到她身边,站了一会儿说:"你在看什么呀?"康克清没发觉朱德进屋,听到问话,猛地一惊:"你什么时候回来的,吓我一跳。我在读你写的文章呢!写得很好,要是按这样做,红军一定能建设得更好。"

"是吗?"朱德微笑着问。康克清反问:"你是怎么想到要写这篇文章的呢?"朱德陷入了沉思,好半天才说:"我们已经打破了反动派两次大规模的'围剿',马上又要开始第三次,靠的就是铁的红军,所以要把红军建设好。"

7月中下旬,朱毛红军从建宁出发,绕道千里。盛夏时节,酷暑难当,朱德脚穿草鞋,流着热汗,和战士们一起行军。他的马像往常一样又让给伤病员了。朱德一边走,一边给大家讲"脚板底下出胜利"的道理,战士们听得津津有味,行军也不那么费劲了。

1934年10月,由于"左"倾冒险主义的错误领导,以及敌强我弱,中央革命根据地(中央苏区)第五次反"围剿"战争遭到失败,红军第一方面军(中央红军)主力开始长征。

一想到红军和苏区人民经过千辛万苦、千难万险创造出的中央革命根据地将不得不放弃,一想到将要告别这片被烈士鲜血染红、被战火烧焦的红土地,朱德的心情十分沉重,对"左"倾教条主义者在军事上的瞎指挥表示愤懑……

过了几天,中央终于下达了"准备出击"的命令。虽没有明说突围,康克清心里清楚,该摆脱坐以待毙的局面了。她对朱德说:"是不是他们开始接受教训了?"朱德苦笑了一下,说:"博古还是博古,李德还是李德,我看不出他们有什么变化。"

朱德在屋子里踱步,走到康克清身边低声说:"这一次,他们总算让毛泽东同志一起走啦。只要有毛泽东同志,我们总会有希望的,朱毛不分家嘛!"

"听说反动派到处在悬赏捉拿你?"康克清问。朱德提高声调说:"毛泽东同志虽然暂时离开了红军,敌人依然把我们两个人看作红军和共产党的最高领导,他们悬赏捉拿我们,悬赏的价格好像一再提高,从5000元提到5万元,又提到10万元,现在好像又提到了每人25万元了。这样很好嘛!我在国民党银行的存款已经有25万元了。"

康克清问起陈毅的事,朱德摇摇头:"已经决定他与项英留下,他们率领红军16000人继续在苏区坚持斗争。无法改变了。"

过了一会儿,朱德对康克清说:"部队将做大的战略转移,你的准备做好了吧?"康克清心里不是滋味,只知要转移,至于到哪里也不清楚,什么时候能回来更是不知道,于是问:"转移到哪里去?"朱德考虑了一会儿,还是没有说。

对于这个问题,人们已经议论纷纷。有人猜测将去湖南,有人猜测要去江西的另一个地区,有人认为可能去贵州,也有人认为可能去云南或四川……人们认为康克清和总司令生活在一起肯定会知道的,就拐弯抹角地向她打听,她只能苦笑着摇摇头。她确确实实是无可奉告啊!

10月10日晚,蜿蜒的山路上,一条见首不见尾的火龙缓缓向西游动。朱德身着一套褪了色的灰军装,脚踏草鞋,走在司令部队伍的最前面。出发前,组织上给少数中央领导人配备了担架、马匹和文件挑子,朱德虽然已48岁了,但为着节省出几名强壮士兵去充实作战部队,他既不要担架,也不要文件挑子,只要了两匹马,一匹供骑乘用,一匹驮行李、文件。

康克清看到朱德年龄不轻了还同红小鬼一样跋山涉水有些心痛:"一晃你是奔五十的人了,组织上派给你的担架不要,两匹骡子除一匹驮文件,那匹也最终留给我收容伤员,这样长途行军……"朱德听后,说:"放心,我命贱。这双脚板儿越走越精神。徐老、董老、谢老他们怎么样?"

康克清说:"都好,谁也不甘落后,还争着照顾伤病员呢。"朱德笑开了:"革命之大幸啊！"远处，响起了急促的枪声，火龙顿时消隐在苍茫的夜色之中。

自从进驻遵义城之后，康克清就接受了筹粮、筹款和扩大红军的任务。接下来几天，她每天早早起来，到群众中去，宣传中国共产党和红军的政策，没收官僚资本家的财产，动员青壮年参加红军。晚上回来后，往往浑身疲劳，腰酸腿痛。同时，她也在协助政治局做一次即将举行的重要会议的筹备工作，要求特务连一定要保证会议的安全，做好为会议服务的各项工作。

1935 年 1 月 15 日，具有划时代重大历史意义的中共中央政治局扩大会议在遵义老城红军总司令部驻地"柏公馆"楼上召开。会议中，朱德将手指指着李德声色俱厉："你们瞎指挥，弄得丢了根据地，牺牲了多少人命，我们还能再跟着你们的错误领导走下去吗？"朱德的话如黄钟大吕，在会场上引起极大反响。

陈云、刘少奇等在发言中，明确表示支持毛泽东，拥护批判李德、博古的"左"倾军事路线。中共中央秘书长邓小平奋笔疾书，真实记录了会议的发言，并为会议所取得的成果而高兴。

1 月的遵义，冷风冷雨，天气很恶劣。深夜，康克清尽管很累，还是生了一盆炭火，静静等待朱德的回来。炭火不是很旺，难以驱除严寒的包围，她站起身来走了几步，想跺跺脚，但抬起一只脚时却又很快地轻轻放下。她怕弄出声音，打破这夜的宁静，影响正在进行的会议。

不知到了什么时候，杂沓的脚步声下楼而去，一个熟悉的脚步声朝卧室走来。散会了，他回来了！康克清一阵高兴，急忙去开门。

打开房门，走进来的果然是朱德。他虽然面带倦容，却透出笑意，可见他是高兴的。他进门就说："你怎么还没休息呀？"康克清见朱德一脸喜色，便问了句："看你好高兴的，会开完了？"

"是的，开完了，很成功！"说着，朱德手拉着康克清坐在炭火旁，捡起一块木炭放进火盆里，顿时响起了一阵轻微的噼啪声。随之，火焰变大变旺。

朱德伸出双手烘烤一下，两眼盯住燃烧的火焰，含笑的眼睛出神。他在想些什么呢？是过去的经验教训，是红军面临的处境，还是会议的本身？不得而知。或许，26 年后，朱德在回顾遵义会议这一伟大的历史转折时写下的诗句："群龙得首自腾翔，路线精通走一行；左右偏差能纠正，天空无限任飞扬。"——这发自心头的诗句就是这个夜晚开始构思的吧？

看到丈夫高兴，康克清的心里也充满了喜悦。朱德拿起火钳，拨了拨盆中的木炭，火光更亮了。他放下火钳，轻轻拍了拍手上的灰尘说："毛泽东同志最终复出了，被推选为中央政治局常委，他又可以参与指挥军队了。"

"太好了！"康克清的声音提高了，随之又压低问："那李德和博古呢？"朱德说："会议取消了'三人团'，决定以洛甫同志代替博古同志负总的责任。事实早就证明，他们两个指挥不了——要不是他们用死打硬拼的打法，第五次反'围剿'还不会损失那么大呢！"

"当初为什么让毛泽东同志离开部队呢？"康克清一直对此不理解，于是向朱德发问。朱德沉思一会儿，说："这件事情很复杂，我也说不清，更不能给你说。"康克清见朱德不愿说，也就不勉强问这些，转而说："今后该不会有什么问题了吧？"

"也难说，"朱德说，"现在仍然很困难，后有追兵，前有堵截，我们还得准备吃苦啊！"康克清点点头，若有所思。

火盆中的木炭在燃烧，红彤彤的光焰照射着这对革命夫妻，把他们促膝交谈的形象剪影在墙壁上……

在遵义会议上，红军最高权力的转换极富戏剧性地完成了。这时，蒋介石命令以重兵封锁长江，阻击红军。他没有想到，红军四渡赤水、南渡乌江、北渡金沙江、强渡大渡河、飞夺泸定桥，用兵如神，先后摆脱几十万国民党军队的围追堵截，让蒋介石使朱毛红军成为"石达开第二"的妄想破灭。

中央红军中的女性不多，她们没有多少机会直接参战，但还是学习了刺杀、射击等本领。康克清在红军中就有"女司令"的威名。

1935年春的土城之战打得很惨烈，就连作为火种保留的军委干部团也投入了战斗，伤亡100多人。女战士们也被卷入战斗。当时天正下着雨，道路泥泞不堪，在地势狭窄的山坡上，身为司令部直属队指导员的康克清掩护部队撤退。子弹呼啸着从她的头上掠过，康克清拼命射击，最后子弹打光了，险些被俘，连自己的背包都被敌人夺了去。

中央红军与红四方面军在川西北会师后，一天，张国焘的亲信在部队放出口风，说："康克清不仅是朱德的老婆，更是朱德的情报员。她同朱德在一起起不了好作用，应当趁早将他们两人分开……"接着就采取了组织手段，免去了康克清"总部"指导员的职务，调她到他们控制的四方面军妇女运动委员会去，还派了一名女同志去"陪伴"她。康克清当然知道这"陪伴"不过是实际上的监视而已。

康克清拿着调令,非常气愤地找到朱德说:"我就是不去,看他们能把我怎么样!"朱德看着康克清,久久没有说话。他明明知道,这纸调令是冲着自己来的,但他不愿意把这层意思说明,怕惹出康克清更大的火气,从而惹出更大的麻烦。他走到康克清身边,拍着她的肩膀,把她按在椅子上,又给她倒了一杯水,才缓缓地说:"你还是去吧,这也是组织决定,要服从。四方面军的妇女运动也很重要,那里的工作也需要人去干。"

康克清说:"张国焘的目的就是想封锁你、限制你,怕我给你通风报信,他明明是故意想把我和你分开。"朱德说:"我何尝不知道呢?但我们要以大局为重,要把多数人都团结起来……"

康克清说:"底下好多人都说——朱老总太忠厚,太老实了,忠厚老实得净受人欺负!"朱德凝重地、憨厚地一笑说:"人总是要老实一点好,不能闹个人意气。"康克清说:"我受不了!干脆,你带我北上找中央去吧,别留在这里了。"

朱德凝视着康克清,久久才说:"别人不了解我,你我结婚这么多年了,你还不了解我吗?我朱德从来不争名、不争权、不争地位、不争待遇,只求为党为人民做点事情。我留在这里,许多人包括四方面军的人,也包括一方面军的人,都可能对我说三道四,但我朱德问心无愧。这支8万多人的部队是党的,是党的宝贵财富。既然党把我派到这里来,我就要对这支部队负责,绝不会把它丢下而自己一走了之。"

康克清听着朱德语重心长的言语,不再说什么了。朱德又说:'我们千万不能单独出走,我们一出走,正好授人以柄,让他们找到借口,把分裂的罪名加到我们头上。克清,这些你想过吗?"

康克清默不作声了,半天才说:"四方面军那里离这里有些远。我走后,你千万要保重身体呀。"朱德说:"你放心去吧,我这里有警卫员照顾着哩。再说,四方面军也属左路军,都在我的领导下。另外,张国焘不让我干事,我每天看文件、看书,有时还下棋、打打球,蛮清闲自在的呢。"

他们告别了。四方面军的同志大多数人对康克清很热情,她很快就熟悉了情况,开始了工作。就连那个派来监视她的肖朝英通过与她的接触,也发现康克清是个好人,两人的关系也慢慢好了起来。这时,康克清开始向更多的人宣传北上的正确,认识张国焘的错误……

长征路上,康克清三过草地,历尽艰辛。

(三)沸沸扬扬的"遇难噩耗"让人揪心

1938年2月28日,在大后方武汉,一条令人震惊的消息把大后方的军民惊呆了。报童们背着报袋在中山大道、在江汉关边跑边喊:"第十八集团军总司令朱德为国捐躯!""民族英雄朱德以身殉国!""原红军总司令朱德战死在华北抗日前线!"

各种报纸的号外在武汉满天飞,各式传闻不胫而走。新闻界闹得沸沸扬扬,老百姓纷纷为国家痛失英才而感到悲伤。这时,八路军驻地的办公处不时接到电话,询问朱总司令的情况。新华日报社也向延安发去电报,探询"朱德将军有无危险?"在延安的党中央、毛主席也给八路军总部发来急电,询问情况,特别问到朱德所在位置,要求立即回电。

康克清听到有关消息后非常着急。她知道,2月20日,朱德和左权率领八路军总部带两部电台离开洪洞县的马牧村,去太行前线。随行的除10多名总部工作人员外,只有警卫通信营的两个连,约200人。没想到才过几天,就听到"噩耗"传来。这时,又传来日本侵略军司令部通过华语广播电台说:"八路军总部所在地古县镇在飞机的猛烈轰炸下已成一片废墟,共匪在华北的总司令朱德和他的司令部已化为乌有,不复存在!……"

康克清听到这里,更似五雷轰顶!怎么,丈夫真的遇难了!不!不可能!与老总结婚10年了,这是患难与共、相濡以沫的10年,如今国难当头,国家、民族正需要你的时候,你怎么能离去呢?怎么能舍我而去呢?

一时间,乌云满天,风雪漫舞。到底华北抗日前线发生了什么事情,让人这样揪心?!

原来,这时山西的局势发生了急剧的变化。侵占了太原的日军在完成对部队的整理、补充后,看到中国军队在积极活动,蒋介石还打算反攻太原,便抢先发动攻势,从北面、东面分两路向晋南大举进攻。

2月21日,朱德到达安泽县县城所在的岳阳镇。他根据变化了的新情况,立刻做出相应部署:命令离日军较近的友军第三军曾万钟部和第四十七军李家钰部赶到屯留附近阻击日军；命令一二九师主力迅速从正大铁路一带南下；总部暂驻安泽。

战场局势变化很快。22日，日军占领屯留、长子，向八路军总部所在的安泽逼近。晚上，毛泽东从延安来电，告诉他们有一部分日军已到晋西黄河边上的离石县军渡一带，请朱德判断这路日军的主要目的是什么。23日凌晨，东路日军的先头部队苦米地旅团已进入良马镇，良马地处屯留和安泽两县的交界处。朱德判断东路、北路敌军的直接目的，都是攻占临汾。因此，他复电毛泽东说，北路日军的一部分进到离石军渡一带，可能是佯动，用来引诱八路军西渡黄河，回师陕北。当天深夜，毛泽东即致电朱德，对日军意图作了类似的估计。他判断日军这次行动的目的，在夺取临汾、潼关，然后进攻西安、武汉。要求朱德和阎锡山、卫立煌两部"在好的情形下，力图在临汾以北、以东两地区歼灭敌人，顿挫敌之进攻"。

那时，朱德身边只有约200名警卫通讯战士。他所在的岳阳镇在临屯公路北面，周围都是山地，要把总部转移到安全地带很容易。但是，这路日军来得太突然，临汾军民还没有思想准备。如果听任日军长驱直入，迅速攻占临汾，对局势将造成十分不利的影响。考虑到这些，朱德不但没有向山地转移，反而毅然率领他身边那些数量很少的警卫通讯部队开到临屯公路上的古县镇（今旧县镇）进行阻击。

24日，总部警卫通讯部队在古县以东的府城镇（今安泽县县城）附近同日军先头部队接触。友军曾万钟、李家钰两部没有依令及时赶到。朱德只得派左权率领少数部队前往阻击。下午两三点钟，朱德向毛泽东等通报了情况，说明"手中无兵，阻敌不易"；"总部现在古县，拟于明日向南转移"。但到傍晚六七点钟时，曾万钟部已接近屯留，朱德命令他迅速截断屯留、良马之间的大道；李家钰部一个团也已向府城急进，准备同曾军夹击日军。另外，阎锡山表示准备抽一个团，卫立煌也准备抽一个师，星夜来援，情况有所缓和。为此，朱德致电彭德怀及八路军各部并报毛泽东等人，表示：准备以手中现有的两个连尽量迟滞敌军，"以待上列各部赶到而消灭此敌。总部明日仍在古县指挥"。

25日，战场局势更加严重，友军却没有能阻止日军西进。毛泽东连连致电朱德，提出御敌对策。对北路日军，除令林彪率陈光旅配合卫立煌部作战外，还提出巩固河防的部署。但他最担心的仍是东路日军,指出:"进入府城之敌欲用间进急趋手段袭占临汾",要求朱德设法抽调有力兵团"于临汾府城间,正面迎击顿挫该敌,否则临汾不守,有牵动大局之虞"。下午3时,毛泽东电告朱德:"必须使用全力歼灭府城西进之敌。但请预告阎、卫,即使该敌冲入临汾亦决不可动摇整个战局。该敌甚少,可用一部包围之,其余全军应决心在敌后打。"

这时,东路日军探知在正面阻击他们前进的竟是威名赫赫的八路军总司令朱德和他的少数警卫通讯部队。于是,日本侵略军的空军接到起飞出击的命令后,就摊开作战地图,在山西省的南部寻找古县的位置。

自以为是"中国通"的几个侵略军头目,凭着他们认识几个汉字,趴在地图上,拿着放大镜东找西寻,终于在屯留县西北方向找到了一个"故县",如获至宝。他们认为这就是地面指挥陆军要求轰炸的目标,立即命令出动十几架轰炸机。转眼之间,一个好端端的和平村镇变成了一片焦土,成百上千的无辜百姓惨遭狂轰滥炸。故县在流血,故县在流泪,故县变成一片火海。

鬼子的空军为了报功领赏,谎报战绩说:"目标已全部消灭,再未见一个八路!"其实,他们压根儿就没有见到八路军的影子,是他们自作聪明,把安泽的古县和屯留以北的故县弄混了,结果故县被炸而古县平安无事。于是,他们迫不及待地在占领区的报纸上刊登了耸人听闻的消息:日本皇军摧毁八路军总部,朱德在空袭中丧生。大后方的新闻媒体不明就里,不辨真伪,争相转载。

下午4时,毛泽东来电询问:"总部驻地之古县在何处?是否府城西之旧县镇。"这几天外界完全失去朱德的消息。

当天晚上7时,敌军攻占古县镇,朱德率总部退出镇外,转移到临屯公路以南的刘垣村。这时,朱德仍在险境中,却从容不迫地指挥着阻击敌人的战斗。

日军从府城沿临屯公路到临汾,中间不过百余里路程。朱德以少量兵力迟滞敌军一个旅团达三天之久,为临汾军民的安全转移赢得了宝贵的时间。接着,朱德又指挥部队向东北方向转进,打破了日军打算将中国军队逼到黄河边上加以歼灭的企图。

后来,当康克清见到"完好无损"的朱德时,心中的一块石头终于落了地,她一头扎进朱德的怀里。朱德听后,哈哈大笑:"我朱德有避弹神功,炸弹离我远着呢!"康克清弄清事件的原委后,也开心地笑了。

(四)与"黑司令"共患难的非常岁月

1967年1月11日,朱德在中央政治局扩大会议上说:"现在'文化大革命'运动搞到破坏生产的程度,忘记了'抓革命,促生产',这是新出现的问题,要注意解决。""我们制止武斗这么久了,可是有些人还在武斗,甚至还有砸烂机器、烧毁房屋的,这里面有反革命分子在捣乱,要注意。"这自然使朱德更被林彪、江青等视为眼中钉。

1月中旬,在江青指使下,中央文革小组成员、当时担任中央办公厅负责人的戚本禹在钓鱼台(中央文革办公地点)约集中央办公厅的造反派,鼓动他们在中南海对刘少奇、邓小平、陶铸、朱德等人进行批斗。于是,这些造反派先后冲进刘少奇等家中对他们进行围攻和批斗,也包围了朱德的家。

为此,中南海这片令大多数中国人仰慕和神往的地方也响起了一阵阵"打倒""炮轰"的口号。傍晚时分,康克清乘坐的轿车驶进中南海,忽然看见楼前围了许多人,心头"突"地一下,眼前闪出一个大问号。原来,造反派在这里捣乱。于是,康克清开始接受较"文明"的批斗。

康克清只见"炮轰朱德""朱德是黑司令"之类的标语和大字报铺天盖地。"不!这不是真的!"康克清在心里大声呼喊着。毕竟,她太了解朱德了,太了解自己的丈夫了。

朱德见那些墨迹淋漓的大字报贴满了墙壁,内容五花八门,语气恶毒凶狠。朱德一言不发。康克清搀扶着朱德说:"老总,不要看了,夜里太冷。"朱德终于大声说了句:"冷什么,再冷,比过大雪山?!"

康克清说:"有什么好看的,纯粹是造谣!"朱德冷笑:"所有大字报,毕竟还有一点是真的。"康克清不解:"?!"朱德补充一句:"只有两个字是真的——"身边的秘书一愣:"哪两个字?"朱德用手中的拐杖敲打地面,大声说:"——那就是'朱德'两个字是真的,其他内容不知是从什么地方造出来的。"

康克清和秘书相视无言。朱德边掉头而去边说:"心怀叵测!不看了!没必要看啦!"

有一次,康克清被妇联的造反派揪出去批斗,要她承认是"走资派",还逼康克清交代朱德反党、反毛主席的"罪行"。康克清理直气壮地说："我不是'走资派'，我和老总都没有反党、反毛主席。"

于是，康克清被迫关在一间屋子里写检查。之后，被10多人推推搡搡地戴上一顶纸糊的、写有"走资派"三个大字的高帽子，站在一辆大卡车上游街。卡车在北京市区的街道上绕了一圈，那10多个押运的人沿途高呼"打倒康克清！"当卡车路过中南海西门时，口号声喊得更响。

回到家里，康克清已经很疲倦了。她望了一眼背靠在沙发上的朱德，自言自语："这倒好，你堂堂一位开国元帅、全国人大常委会委员长成了'黑司令'，我一个穷苦的'望郎媳'出身的老革命也成了'走资派'。"

"你想想看，如果大家都成了'走资派'，还有什么'走资派'呢？"朱德望一眼相伴多年的老战友、好伴侣，坦然地说："历史是公正的。主席和恩来最了解我，有他们在，我担心什么。"同时，他还劝慰康克清："你不要怕他们批斗，要每天到机关去，群众是通情达理的，和群众在一起，他们就不会天天斗你了。"

造反派要揪斗朱德的消息传到周恩来那里。他征求毛泽东的意见后，在开会的前一天要秘书通知戚本禹，必须立即取消"批判朱德大会"。由于周恩来的干预，批斗大会没有开成。

1969年10月，林彪发布"一号命令"，朱德被疏散到广东从化。这个决定宣布后，朱德需要康克清跟他一起走，便于随时照料自己。再说，他也不放心她一个人留在北京。可是，当时康克清的一切行动都得听从全国妇联军代表的指挥，没有他们的允许，她是不能随意行动的。康克清向朱德讲了自己的难处。朱德无奈地说："那只好打电话给恩来，让恩来去跟他们说了。"朱德的这个要求得到周恩来的支持，在周恩来的干预交涉下，康克清总算和朱德一起到了广东从化。

林彪事件的发生，对毛泽东不能不说是一个重大打击。他在陷入痛苦与失望的同时，也吸取了某些教训，开始起用一些被林彪迫害的老干部。但是，他并没有从根本上认识到他所发动的"文化大革命"的错误，仍然让江青等人把持着党和国家的重要权力。正因为如此，江青一伙利用毛泽东的信任和支持，发号施令，继续他们篡党夺权、祸国殃民的罪恶行径。

1976年1月8日，这是雪压冬云、举国哀痛的日子。这一天，同朱德并肩携手、志同道合的战友周恩来与世长辞了。噩耗传来，朱德不胜悲痛，已近于涸的眼里,一时泪水汩汩流出。他迈着艰难的步子,来向总理遗容告别,庄严地向他50多年前的入党介绍人致最后一个敬礼。

半年后,即7月6日下午3时1分,朱德那颗跳动了近90年的心脏永远停止了跳动,带着对革命事业的无限忠诚永远离开了亲人儿女,离开了他为之奋斗一生的救国强国的伟大事业。

朱德病逝后,康克清让孩子和秘书尹庆民,警卫员李廷良、徐宏、刘炳文以及护士盛菊花等给朱德换衣服。可是在家里找来找去,竟没有找到一件像样点的。直到最后实在找不着了,家人这才想起来他根本就没有新衣服。

遵照朱德生前的意愿,康克清把他历年积存的20306.16元银行存款交给党组织,作为他最后一次向党交的党费。

对于自己的选择,康克清曾坦率地说:"我的婚恋观就是无产阶级的婚恋观,只要革命坚决,品德高尚,对党的贡献大,真的志同道合,我就不计年龄,不媚权势。""几十年后回顾,可算是俗话说的'美满姻缘'了。"